U0754713

知味

花鸟物语

谈正衡 著

桂林仙儿 拍摄

北方联合出版传媒（集团）股份有限公司
万卷出版公司
VOLUMES PUBLISHING COMPANY

目录

∨

鸟 语

二

六

鸟语

卧听百舌语玲珑

　　大清早，外面就有鸟"嘀哩啾啾""嘀哩啾啾"在练嗓子了。听了一会儿，这鸟就在窗外叫，忍不住从床上爬起来看究竟。悄悄拉开窗帘，天还很冷，光线稍有点暗，已见院子里有两只百舌鸟在活动。它们这里啄啄，那里刨刨，有时停下来朝四周看看……其中一只飞到院墙上抖擞开两翅叫了几声，重又飞回地面。玻璃反光，它们看不到站在窗户后面窥视的我。

百舌鸟跟八哥相似，身子比八哥细长，也像八哥那样生着蜡黄的嘴和描金的眼线，除无鼻羽和翅上白斑外，从头到脚一身黑，没有一点亮色。既是跟乌鸦一般黑，所以索性就跟了乌鸦姓乌，它的中文学名是乌鸫，一个不受待见的姓和只能认字认半边的名。又因为长相界于乌鸦和八哥之间，也有人干脆称它"乌哥"，仿佛就是在江湖上混事的。但在鸟的分类学上，却是自立门户，为鸫科鸫属，同乌鸦和八哥桥归桥路归路，各不相干。

只要有人的地方，一年四季都能见到百舌鸟身影。它们也是一种很接地气的鸟，喜欢在屋舍周围的地上奔跑，在阴暗的篱笆下与灌木丛里钻来钻去觅食。有时，你到菜地里去砍棵白菜或拔个蒜什么的，突然与一只从畦沟里钻出的黑鸟不期而遇，撞个正着……人和鸟各自都吓了一跳。

百舌鸟以多种飞行昆虫为食，也吃杂草种子，并会像鸡那样在土堆上掘食蚯蚓。一旦找准一个地方，就会一顿猛啄猛刨，弄得碎泥与草叶乱飞，一条长长的蚯蚓给扯了出来，然后像吸挂面那样，一扬脖就哧溜了下去。别看它们不大怕人，其实眼还是很尖的，反应灵敏，稍有异样便飞上高处。栖落树枝前，常发出急促的单音短叫声，"吉——吉——吉"，犹如击石，故百舌鸟又有名"乌鸫"。百舌鸟的性别好辨认，毛色黑得发亮，嘴却鲜黄并有黄色眼圈的是先生，而毛色深灰带褐、黑嘴壳子是女士。幼鸟都是麻毛，胸部布满带状花纹。

百舌鸟有一种本领，能将日常生活变成一份礼物，在口中啭鸣吟诵，只要一发声，你一下子就看到了它。"嘀哩嘀哩……少威儿……少威儿！"春天里，百舌鸟鸣声嘹亮，韵律多变，一串连一串，如水漫流，并善仿其他鸟鸣而多变化，故称"百舌"。这种叫声，又称"花叫"。你只要听上一次这种巧舌如簧的"花叫"，就知道了"百舌"绝非浪得虚名！它们能飚高音，娴熟地玩转音韵变换的技巧，进退自如，路数全在心中，既有空山鸟语的清幽，也有花团锦簇的华丽，还有些梦魂花影的渲染……真搞不清，这种鸟的肚子里，到底装进去了多少乐谱？有时候，你碰到一只正在炫技的百舌鸟，由于多种音调交替发出，会以为是许多只鸟在叫，但仔细分辨，终于确认只有一只鸟。

下雪的天，许多竹子被雪压折，树枝也被压得不断发出叭叭折裂声。鸟雀都躲藏不见了，只有百舌鸟仍一如既往地活动着，在林下堆积的残枝败叶间刨啄。浅滩湍水处，雪存不住，还有河岸水际线也没有雪覆盖，百舌鸟就在这些地方小跑着觅食，或者贴着地面飞。

待到春雪化尽，三五日熏风一吹，桃花的红蕾欲破，阳光下一片春情泛滥。百舌鸟不再沉默，亮出歌喉开唱了。有时还是清冷的黎明，你躺在床上就能听到叫声，婉转多变，长短流利，不受任何干扰，叫得是那样清亮透彻。一辈子都生活在南方的已是晚年的陆游，肯定也和我一样，对农事，对万物发荣滋长的季节征候，有着灵敏感应："卧听百舌语玲珑，已是新春不是冬。"

当代诗人艾青，更是不惜以他惯有的昂扬而沉郁的声音为百舌鸟大唱赞歌："不知你是站在屋背上呢／还是站在树枝上／把我从沉睡中唤醒／你的歌声清新而委婉／圆润如花瓣上的新露／悦耳如情人的话语／给我这阴暗的房子／流注了草木的香气／和温柔如乳液的晨光／我从困倦中欣然起来／向窗外寻觅你的影子／你却飞走了／而在邻家的屋背上／又听见了你的歌声／你又在用你纯真的歌声／永远流滴着欢愉的歌声／去唤醒每个沉睡的灵魂……"

百舌鸟先诸鸟奏响爱情交响曲，它们的歌声确实"悦耳如情人的话语"。雄鸟向雌鸟求爱时，双目炯炯有神，欲望泛滥全身，荷尔蒙激增，叫起来昂首挺胸，尾巴翘得很高。先是努力显示自己非凡的歌喉，接着，围绕着雌鸟进行表情夸张的飞行表演，或打转转，两脚不停地挪动，翅膀也不停地呼扇……一旦取得了"情人"的垂青后，就急不可待跳到人家背上行其好事了。

它们的家室在浓密的树冠上。它们从来不去张扬自己的建筑杰作，通常是将巢隐蔽在大树较粗的枝丫间，以须根、枯草混和深褐泥土而筑成深杯状，连颜色也同树枝难分。卵我见过，浅绿，或偏点儿蓝，缀以赭褐色斑点。暮春时分，四五只小鸟出来了，在窝里挤得要命，拼命朝外晃动脑袋。但要不了十天半个月，就长出褐羽黄喙飞走，不会叫，只在肥绿的凉阴里钻来钻去。

经常见到百舌鸟和灰喜鹊及八哥混在一起取食，忌于灰喜鹊具攻击性，百舌鸟更喜欢与椋鸟科的八哥在一起。百舌鸟与八哥比邻而居，天长日久，几乎能模仿出八哥所有的鸣啭……当然，八哥更是这方面高手，所以双方免不了同台比艺，有的一拼。它们都能模仿燕子、黄鹂、柳莺、喜鹊乃至小鸡的叫声，几乎学什么像什么。

百舌鸟也是一种极适应过冷暖各半日子的鸟，这么多年来，无论是雪天还是骄阳下，它们一直陪伴在我们身边，就像我窗外院子里的这两只。

人间四月寻柳莺

上午，我在菜地里给已初露宽衣大裳的莴笋锄草松土，抬眼瞥见了篱边桂树枝叶间有几只细小的柳莺。尽管柳莺和麻雀非常像，但远远一瞅身影，还是能把它们区分开。

早先的柳莺真多，它们欢快地雀跃在树冠上、柳丛中。乡民们喊成"钻柳串子"，也有喊"野绣眼""假麻雀"的。它们身子虽小，叫出的声音却清甜好听，"嘀嘀归归——嘀嘀嘀嘀——嘀嘀归——"这声音，我亦曾在杭州西湖边听过，也一直想搞清那个"柳浪闻莺"的"莺"，是黄莺呢还是柳莺？

柳莺十分活跃，整天灵巧地在树冠上蹿来蹿去。它们成群结队，长相都一样，绿绿的，小小的，在茂密的柳条和有刺的槐树枝条下不停地穿飞跳跃，且各有各的跳法，尖细的嘴里发出一声声细柔而清脆的"吱儿""吱儿"声，有时飞离枝头扇翅，将昆虫轰赶起来，再追上去啄食。它们吃蟒象、叶跳蝉、蝇类和蚊类，有时也吃杂草种子及植物种子。柳莺活跃在高枝上，从来不会下到地上

来，仅凭这一点，很容易与麻雀区分开来。它们的快乐是天生的，所有的好情绪，都从心底透出来。

初夏时节，河水暴涨，柳树的半截身子没入水下。远处的岸，多在树影里。几日后水退，柳树腰干上便长出许多嫩红的茎须，易招芽虫，柳莺有时就飞下来横着身子啄食那里的蚜虫。柳莺不是留鸟，春天的柳莺是唱着歌迁徙过来的，等到秋天再上路的时候，就不会再有这么美妙的歌声唱给你听了。

柳莺看得多了，也能看出差别来。橄榄绿的是黄眉柳莺，有一条淡绿色的眉纹以及翼上有两道白斑，鸣声轻柔而脆，且多变。比黄眉柳莺更小的，是黄腰柳莺。黄腰柳莺没有淡黄色的眉纹，但翅上有两条黄色线带，羽色艳丽，飞行时会亮出一抹靓丽的黄腰——这是黄腰柳莺最显著的特征。

人间四月天气里，地里的油菜花黄着，秧苗绿着，粉蝶儿白着，好一片姹紫嫣红的江南美景。柳莺GG站在高高的树梢顶端，发出急促而清扬的叫声，边叫边侧耳谛听有没有回应。如果有一只羽色稍暗的MM飞落它身边，那十有八九就有戏了……它们的爱巢却让你大感意外，就在地面的枯枝落叶层中，或在某个极为隐蔽的凹窝中，以树皮纤维及草茎编织成球状巢，出入口开在巢的一侧，里面铺有苔藓和蕨类以及羽毛等。小巧的卵，只有芸豆大，最多为四粒，白底，有红褐色细斑。

不知从什么时候起，树冠上没有了那些灵巧蹿跳的纤小身影。倒是城市花鸟市场的档间有柳莺出售，二三十元钱一只，甚至有人将柳莺混充相思鸟卖，同时搭售小袋的颗粒状配方鸟食，让人感到无言悲哀。

傍晚时分，天上翳着薄薄的云，我带上望远镜走进闸口渡河滩的那片林子里，想看看在这里会遇上哪些鸟？少年时，我曾在这条孤峰河上摆过两年渡，那时候，这里是古镇西河通往南陵县城的要道，人来人往，热闹非常，我家的老屋就在渡口边的高墩上。十多年前，渡口上游和下游数里处都分别修了公路桥，这条路就荒废了。人家陆续迁走，河流消瘦太多，草深林密，环境变化太大，许多失踪多年的鸟呀兽的都陆续回来了。

光线柔和，景物也清朗，不断有珠颈斑鸠从头上飞过。大山雀在枫杨树上飙歌，虽然动听，但高音区调门有几分乱，分明是错了节拍。白头翁也在啼鸣，它的嗓音沙沙哑哑的，飘荡在空阔的林子上空，显得有点黯淡，有点软弱。连小白脸鹟也来了，在林子下面的低处穿梭，很强悍地到处捕捉昆虫。

地上铺着厚厚一层落叶，踩在上面软绵绵的。我继续朝林子深处走去，一阵细细的啼鸣传入耳中，就像春天刚出土的笋子，稚稚嫩嫩的，又有复杂动听的旋律，我听出来了……是柳莺！在一排意杨树下站定，找了个位置较好可以仰望树顶的地方，哦，终于看到鸣唱的歌手。那些小小的绿色身影，在枝头敏捷地跳跃着，竟然有十多只。于是侧耳细听，发现满林子的柳莺、百舌鸟、棕头鸦雀，多少声部的大合唱正在进行哩……这么多歌手里，数柳莺歌声最优美了，婉转清新，声调丰富。

那些欢乐的小精灵，蹿枝下叶，攀缘而至我头顶的大树上……我认出全是乖巧的黄腰柳莺。它们不停地跳动，有的练就了上等轻功，还能玩杂耍，像蜂鸟一样悬停，娇小柔弱的身体掩映在翠绿之中。

"嘀嘀归归—— 嘀嘀嘀嘀—— 嘀嘀归—— "一连串的清婉的鸣唱，那声音里，有我多年找不到的纯净与亲切！

黄腰柳莺在不停地唱，我知道，这是只唱给我一个人听的……

千秋指白头

　　村里村外，白头翁举目可见。白头翁一身灰衣，虽已白了头，但体态轻盈，毫无老相，还是很讨人喜爱的。

　　它们三五成群，在矮树梢头或灌木丛的高枝上跳跃，啄食，或飞起来忽闪着翅膀捕捉过往的昆虫。白头翁性格活泼好动，甚至比麻雀的胆子还大，喜欢在你身边飞来飞去，跟你周旋逗乐……生机无限的，还有它们清晰嘹亮、音韵多变的啼鸣。

鸟法天地，道法自然，生之喜悦分布在每一个角落。行走于乡村，常能听到那熟悉的鸣叫，"嘟嘟，嘀哩嘟——嘟嘟，嘀哩嘟——"循着声音，就看到了路边树上的小鸟，灰蒙蒙的，比麻雀大半个身位，脸上有过眼纹，头顶和颈部有一大块醒目白斑。它们特别喜欢啄食枝头给太阳晒红的小浆果，比如那种耀眼鲜红的枸杞，啄下一粒，抛出，然后快速用嘴接住，犹如玩杂耍一般……吃饱后，就跳到一旁，一边唱着歌，一边梳理羽毛，自在而充盈地挥洒着属于它们的快乐——这是俗世低处的快乐，不靠歌舞管弦宣泄，而是一代一代积攒起来，从生生息息里迸发出来的。

白头翁食性广杂，荤素通吃，春夏繁殖季节以食昆虫为主，秋冬则以果实、种子为食，樟树、女贞、乌柏的果子它们都吃，偶尔也会去别的鸟巢里干点偷盗的事。深秋时树上的柿子红了，几乎所有的鸟都会飞来啄食，白头翁自然也不会放过这顿大餐。

那时，闸口渡老家院子里有两株桃树。春天，桃树开满花，就有白头翁飞来，在花枝间弹跳，拨弄得花瓣纷纷坠落。忽然，就有一声清脆响亮的歌声响起，这通常就是一只雄性在求爱了，它要用气韵生动的鸣叫来为自己召来配偶。一旦确定了家庭关系，夫妇俩就开始营造新巢，繁育后代。

对于家室，白头翁远不如其他鸟类那样苛求，选一处能做依托的枝丫，随便张罗来一些草茎、杂叶和絮毛，就筑成一个深杯状巢。这也是最容易找到的巢，都不高，几乎伸手就能够着，没有一点隐蔽性。乌梢蛇和猫，甚至还有老鼠，都能随时制造出惨祸。我实在不明白，那么多高枝，为什么不选？只能说这种小鸟太自信和快乐了，对于可能出现的危险毫无提防……

这个时期，两只雄性白头翁要是碰到一起，常会掐架打斗，纠缠厮打在一起，像两团风里的树叶一样在地上翻滚。一方将一方按倒后，照着头部猛啄，直啄得嘴上沾满带血的羽毛，那模样看起来异常凶残。而力弱一方，失去还手之力，也不知闪避，只会用脚爪撑住对手的腹部，最后就彻底放弃了抵抗。此时，胜利者会飞到附近的枝头上一边啼叫，一边跳跃，宣告自己的胜出。而斗败的一方，躺在地上小胸脯一起一伏，有的能强撑着站起来，收拢好翅膀飞走，有的则没有这么好运，脸给啄烂，眼睛给啄瞎，甚至当场给啄死。

这边是血腥打斗，树上那些白头翁们依然穿梭在花丛中，自由自在，鸣叫跳跃。在温润的大自然里，在没有袭扰、没有暴力的平静中，它们是快乐的，快乐成一群自由的小鸟。早晨，我常常在睡梦中被它们清亮飞扬的鸣叫声唤醒。

时日不长，繁花落尽的桃树枝头，就挂满了一串串翠碧的小桃，像玛瑙珠子。白头翁叫得少了，总是有一只伏在巢里，另一只在树枝上来回跳几下，就匆匆离去。回来时，叼着满满一嘴昆虫。原来是巢里的小鸟出世了……拥挤的小鸟，一个个张大嘴巴，等待着父母将食物喂进它们的嘴里，滑落咽喉。

这样的日子，总是过得很快。待到院子里另外两棵苦楝树开出一束束幽蓝的小花，桃子由青变红，雏鸟也长出了成鸟的羽毛。它们离开鸟巢，像父母那样，在枝头上跳来跳去。后来，一个个离开了，只剩下一只空空的巢。再后来，由于采摘桃子，那只空巢被一个亲戚家孩子挑落，我亲眼看着它滚两个旋，就散架了，<u>丝丝缕缕全给吹入风中</u>。秋天时，我在桃树暗灰粗粝的根底看到一长条干燥发白的蛇皮，知道有个事主曾在这上面蹭啊蹭的，直到把整个一件不合身的衣裳脱下来丢在了这里。

画幅中也常能看到白头翁的身影。宋朝皇帝宋徽宗所作的《蜡梅山禽》，画的就是一对白头翁栖息在蜡梅之上，并附题诗："山禽矜逸态，梅粉弄清柔。已有丹青约，千秋指白头。"这是往男女情爱那里引申，借着白头翁说事了。但是，倘使宋徽宗仍活在世上的话，我一定要当面问问他：白头翁圩区最多见，怎么就成了"山禽"呢？

这么多年来，尽管我仍能轻易在路边的树上看到白头翁在鸣跳——鸟，还是那些鸟，只是物是人非，许多年前那只桃树枝叶间的巢，已随着桃花的飘零，消失在岁月的风中。

春天过了夏天来。五月的苦楝花里，一群白头翁飞来飞去，呼扇着小小的翅膀，在紫蓝细碎的花间寻寻觅觅——不是为了觅食，只为那弥漫在自由空气中一缕清苦的幽香。

燕子归来寻旧巢

湿烟不隔柳条青，小雨池塘初有燕……燕子真可谓活脱脱的春之精灵。

四月天气里，风轻微微吹拂着，千条万条的柔柳，齐舒了婀娜身腰。燕子轻灵地斜飞于旷亮无比的原野之上，吱的一声，已由这里水田上飞到了那边的高柳之下了。在掠过清亮的水塘时，会一侧身，翼尖在水面上一拖，便有小晕涡一圈一圈地漾了开去。它们都是在空中捕食小飞虫，所以必须飞得快，下口准，毫厘之间，不容有闪失。飞累了，或是吃饱了，就歇落在电线上，排了长长一串，像是五线谱。

清明前两日，家里飞来了一对燕子。它们在屋子里反复绕飞，没有找到钉子之类依托物，最后才看中走廊上方一个夹角，就一起协作，从外面一口一口衔来泥球往上粘着垒。没几天工夫，一个灰白的、半边碗状的巢便粗具规模。

趁它们夫妇不在时，我端了个梯子靠上去，偷看了一下人家室内。由于建筑时是立于巢内垒泥，由里向外堆砌泥球，所以尽管巢外面凹凸不平，但内里却平整。巢开口向上，内铺软毛以及细柔杂屑，刚刚容得下两只燕子横着身子伏在里面。这种结构布局，说不上是简陋，也算不得精巧。

清明一过，稻籽撒田，田里都灌满水，整个圩野一片白亮。这时的燕子极为活跃，来来往往地在湿地啄取泥土，都是在筑巢。只要嘴中没有衔着泥，就不停地啁啾鸣叫。它们一身乌黑羽衣，光滑漂亮，加上一对劲俊轻快的翅膀和剪刀似的尾巴，显得极其伶俐可爱。

新巢落成，便算有了温暖的家。暮色降临的时候，一只燕子从门外飞进，直冲巢口，减速，一缩身子就进去

了，接着，是另外一只。几天后，雌燕开始产卵、孵卵。卵如小指甲盖大，白色，有红褐斑点。鸟娃们一出世，就张着嘴要父母喂食。新添家口，父母一时不歇地忙着捕虫。它们高速掠过稻田，在青活活的秧苗上空捕食。待到衔着满口食物飞进屋，小燕子一齐挤到巢口，张开黄黄的比头还要大的嘴，唧唧地叫喊争抢……老燕子嘴对嘴地把虫子给小燕子喂下，然后转身又箭一般地飞走。

燕子和人最亲，住家过日子也是这般随人。小时候，大人让我猜过一条谜语：嘴像红辣椒，尾像剃头刀，天天都在土里宿，离土还有丈把高……是说燕子窝是土垒的，垒在离地丈把高的屋梁上。长大后，读到古人写燕子的诗"入暮不惊挥尘客，巡檐如唤卷帘人"，想象着那种情境，心里很是熨帖。

家里有一窝燕子，地上免不了常淋淋漓漓撒下粪便。有时端着碗坐在厅堂里吃饭，一只淘气的燕子飞过，遗下排泄物，差点就落到碗里。也有燕子进屋前，总是在门楣摇头窗上先逗留一会儿，天长日久，那摇头窗上便积满一层白花花的鸟粪。但似乎没有多少屋主人怪罪这些，经常打扫一下就是了，绝对不会把燕子赶走。因为谁家住着燕子，谁家就住着福气和吉祥……偶有几家没有燕子光顾，孩子们便很失落哩。

也有的燕子不须年年劳神费力搞安居工程。"燕子归来寻旧垒",燕子恋故人,也恋旧家,不管房子高矮,只要选中谁家垒下了泥窝,次年春天必定不远千里万里,一路奔波,寻归旧巢……还是去年的主,还是去年的宾,宾主间何其融融呀!有人怕这事不真切,就在一只燕子腿上悄悄系上红线。第二年,系了红线的燕子果真如期归来……让那人感动得一塌糊涂!

农家早起,天刚蒙蒙亮,吱呀一声门就打开。巢里燕子也醒了,探出小小的脑袋,左右晃动几下,吱吱几声轻鸣,扑哧一下就飞了出去,冲进晨岚之中。接着,一只,又是一只……一会儿工夫,绿树丛中,村塘水面之上,到处都是飞翔的身影和轻悦的鸣叫。

那时的乡村,才是真正的乡村。春末夏初,最繁忙时节,农人天不亮就下地,耕田,播种,除草。许多人家只把房间门锁上,堂屋的门却大敞着……给燕子留着门,让燕子进进出出方便。南风吹,麦子黄,空中飞舞着千百成群的翅蚁,那便是呈给燕子的盛宴大餐。

过去说燕颔虎额,燕子有一个超级宽大的下巴,飞翔时大嘴张着,就像是一个张开的网袋,以此捕食在空中的飞虫。雷暴雨前,气压低,空气湿度大,弄潮了飞虫的翅翼,燕子们就会反复低飞,张着嘴,兜扫昆虫,同时也在给你预报气象。如果留心观察，你会发现，燕子不像麻雀，除了筑巢时到湿地上啄泥衔泥，平时很少落地，据说，它们的腿脚很软，在平地上站不稳。

一场秋雨一场寒。秋天深了，燕子们必须在霜降前上路，飞向南方。

眼下，乡村的诗意和田园少多了，燕子也少多了。种稻都是撒播，不再蓄水插秧。许多农家都用上了城里人那样的居住设施，门户森严，进出换鞋，拖把将地砖拖得一尘不染。漂亮的小楼房，结构也变了，屋头再无过去那样的椽檩构件和梁垫雀替了，燕子到哪儿垒窝呢？

"花过雨，又是一番红素。燕子归来愁不语，旧巢无觅处……"这是自称"江南客"的宋人李好古写的《碎锦词》吧，读来叫人不胜唏嘘。

歇不住的大山雀

　　大山雀团身长尾，头黑颊白，个头比麻雀大不了多少，着实枉称了一个"大"字。

　　不知你有没有欣赏过大山雀的美妙歌喉？鸟类是有歌唱天赋的动物，歌喉最动听的通常都是雄鸟。它们唱歌是为了吸引雌鸟的注意，同时也是在警告附近其他雄鸟：嗨，这是我的地盘，谁都不要靠太近！有时走在林子里，听到"橘子，橘子，橘子橘——"的悦耳啼鸣，就是大山

雀在练嗓子。你会不自而然地停下脚步，侧耳倾听。孩子们哩，则会欢呼雀跃，有的索性上蹿下蹦地学起它吊开了嗓子，叫得多开心呀！

乡村人喜欢大山雀，好看，叫声讨人喜，听着心里活泛。春天到来，所有的草木都披挂上了绿色，能开的花，都开得尽心尽情，春色把低处和高处的面貌都改变了。在花香迷人的晴好日子里，大山雀的叫声活泼亮丽，清泉鸣溅一般撞击耳膜……而乡村最美的风景，就是成群的鸟儿掠过蓝天，扑棱棱落在树梢头和草地上，自由自在无遮无拦地鸣叫着。

大山雀头颈乌黑，两边面颊和后脑勺却贴了三块颇为抢眼的半圆形大白斑，羽色极有创意。再从颌下引出一条黑线，从胸腹的正中一直延伸到下腹部，像条黑拉链。有一种好看的蓝背大山雀，除了那张黑白相间造型夸张的大花脸，背部羽毛蓝灰，翅膀上边缘有白色斑点，腹部淡黄色，毛色光滑，紧挨在背上，干净利落，让人过目难忘。

大山雀是歇不住的性子，总是上下跳跃，左顾右盼，片刻无闲，从这棵树上飞到那棵树上，特别能折腾。有时在地面上蹦蹦跳跳一阵，又飞起来，边飞边鸣唱，鸣唱声像是丝带一样抛出来。在相亲恋爱期，雄鸟整天清脆嘹亮地叫着，声音拖得长长的，还能带拐弯："子子黑！子子黑！黑子黑子！子子黑……子子黑！"所以乡人干脆就喊它们为"子子黑"，又因相貌滑稽如京剧脸谱，有的地方又喊成"张飞鸟"。

暮春天气，篱笆上有许多赤豆大被喊作"小油包"的瓢虫，壳盖红亮红亮，像刚从油罐里爬出。我喜欢看大山雀在枝条间跳跃觅食，它们的嘴，短尖硬朗，敲击树干笃笃有声，以爪钩刨出匿伏在树皮下的虫子，叼到嘴中吞下。剔啄谷物看似简单，但也须全神贯注，技术娴熟，方能除去外壳吃到里面米粒。食物进了肚，心似愉悦，跳跃更欢，"子——黑！子子——黑"叫着，越发清脆嘹亮。大山雀胆大易近人，好奇心极强，能做出非常出色的即兴动作。

有一次，我在路边看到一只大山雀，已经一动不动躺在沟坎下。捡了起来，眼微闭，小胸脯还在微微颤抖起伏，朝天蜷曲的脚爪上不知怎么缠了一截烂鱼网。我解下鱼网，将濒死的鸟放在地上……谁知就在一转头的工夫，那鸟竟然扑喇喇振翅飞走！原来，它会玩这种仰躺装死的把戏喔。

还有一件事，若非亲眼所见，你根本想不到这么漂亮的大山雀也能制造血案。菜地篱笆边那棵桂花树上，一对白头翁夫妇在不高的枝头搭了个拳头大的巢。巢里有了蛋后，夫妇俩轮流抱窝，时日不长，小鸟就要出壳了。那天早上，我突然听到桂花树的枝叶间传来一声凄惨的鸟叫声……当时第一个反应，是村里那只麻猫上树叼了鸟。谁知跑到近前一看，两只大山雀正合力将一只白头翁从巢中拖出，白头翁的头上血迹斑斑，颈部滴着鲜血，差不多已经断了气。可悲的是，另一只白头翁绕着桂花树上下翻飞，扑棱着翅膀，发出一声声惨叫，看得出来它想冲上去解救，但大山雀的体型更壮实，根本没有一点机会！我把两个作案的凶手赶跑了，那只失去亲人的白头翁停在桂花树最高枝梢上整整哀鸣了一天，第二天就飞走不见踪影了。

大山雀自己的巢，寻常不大容易见到。只有当你看到一只大山雀嘴里衔满了柔软的草，从地头飞起来，才知道它要垒窝了。这种鸟特聪明，它起起落落，飞来飞去跟你兜圈子，就是不往巢的方向飞，不让你摸清它的巢在什么地方。

我是在村西长塘边林子里听到雏鸟的唧唧叫声，循声过去，走到发出叫声的树下，抬头朝上望，可没看到鸟窝。静了一会儿，直到雏鸟又断断续续地叫，声音从树干中传出，树干的头顶高处有个窟洞，洞口有草丝拖出，想必这就是它们的家室了。

布谷鸟一辈子无家室之累，它们要繁衍后代，就将卵偷产在苇莺和大山雀的巢内，蒙骗别人代为养育幼雏……这种将亲情异化和疏离的事，我未曾亲眼见过，因为布谷鸟只在每年的初夏才从我们家乡的云端里匆匆飞过，从不做过长逗留。大山雀哩，它会一不留神就成了别人痴情的奶娘吗？

花喜鹊，尾巴长

不知从何时起，喜鹊从我故乡消失了，这一定是它们生活出了问题。

在传说中，只有每年七月初七这一天，喜鹊才不见踪影，都飞上天河搭桥去了，让牛郎织女一夕相会……但总不至于这么多年鹊桥不散吧？

说来真叫人难以置信，那么多跳跃鸣叫于记忆中的喜鹊，还有作为乡村风景标志的一个又一个垒于蓝天下高高树梢头的喜鹊窝，竟全都消逝得无踪无影。上个世纪五六十年代，在乡村问路，最常得到的指点，就是让你远远眺望村头或村尾大树上黑疙瘩一样的喜鹊窝，那就是路牌。

鸟雀都喜欢在大树上建巢，天敌很难上得去，繁茂的枝叶也可以遮风挡雨，而如喜鹊那般把家室建在绝高处的，还没有。喜鹊没事就站在高枝上，眺望和俯视远处散落的村庄、水塘和灌木林地，眼光就是要比生活高一点。那些村庄都是大同小异，并且似乎整日陷于寂静的风景之中……只有喜鹊活泼而灵动地飞来飞去，穿插其间。喜

鹊又是很接地气，爱随人，不论在村口、桥头还是田间地
垄，都有点头翘尾喳喳叫着的喜鹊伴随身旁。

　　如果说乡村有灵魂，喜鹊就是乡村灵魂附体的鸟。
外形俊逸的喜鹊，身着一套极有喜感的黑白无间道酷装，
黑头，黑背，白腹，两肩各有一块白斑，飞行时，拖着一
条黑白色块炫目的长尾巴。喜鹊可不是一般的讨人喜，
"喳——喳喳，喳喳——喳喳喳"，叫声清脆响亮，且跳
且叫，同时尾巴也随之上下翘动，不止在一处心欢。喜鹊
叫，喜事到，清晨门窗打开，迎面树上喜鹊连声叫，心底
生出快慰，精神顿时一振！

许多鸟雀日子过得窘迫，家无存粮，整天都在找吃的，跳到这里啄啄，飞到那里刨刨，而不会把宝贵时间浪费在嚼舌和闲荡上。喜鹊虽然也在地头和草丛里刨食，甚至有时会像鸡那般跑跳着从地面快速跃起，啄食低空飞行的昆虫。但它们身手矫健捕食效率高，又是荤素不拒，从不忌口，无论是吱吱发声的天牛还是癞蛤蟆都敢下口，很容易填饱肚子，所以才显得那么悠闲自得。喜鹊不是爱凑热闹的鸟，很少扎堆，多成双成对或四五只一起活动在较为空旷的地方。

早春里，两只喜鹊喜结良缘，就从村头地尾衔来一根根细枝，在高高的大树枝杈上搭出一个黑乎乎的球状窝。因为这个窝的出现，村庄的风景也有了改变。

童年时的我们，凡为神秘的东西都想探视，于是就努力克制恐高，爬上大树看究竟。平时在树下仰望，喜鹊窝也就篮球那么大，到了近前才知足有洗脸盆大。最出奇的，是喜鹊窝居然有顶，不像其他鸟窝那样仰口朝天。那些树枝巧妙穿插形成了一个遮风挡雨的盖子，半中间一侧开一个小口，便是进出的门。里面光线和通风都不错，宽敞的圆形空间里，铺有干草、碎布条、白或黑的羽毛，及一些干黄柔软的苔藓，像是一层厚厚的地毯，搞得十分精巧舒适，有一种贴心的温暖。现在想来，不论是谁，吃好住好享受好，才有乐趣从心底生出……只是，住得那么高，夜深人静时，一轮明月悬挂头顶，很容易要对空冥想喔。

对于喜鹊，乡村人有着特殊的情感。顽皮的孩子天生喜欢抓雀掏蛋，却很少朝喜鹊下手。一次，我们有个伙伴上树掏了一对小喜鹊，当晚就得了怪病，腰背不知为何竟直不起来，家里慌忙派人到北埂村把最有名望的大爹爹请了来。大爹爹问明情况后，把了脉象，开出几帖药，让赶紧将小喜鹊送回巢。家人于是捧来了那对背上还是一层绒毛转着两颗黑亮眼睛的小喜鹊，你同它们对视时，疑心它们会和人一样有心数哩……我自告奋勇揽下大任，用书包装了它们挎在肩上，爬上那棵黑皮大桦树几丈高的梢头将小喜鹊送回了家中。两只小鸟失而复得，一直在枝头跳鸣不休的一对老喜鹊立刻安生了下来……我知道，要不是巢里还剩有两只小鸟，老喜鹊啼鸣一天后早就弃巢而去了。数日过去，我们那小伙伴身子终于慢慢变直，最后完好如初。

喜鹊也会玩收藏，我在它们窝里见到过红塑料纽扣、黑黑的小卵石，甚至有一枚闪亮的贰分钱镍币，搞得像财迷一样。生之乐趣，快意无限。

喜鹊与老鹰常有摩擦，它们时时三两只一起攻击一只老鹰或者鹞子，要是落了单，则反过来又被追撵，双方均无胜负可言，无论谁都不穷追猛打，戏总是草草开场，匆匆落幕。喜鹊和老鸹（乌鸦）亦是恩怨颇多，它们一主吉喜一报凶兆，但这两种鸟却沾亲带故，同出一源，乡下称喜鹊为"喜鸦鹊"或是"鸦雀子"。老人训诫自己偷懒的儿孙时，往往会痛心地说："鸦雀子老鸹子含（衔）来喂你……还要你张嘴哟！"

仔细回想，差不多是在上世纪六十年代末，喜鹊就从我家乡消失了。现在，北去合肥，往东北去南京，还有往南的徽州山区那边，都有喜鹊。像中了魔咒，唯独我家乡芜湖这片范围内不见喜鹊身影……问题到底出在哪里？真希望有鸟类学家前来考察，解开奥秘。在北京，我有时会带本书在天坛公园或是朝阳公园里静坐上大半天，主要就是为了观看那些在身边灵动飞来飞去的喜鹊。

记得是二〇〇〇年秋天，我乘车北上，大概是过了徐州后，偶在窗外发现了几对飞翔中的喜鹊，接着，便看到了许多球结于那些并不高大的意杨树上一个又一个的喜鹊窝。呵，从我故乡消失的喜鹊原来都跑到这里来啦？一阵惊喜后，不禁又悲从中来："花喜鹊，尾巴长，去了他乡忘了娘……"这是老家早年的乡谣。我的杏花春雨江南的故乡，竟然留不住这些可爱的鸟！

戴黑头套的灰喜鹊

灰喜鹊亦曾一度不见踪影，现在又能看到了。

灰喜鹊又被称作"山喜鹊"或"山鸦鹊"，还有一个绰号"长尾巴郎"。灰喜鹊稍小于喜鹊，打扮得有点流里流气，头和后颈油光黑亮，灰背，白腹，特爱显摆卖弄天蓝色的双翅和长尾巴。

除了闸口渡河滩林子，东边埂也是绵延数里无人家，草深树密，罕有人迹。所谓林子大了什么鸟都有，柳莺、

黄鹂、白头翁、野鸡和各种鹭鸟……只要走进树林，到处是鸟叫，随时可见鸟儿振翅高飞的情形。灰喜鹊虽也常来光顾，但它们似乎更爱泡在有炊烟的村庄里。

灰喜鹊成天没有一时歇的，不是在找吃的就是在找吃的路上。成群活跃于村头村尾的树枝间或人家的茅草屋脊上，这里刨那里啄，游击式活动，骤然飞到这里，又一哄而散飞向另一个目标。它们没有方言，所有灰喜鹊都以同一种腔调"嘎——吱、嘎——吱"地吵闹着，不甚畏人。灰喜鹊个个身怀绝技，常见它们头朝下尾朝上倒挂了身子在树干或泥墙上啄食，天牛、放屁虫、土鳖虫，还有茅草屋上给雨水泡出来的骚板虫，逮到什么吃什么。夏天，乌桕树和柿子树上都长了洋辣子。灰喜鹊特别喜欢吃洋辣子，而且处理那种红绿相间的刺毒毛尤有心得……你看它从叶子背面叼起洋辣子，先不忙吃掉，而是在树枝上几下一蹭，将刺毒毛刮去，然后一仰嘴，美滋滋地吞下。

马蜂凶悍，逮谁杀谁，不论蝶蛾还是青虫，谁碰上谁倒霉。不知从何时起，树梢头结出一个有柄的大号葫芦一样的蜂巢，无数红黑相间、拖着长腿的马蜂在那里萦绕嗡飞，望上去着实有点恐怖。但对灰喜鹊来说，这都不叫事儿。灰喜鹊专爱攻击这种巢穴，它们轮番飞上去，用尖嘴猛啄……直到最后啄穿，从里面叼出一条又一条白胖的幼虫，最后，连飞舞的成年蜂也捕食干净。

灰喜鹊智商高，敢进入农舍盗食，该出手时就出手，关键时候决不犹豫和黏糊。所谓艺高胆大，它们能贴近门扉或悬身从窗台上方窥察动静，作案时，通常留一两只在屋外警戒，其余登堂入食，如果没有危险，则会翻箱倒柜，轮流享受。每至冬腊时节，农家多在户外晒些鸡鸭鱼肉等腊货，最要防备灰喜鹊，稍有不慎，让这样一群戴黑头套、披灰马甲的盗贼得了手，一刀肉或一条鱼就给啄个精光！

灰喜鹊骁勇异常，攻击性特别强，为了护雏或守卫领地，也会像喜鹊一样奋起驱逐老鹰，在空中与老鹰纠缠厮打，轮番冲击。老鹰常给啄得羽毛纷飞，落荒而逃。老鹰若想打劫灰喜鹊，只能选择落单掉队的，要是惹怒了鹊群，场面肯定非常难看。

有一次，我路过一处乡间坡地，看见前面有几只灰喜鹊厉声鸣叫着上下扑腾翻飞，似在攻击什么。走近一看，地上躺着一条酒杯粗的受伤的菜瓜色花蛇，那条倒霉的花蛇先还挺起上半身，口中不断吐着红芯子进行还击……但经不住一群灰喜鹊轮番从各个角度闪电攻击，渐渐地被扑啄得皮开肉绽软下了身子，连要艰难地游进旁边的深草丛中逃遁也不行，最终，竟给这一群目露凶光的匪徒一样的家伙分食了。

喜鹊、灰喜鹊，还有乌鸦，都是同源的鸟，常在人类身边活动，喜欢噪闹和放纵享乐。鸦科的鸟，一般性格凶悍，富于侵略性，常干些无事生非、打家劫舍的恶行，强抢盗吃别的鸟的卵及幼雏。早年间，我见到过乌鸦、喜鹊和灰喜鹊各自组成军团，为了争抢地盘而大打出手。在喜鹊或灰喜鹊成堆的地方，一般就没有乌鸦；乌鸦控制的地盘，也很少看到喜鹊和灰喜鹊。

灰喜鹊从不在我们平原圩区营建窠巢，到了繁殖期，它们就在那些连绵的山岗林间筑巢育雏。不明真相的古人曾抱怨"维鹊有巢，维鸠居之"，即鸠占了鹊巢，这里的鹊指的就是灰喜鹊。其实，呆头呆脑、飞起来像一个沉笃笃葫芦的斑鸠，根本不是喜好打架斗殴的灰喜鹊的对手，它又如何能抢到灰喜鹊的巢？

灰喜鹊因为胆大不怕人，故又是很容易驯养的鸟。记得多年前《安徽日报》曾刊登过一篇长文通讯，说的是某林场有个姑娘鸣哨指挥着一群灰喜鹊巡回于各个山头捕食松毛虫的故事。姑娘吹着哨子在前面走，一大群灰喜鹊且飞且闹跟在后面，群鹊飞舞，当是壮观至极。

天空还是那天空，白云飘走，眼下的灰喜鹊似乎不再大阵吵闹了……岁月匆匆，留下的只有对往昔的怀念。

亦正亦邪是八哥

椋鸟科的八哥，古人雅称鸲鹆，《聊斋志异》里就有《鸲鹆》一篇。比蒲松龄早的明代某好事者，更写过一个"鸲鹆学舌"的故事，说那被调教能讲几句人语的鸟，某日自我感觉太好，竟然嘲笑起树头鸣蝉。结果反遭人家教训：你所说的那些话，有一句能表达自己心意吗？而我所鸣的，都是自己心声！这太有杀伤力了，鸲鹆羞愧难当，闭嘴到死没再学舌过一句话。

现在，大家都称八哥，早生疏了鸲鹆这名字。我是某次亲见一画家在题款时写了这生僻古怪的两个字，当时也不好意思问读音，回家后于辞书上查询，顺藤摸瓜才得知了这些。

八哥与鹩哥近似但比鹩哥小，也没有鹩哥那般受人待见。八哥全身羽毛漆黑发亮，眼圈金黄，嘴和脚也是黄色，上喙到头前部，有放射形冠羽，连鼻孔旁也耸着一撮黑毛；两翅横贯以白纹，飞行时尤为明显，从下面看宛如"八"字……但为何不称"八鸟"或别的"八"什么而呼为"八哥"哩，是表示亲近，还是这鸟本来就自带气场？

八哥爱和人间烟火相伴，狗叫鸡鸣相闻才是最好。在乡下行走，常见八哥歪着脑袋像模像样且带几分狡黠地打量人，或聆听周围声响，而对近旁跳来跳去啄着沙子草籽的麻雀们视而不见。因为黑得厉害，它们看上去像鬼魅一样，举止诡异，动作机警夸张。它们有时也会心安理得地立在水牛或是正在拱食的老母猪背上，要么就是排成一行站在屋脊和电线上吱喳嚼舌，云山雾罩地乱侃，抢话，跑题，插科，打诨，有的真情，有的假意……向晚日暮时分，则大群翔舞空中吵闹，给僻静的乡村增添了许多鲜活的热闹。

　　成语"鸠占鹊巢"还有一个乡间版本，说斑鸠把喜鹊的巢给占了——其实我们早已知道斑鸠是很老实巴交的主儿，根本没有胆量和计谋去跟喜鹊寻衅结梁子，抢占喜鹊房产的是八哥。八哥喜欢探索洞穴，但好吃懒做，不愿花力气筑巢。它知道喜鹊爱干净，有洁癖，于是就去茅坑或粪堆上打个滚，再一径飞到喜鹊巢中，到处蹭擦，把人家屋里搞得臭烘烘的。喜鹊遇上这等一肚皮花花肠子的无赖，只好自认倒霉，去别处另辟居室了。

　　心怀鬼胎，不讲道德，可见八哥绝不是什么好鸟。但其自有讨人喜欢之处，八哥聪明，易调教，善仿人言。乡下顽童掏得嘴角嫩黄雏鸟，以笼养之，饲以蚂蚱、菜青虫或豆腐什么的，并于端午节那天剪圆舌端，教它说话。到了翅膀上长出长长的有白纹的硬羽，盖住了腹背——也就是土话叫作"穿背搭子"的时候，把它们拿出笼子，向天上一抛，如果它飞在空中打一两个圈，再落回到你的手上或是肩上，这就是"熟雀"了。让它在你的手上或是肩上立着，吃一点东西，在天井里飞几圈后再放进笼子里。夏天里，八哥要爽快，特别爱洗澡，所以笼子里不能少了水，挂鸟笼的地面上常给弄得湿漉漉的。

一只调教好的八哥，很会讨巧，有时饶起舌来闹个没完没了。它不仅会模仿燕子、麻雀、鹈鸪、大山雀等鸟的鸣叫，还会学鸭子的嘎嘎声、猫的喵喵声、狗的汪汪声，甚至还会学打哈欠和婴儿的啼哭。南埂头跛腿翟三爷养的一只叫"二妹妮"的八哥，不单能学人讲话和唱歌，还特别喜欢学鸡叫，从小鸡的叽叽声、母鸡唤叫小鸡的咕咕声、母鸡下蛋时的咯咯嗒声，到公鸡打鸣的喔喔声……就是完整的一套口技。人心鸟意自无猜，在我们家乡，常以八哥来比喻那些巧言快舌讨人喜爱的女孩子。

八哥一度消失，和我们这里的农作物种植结构的改变有很大关系。八哥食性杂，但基本以荤食为主。那时，午季作物如泥豆、草籽、大小麦，种植较多，收获后再灌水翻耕耙耖时，地里大量的蚯蚓和蚱蜢、象甲虫以及草蜘蛛都被抛了出来，便有成群的八哥飞落地头或跟在劳作的牛屁股后面捡食……故每年的五六月份，八哥天天都能享受盛宴大餐。在绿草如茵的河滩上，悠闲地吃着草的牛，也总是有三两只八哥歇落牛背上，那是因为牛身上可以啄到虮虱和牛虻。牛哩，让八哥清理得异常舒适，尾巴甩打甩打的……这等场景，充满着诗情画意！

那时，八哥多的另一个重要原因，无论乡下还是城镇，都有许多连绵成片的徽式民居可供八哥栖身。这些带有天井附院的老屋宅，鱼鳞瓦覆顶，开片砖砌出空心斗墙，中填黄土。时日一长，墙体上就出现了许多洞窟，蛇溜鼠钻，八哥和麻雀专爱在高处洞窟里营巢建窠。它们都是不甚讲究生活质量的鸟，巢窠里弄得很马虎，稍稍铺些细软干草和羽毛，有时还拖拖拉拉披挂到洞口，一点也不利落。八哥的巢里通常有四到六枚卵，卵呈辉亮的玉蓝色——黑颜色的鸟或家禽，产下的卵多是这种色泽。

蜂子锥屋檐，稻种快下田。一些身材粗短的土蜂成日里嗡嗡地飞来飞去，也在寻找墙洞。我们那时要是有谁想弄只小八哥养养，瞅准某个洞窟，算计好那里面的一窝雏鸟羽翼将丰时，就扛了梯子架到灰色斑驳的墙上，爬上去，只管把手伸进洞中，很容易就掏出一只鹅黄色的喙尚未角质化的小八哥，拿回家放入笼子里饲养。八哥性野，好啄人，要是碰上老鸟也在巢中，你就得忍着点痛，只要不给啄到眼睛就行了。

　　至今犹记得村里断尾的老黑猫，那猫看上去就有点邪门，心机很深的样子，常在墙根下游走，对着那些墙洞发呆。有一天，它上了一棵贴墙生长的歪脖子桑树，趋近一个洞口，学我们模样伸爪朝里掏去。说时迟那时快，就有两只八哥闪电一般飞来，照着老黑猫的头上一顿猛啄……老黑猫没有我们能吃痛，一声惨叫躬身而退，同时扬起爪子使劲朝八哥挥去。两只八哥脖子上一圈毛都竖了起来，也是连连长声厉叫，立刻召来好多同伴，从东西南北几个方向发起攻击。老黑猫频频挥爪自保，狼狈不堪，最后一不留神，竟然失足跌下树来……一场精彩好戏，看得我们把肚子笑疼了。

　　不幸的是，这些老宅屋纷纷于上个世纪八九十年代消失殆尽……眼下虽仍能见到八哥，却不知它们把家室营建在何处？

东飞伯劳破夹子

　　晨间，我提了个蓝塑桶跟着跛老表国政在东边塘里起虾笼。这种虾笼有五六米长，每一截铁丝框门旁边有个楔形入口，喜欢见洞就钻的小龙虾进去了就找不着出来的路，想想这东西也真够傻。其实还是人太狡猾，设下这机关，就连一些精明的小鱼包括阴沉的老黑鱼也常着了道儿。

　　就在不经意回头时，看到了一只棕黄的鸟不即不离地跟在我们身后，时而从树上飞下，时而又飞回塘边小树

上……原来，它在捡食我们丢弃的小鱼。

我突然想了起来，这不是儿时常见的"破夹子"吗？是的，就是"破夹子"！

那时，我并不知道这种鸟叫什么名字，听别人喊"破胳子"，后来疑心这个"胳"可能是"夹"的讹音，因为闸口人都是把"夹"发音成"胳"的。

此鸟有一对黑翅架在棕黄的背上，远看像是被一个夹子夹住……但夹住就夹住了，何来要加上一个"破"？不得而知，或许是要表达某种感情色彩吧，但这名字实在太远离君子风标。它们如同小号版的灰喜鹊，头与身子的比例也是非常的像，只不过羽色不是灰喜鹊的灰蓝白相间，而是黄黑相间。破夹子并不是我们那地头常住户，只有初夏才看到它们的身影，秋风吹来时就不知飞往哪片天地里去了。

破夹子天生一副好嗓子，叫声激健有力，婉转多变，音质极富弹性。暮春季节，轻盈灵动的它们，在高树枝头随心所欲地啼叫着，把一串串华丽的音韵朝外抛撒，简直是口吐莲花。

破夹子自己发声美妙动听，却不该常常掐断别人的鸣叫。一群小鸟吱吱喳喳正叫得欢，突然看到了破夹子飞临，立马四散而逃，有多远逃多远！盛夏炎热的中午，所有的鸟都在禁声午休，只有知了在树梢上高鸣。特别是那种有一对牛眼的大黑蝉，专喜伏在人家屋边的树梢头长声嘶鸣，能从清晨叫到日落，吵得人心烦。突然，就没了声音……接着，就有一阵异样拖长的"吱——吱——"声传了过来。不用看，就知道那只倒霉的知了是被破夹子衔在嘴里了。

现在我们知道了破夹子是极不好惹的鸟。它的特点，是上嘴尖有钩，不但捕食知了、蜻蜓、金龟子等，连青蛙、老鼠、四脚蛇和一些个头比它超出的鸟，也敢攻击撕掳，常见它们嘴里血淋淋地衔一块带毛的肉立在树枝上……不看不知道，样子那么可爱、叫声那么动听的一只鸟，居然爱吃生肉，真叫人难以接受。你再去问问那些养蜜蜂的人，他们最怕碰到破夹子，要是有一只这样的鸟守在蜂箱前的树上，蜜蜂可就遭灾了。夏日的池塘上，早晚时总是有无数的蜻蜓点着水款款飞过，还有许多蜻蜓相互咬着尾巴打成箍在水生植物间飞行，破夹子来了，正好大开杀戒，它们有这本事，能在掠飞中捕食。

破夹子比灰喜鹊小上一圈，看上去身材修长，曲线玲珑，有点像画眉，但眼部画的不是白线而是一大块黑斑。它们其实就是蒙着黑眼套的强人，经常停在树顶梢或者电线杆子上，转动头颈搜寻食物。一旦锁定目标，就以极快的速度俯冲过去，用它坚硬、钩状的嘴迅速啄死猎物。

一般而言，鸟儿都喜欢在上了年纪的树上安家，因为树身有更多的洞穴和凹陷。早先，村子东边有一棵老槐树，黑黑的树干上长满青苔，手摸上去湿湿滑滑的，那些粗长的大刺一律黑硬如铁。浓密的树冠间，缀有很多鸟窝，有鹁鸪、白头翁、百舌鸟，尤以麻雀最多。这地方不仅容易藏身，并且随时可在树上找到果子和小虫子当零食，鸟们成天叽叽喳喳，一片热闹繁华景象。有一阵子，忽然树上安静多了，除了寥寥数只鹁鸪和百舌鸟偶尔飞过，麻雀和白头翁消失无踪。

那天，我在树下转着看了半天，才看出了名堂，原来有一只破夹子把这棵老槐树当作了暂住处，而且，那只破夹子正在干着一件让我目瞪口呆的事：只见它一下一下地把嘴朝树上刮擦，原来是衔着一只半大的青蛙努力朝槐树的长刺上戳挂。仔细一瞧，就在旁边的一根横枝上，竟钉挂着一排干尸，从外形上看有蚂蚱，有蜥蜴，还有两只带毛的麻雀……就像写出的一部惊悚悬疑剧本，我不知道破夹子为什么要干出这等暴尸示众的凶残事，或许是为了风干收藏，还有，就是这样钉挂着可以让它更容易撕扯吞食。难怪一些小鸟见到破夹子，就像老鼠见了猫一样惊恐万状，魂飞魄散，赶不急地远远逃离开。

破夹子就是伯劳，是我的中学老师熊先漠先生告诉我的。熊先漠先生那时教我们自然和生物，他有一个小小的标本室，还有一张贴在墙上的《常见鸟识别图谱》，那上面写得清清楚楚，说伯劳是一种肉食性的鸟，能在空中捕食飞行的昆虫和小鸟，且好居于树冠上鸣叫。

再后来，我读到了南朝梁武帝萧衍写的《玉台新咏》中《东飞伯劳歌》："东飞伯劳西飞燕，黄姑（牵牛星）织女时相见。谁家女儿对门居，开颜发艳照里闾。南窗北牖挂明光，罗帷绮帐脂粉香。女儿年几十五六，窈窕无双颜如玉。三春已暮花从风，空留可怜谁与同？"歌中"东飞伯劳西飞燕"，原本只是表达迁徙的离愁，后人望文生义，引申为"各奔东西"，这就成了成语"劳燕分飞"的出处。还有"日暮伯劳飞，风吹乌臼树"，这是《古诗十九首》里的，再下面几句，就是许多人耳熟能详的"采莲南塘秋，莲花过人头。低头弄莲子，莲子青如水……"

没想到这一直被我们喊作破夹子的伯劳，竟然很有些来头，在中国诗歌史上占据着一个好位置！

无论什么鸟，一旦进入诗歌的视野，都那么空蒙，甚至凄迷了……只是，这么多年过去，我才在野外重又见到了破夹子！

黄师娘的前世今生

自从见到了棕黄的"破夹子",我又想起另一种明黄色鸟,它叫黄师娘,可任凭我怎样留心,却一直未能见到那熟悉的身影。

黄师娘就是黄莺,也是杜甫"两个黄鹂鸣翠柳,一行白鹭上青天"诗中的那个黄鹂,令人羡慕的高贵印记,就是它们鲜亮的羽色。但我不知道为什么会被喊作黄师娘,那么乡土气的一个俗称,有什么根据?谁又是黄家的师傅?

我怀疑黄师娘是否应该写成"黄四娘"才对,杜甫那首《江畔独步寻花》怎么写的?"黄四娘家花满蹊,千朵万朵压枝低。流连戏蝶时时舞,自在娇莺恰恰啼。"晓得了这里的"娇莺"便是黄莺,是不是就同"黄四娘"瓜葛上了,并且立刻就有了文人味哩?有意思的是,《江畔独步寻花》其实是一组诗,共七首,上面引述的是其五,其六是:"黄师塔前江水东,春光懒困倚微风。桃花一簇开无主,可爱深红爱浅红。"由此看来,有"黄师塔"为旁证,"黄师娘"似乎就不会是无中生有平白无故给喊错了。

至今犹记得小时候唱的儿歌:"黄师娘,黄师娘,这树叫到那树上；不想大（爸），不想娘，光想穿身好看的黄衣裳……"

黄师娘窄腰收肩，两翅细长，尾形激凸，曲线玲珑的身段与破夹子相当，在鸟中的个头算是中等偏上。虽是离奢华远着，但一身鲜黄羽色，自有说不尽的妙曼。黄师娘妆容也是不落俗套，嘴色粉红，脸两侧有一道宽阔的黑纹，通过眼周，直达脑枕部。翼和尾的中央亦呈黑色，脚铅蓝色。黄黑搭配，娇俏动人，过目难忘。

黄师娘衣饰华丽，带着文艺腔的鸣声更出彩。暮春时分，天空一碧如洗，地里的油菜花黄着，秧苗绿着，蜂吟蝶飞，凉阴肥绿……你听，黄师娘站在高树梢上叫了，叫得格外圆润嘹亮，低昂有致，长短流利，时而婉转似笙簧，时而又突然尖锐如笛音：克威，克威！克威儿克威儿！喏威喏威！曲曲儿，曲曲儿……变化种种，但一声声啼鸣，尽是它的血脉。

那时，我家高墩子下面的水塘边有一株刺槐，枝叶婆娑，开满一嘟噜一嘟噜白花，于是，便经常成为黄师娘歇脚的地方，似乎每次都歇在一处固定的枝头。这让我每天在梦里就听到鸣叫，直到醒来。到吃早饭时，黄师娘还在叫，一边啼鸣一边弹跳，拨弄得粉白淡紫的花瓣纷纷坠落。清脆响亮的歌唱，流水般随着花瓣一起滑落，让你的脑子里不由得冒出两句诗："好鸟枝头亦朋友，落花水面皆文章。"

所谓江南三月，草长莺飞……要是两只鸟飞来飞去地兜圈子，这通常就是在恋爱了。一旦确定了夫妇关系，两口子就开始合力营建新宅，生儿育女，繁育后代了。

黄师娘的窝，与众不同，一眼就能辨出，因为那是一种非常有创意的吊篮状悬挂巢，是用一些草茎、细根、卷须及蜘蛛丝缀合而成，像马蜂窝一样缠绕横挑在平伸的树枝上。这种营巢技术，颇能体现女性的细心和精巧。

我从来没见过鸟卵，但只要看到老鸟衔满一嘴昆虫往哪棵树上飞去，就知是小鸟已出生。有一次，我看到两只黄师娘跟一群喜鹊缠斗，翻上飞下，打斗激烈，啼声尖厉刺耳……原来，那枝杈上摇摇晃晃吊着一个巢。黄师娘一张若涂抹了口红的大嘴又尖又长，一看就知不是好惹的，只要哪只喜鹊攻近巢边，它就凶狠地啄上去。最终，因为两只黄师娘豁出性命护巢，那群喜鹊竟没能占到便宜。

在民间，黄鼠狼（黄鼬）算是声名狼藉，它们常在宅边地头或干沟乱树丛里高蹿低蹿，干些坏事，乡民们却硬说黄鼠狼就是黄师娘的大伯子，弄得黄师娘看到在寻食找吃的黄鼠狼就数落："你整天这里偷那里摸，把老黄家的脸都丢尽了……为什么就不能学好哩？"

黄师娘自己的伙食一直不错，菜单上食物丰盛，荤素兼有，既能衔满一嘴的昆虫，也啄食各类浆果，还看到过它们飞掠水塘上叼鱼。幼雏出了巢，就能跟在老鸟后面飞起落下找吃的，四五只、六七只一起在花树间飞来绕去，能让你看花了眼。一到蚕豆结荚、小麦秀穗的时节，似乎满世界都飞着它们脆黄的身影，高枝跳到低枝上，啁啾个不停。"暮春三月，江南草长，杂花生树，群莺乱飞"，说的就是这场景。

至于黄师娘就是黄莺，我很早就知道了。约是十岁那年，无意中在母亲衣箱的夹层里看到一张毛笔写的字纸，是父亲的手迹："打起黄莺儿，莫叫枝上啼。啼时惊妾梦，不得到陕西。"新中国成立初，父亲随部队驻西安，而刚从安徽省委党校毕业的母亲，则在家乡南陵县做共青团工作。两地阻隔，思念韧长，父亲才挥笔录下这首古人的诗，并将原诗中"辽"西改成"陕"西。一字之差，心迹昭然。从那以后，我便格外留心起这种文艺腔的脆黄的鸟。

"映阶碧草自春色，隔叶黄鹂空好音"——仍然是老杜穿越时空的声音吧？

如今，轻盈的鸟儿都飞远，飞出了花草疯长的季节，只留下往日身影在诗歌里徘徊……凡是好鸟，都经不起一吟三叹呵！

悠然自得跑塘脚

　　有一种鸟，善跑不喜飞，总在河滩水塘湿地上跑，有时候一只，有时候两只，很少看到成群结伙。没有人知道这种鸟应该唤作什么，大家都叫它跑塘脚，还有一个也是很随意赏给的诨名，叫"跑滩鸟"。

　　跑塘脚长相清新美观，像个特具骨感的小美人，个头只比麻雀大一点，但比麻雀利落多了，嘴和腿还有尾巴也都比麻雀的修长，身子是黑白两色比拼，脸和腹部白

色……它们总是在跑，但不是像麻雀和喜鹊那般两脚并拢一蹦一蹦地跳着跑，而是两脚交替快速划拨着跑，并能像叫天子那样一弹一弹地轻快蹿飞，翅膀一收一张，起伏不定。但它们根本飞不到叫天子那般高，所以更多时候是在滩涂地奔跑，速度奇快。

三月三，蛤蟆出藕簪。地下的藕茎嫩头钻出水，这种嫩头尖尖的，金属一般黄灿，被称作藕簪或藕钻子。水面上，有一窝窝旋动的黑团，是成千上万只新生的小蝌蚪，闸口人喊作蛤蟆。浅水里，能看到金得蚜（一种扁长蚌）钻出的洞眼。更多寻常螺蚌会趋近岸边晒太阳，它们从壳子里伸出肉足缓爬慢行，在清澈的水底留下细长的线槽……许多条没有头序的线槽交织一起，拼出怪异图案，很能激发人的联想。这些日子里，跑塘脚跑得更勤快了。

跑塘脚偶尔也飞入静谧的村子里，歇落在场院边开满一嘟噜一嘟噜蓝色楝树花的篱笆下，头顶是蓝蓝的天，清澈得让你止不住要出神。飞来的这一只，激灵激灵地叫着，很快就召来另一只，或两只，又一同飞落到场地上。若谓人生无根蒂，那么鸟的一生更是无根无攀……落地是朋友，相逢即为缘，动如参与商，友情须珍惜！这么想着，直到有人走出来，它们才又激灵激灵地叫着飞走。

在众多的飞鸟中，只有它们的飞行姿势最特别，最吸引眼球。当你沿着曲曲弯弯小路走着，不时从沟沿下飞起几只雀，看那一起一落的飞行，就知是跑塘脚……眨眼间，就已消失在遥远的水湾处，只有那清纯而干净的叫声似乎还遗落在耳畔。

密集的梅雨光顾之后，夏天很快就到了。一连好多天的响晴，水蒸发得厉害，先前被梅雨灌满的浅塘水洼干了，露出青灰色的塘底。拖着弯弯绕绕线路的螺蛳，终于吃不消了，斜插在烂泥中，艰难地苟延残喘着。只有跑塘脚似乎很兴奋，不停地满塘跑来跑去，把一行行精巧细致的小脚印留在潮湿的泥地上。它们疾跑如风，一点都不费力气，更多时是跑跑停停，停了又跑，两脚不停地挪动，尾巴一翘一翘地上下摆动……还边跑边叫，显得悠然自兴。

有时，别处飞来一只很大的鹭鸟，环绕一圈后，斜斜收起翅膀歇落在塘底，慢条斯理地用长嘴往尚存的一点积水里一下一下戳着，捕获鱼虾。这跟跑塘脚并没有利益冲突，它们体型上落差太大，就像是天壤两途，各不相干。跑塘脚只是来来回回在湿泥中寻觅蠕虫，以及长脚蚊子和水蜘蛛，对鱼虾并无欲念，对生命的时空和节律，似乎更心知肚明。

常跟跑塘脚在一起的，是被喊作"水鸡"的小唧唧鹬。鹬就是在寓言故事里被蚌夹住长嘴而让渔夫捡了个便宜还卖乖的那个呆鸟。但小唧唧鹬并不呆，它比跑塘脚个头大，嘴更长些，也长着一张带眉梢的花脸，飞行及沿泥滩奔跑时，同样会发出细促的唧溜唧溜声。乡下人喜欢乱攀亲戚，硬说跑塘脚是小唧唧鹬的娘舅。别人都是在树上或悬崖石洞里垒窝，这两种鸟却是在水滩边的地面上营巢。没有任何遮挡的一个概念巢，只具简单的外形，铺几根枯草旧叶。卵壳布满褐色的斑点，与地面颜色差不多，不细看，还真的很难发现。幼雏刚孵出来，一身的绒毛，头上几乎还顶着卵壳，就能活泼泼地跟在老鸟身后快速奔跑。

傍水的鸟，我见得多了，但一直不知道跑塘脚的学名大号。若干年过去后的一天，我翻看一本带插图的百科全书时，忽然瞥见了那个白脸白腹的跑塘脚现身在图谱上……原来，它就是白鹡鸰又名白脸鹡鸰呵！《诗经·小雅》中有"鹡鸰在原，兄弟急难"之句，乃因其边飞边鸣，呼唤同类，故"鹡鸰"一词亦可直接拿来喻作兄弟手足之情。

我不由得想起了它们那奇异的呈弧形波浪式的飞行姿态，向上飞的时候，确实就是"脊令""脊令"地叫着，声音尖锐细促，传得很远……

菡萏不在，翠鸟将飞

在水边行走，常能看到翠鸟。

被喊作"鱼狗子"的翠鸟，有点像啄木鸟，虽然比麻雀壮观不到多少，但身手不凡，捕鱼本领高超，天生有一种别的鸟无法做到的俯冲绝技。夏日里，你走在水塘边，突然，不知从哪里掠出一只翠鸟，石头一般砸向水面……随着呼啦一声轻响，水面涟漪起处，翠鸟已叼起一条白亮的小鱼飞入塘那边的灌木丛中去了。

能仔细观察翠鸟的机会还是有的，我拿一本书坐在荷塘边，眼睛却觑着斜对面。那边临水的枝杆上歇着一只翠鸟……我不动，它也不动。再往东端去二三十米，有一个废弃的水板跳，也是它喜欢蹲候守伏的地方。

翠鸟羽毛以翠绿色为主，呈赤红色的嘴壳是它吃饭的家伙，硬长而强直，有点大得不成比例。翠鸟头顶黑色，额具白领圈，一条丝绸般亮橙色的眼带贯穿眼周，如同戴了太阳镜，喉部色黄白，像在脖子下面系了个白色的餐巾。其上体羽蓝色具光泽，下体羽橙棕色，配以宝石红的双腿，在光线照射下，显得异彩纷呈，艳丽夺目！

翠鸟尽管尾巴很短，但飞起来很灵活。它有时紧贴水面直线急掠飞过，并把一串尖细的"唧唧——唧——"鸣叫融入潮湿的空气里。平时，翠鸟像一个孤独的隐者，常常一动不动，仿佛粘在荷花的箭苞或水边的木桩上，缩着脖子静静地盯着水面，一副遗世独立的样子。红莲摇晓，清香弥远，那景致，简直就是一幅静止的丹青画图……但往往就在你一眨眼的当头，一支宝蓝色的箭矢射入水中，待你定睛去看时，只剩水面荡漾的波纹和兀自晃动的枝头了。

翠鸟很少失手，运气好的时候，可以难得地看到它很有意思的吃鱼镜头：它衔着鱼的尾部，急遽地摆动大脑袋甩砸在树枝或岩石上，反复数下，直至将鱼砸晕弄服帖了，才一扬脖，用一个小抛接动作调整好鱼体，头先尾后吞将下去。

盛夏炎热的午后，当隆隆的雷声传到耳底，头顶已是阴云密布。暴雨将临前的池塘，忧郁而宁静，却又积聚了即将爆发的力量，具有一种难以言喻的美。当劲风吹过来，能看到天空有好多鸟儿扇着翅膀急急地飞过……而翠鸟却仍如往常那样一动不动守在岸边。水底的鱼也兴奋起来，随着风浪渐大，游鱼激蹿到了水面。这时，翠鸟突然出动，像一枚闪光的弹头，刹那间扎进水里，激起一束水柱，旋即又钻出水面……

过着别样生活的翠鸟，都是隐蔽地独栖在水边，如果相隔数十米出现了另外一只，那肯定就是一对夫妻。我因为好奇，曾下功夫追踪搜觅到一对翠鸟的巢。那是在小南坝一处老旧水闸的陡坝坎下一个极粗糙洞穴，外面有一个枯黑的树桩，树桩下是一层绿茵茵的苔藓，6枚比蚕豆粒稍大一点的莹白色卵就直接产在巢穴泥地上，竟然一点铺垫也没有。这同它们华丽无比的服饰相比差别太大，翠鸟把日子过得简直太马虎了，要是有人帮着打理或指导一下才好哩。

那时，生产队靠东西两边圩堤分别有两个大水塘，放了几年鱼苗，却收获无多。先是怀疑给人偷捕了，后来才弄清，原来那两个鱼塘边各住着一对翠鸟夫妇，每年投放下的小鱼苗，几乎都成了它们大嘴壳中的美食……它们于疾飞中从水面叼起那种小指头粗细的又爱浮聚的鱼秧子，实在是太容易了！后来放养鱼苗，将"春花"换成二两左右的大规格的"冬片"，那美丽的偷鱼贼才无法下手了。但次年春上，老队长却又招呼会计仍订下少量"春花"投放到两个水塘里。

这么多年，翠鸟身影一直没断。可是，往昔那些镜面一样的清清水塘现在都变浅变淤塞，长满令人生厌的水花生和野茭白，要不就是拉满绳子养上蚌，水面富营养化发着黝黑的光泽，莲叶田田的荷塘也所剩不多了。那么美丽、那么爱清静的翠鸟，真担心它们哪一天会待不下去而永远飞走……

咚雀子亦有姓

有个儿时朋友，做工程发家致富后住到屯溪去了。那天，他开车带了一只金华火腿来访，中午我陪着喝了点酒，穷聊的全是过往旧事。忽然就聊到了咚雀子，他问我这些年听过叫声吗？我摇摇头。问他听到过吗？他也摇摇头。于是，我们便有了片刻沉默，让自己溯回从前……

田里的稻秧长起来，蝌蚪变成拖着尾巴乱蹦的小蛙时，就能听到咚雀子叫了。咚雀子总是在稻秧发棵后才出现，其他季节不知躲到什么地方去了。

通常，咚雀子是只闻其声而难见其影。晨昏时走在水汽迷蒙的乡野上，四周的稻田里，或远或近地响着类似一连串粗闷鼻音那样"克咚——""克咚——"的鸣叫声，"克"音长，"咚"音短，有时数声连鸣，音程间隔半秒……这种响亮悠远的双音节喘息声，有时也作缓慢的降调颤音。因为持续不断"克咚——克咚——"，所以此鸟在我们这里就被唤作咚雀子，也有喊"咚鸡"的。

当你根据叫声确定有一只咚雀子就在近旁，只要隐蔽地伏下身，耐心注视着前方稻棵中的田埂，便能搜觅到啼叫者的身影。它们雌雄差别较大，有时刚好是一只高脚窄臀像穿了紧身裤的雄鸟，上半截黑褐下半身麻灰，挺拔地站立在那里专心一意地啼叫着，或悠闲地踱着步。最醒目标志，是这家伙头上长着尖翘的鲜红额甲，像是顶着一个红辣椒。有时，则是一只体型小得多的雌鸟，全身麻灰，有点像鹌鹑，但比鹌鹑大，长嘴细腿，伸张着头颈一探一探地从稻田中机警地走出来，这里啄几下那里刨一刨，或是斜拉开一侧翅膀伸个懒腰……稍有动静，就返身钻回稻田深处。它们像许多涉禽一样，行走时尾翘起，头前后点动，遇上紧急情况，宁肯踔开长腿疾走，也不轻易张开翅膀飞。

当然，咚雀子有时候也飞，那是要从这片稻田去那片稻田，中间却隔着一个水塘或是什么遮掩也没有的荒地，它就笨拙地飞了起来……它的两肋及尾下具栗色及黑白色横斑，飞行时锈褐色的羽翼为明显特征。只是飞行时振翅缓慢，似乎缺少激情，有一下没一下扇动，头颈使劲前伸，双腿下悬，样子很有点憋屈。平时，它们伸出黄嘴壳啄食嫩草、花蕾和灌浆的稻粒，也吃螺蛳、水生昆虫以及蚱蜢等。我常想仔细觑清雄鸟嘴梢至头顶那个似冠而非冠的红额甲，不知那是怎么进化来的，有什么作用？

最让人搞不懂的，就是这样一副长腿细脖的模样，何以竟能发出那般沉实粗闷的叫声？特别是当梅雨天里，塘满渠平，满田坂的水涨上来了，雨止天晴，斜阳落照，四野清新，碧翠的稻田里，一声声传递着咚雀子响亮悠远的啼鸣……真是让人一辈子都忘不掉的情景呵！可是，眼下别说是城里人，就算是土生土长的农村70后、80后，你若问他听没听到过这种啼鸣，肯定都是摇头。

"小小咚鸡下鹅蛋"，是我们闸口老家的一句俏皮话。咚雀子的个头虽然并不小，差不多有快长成的小母鸡那么大，但这般的身子要下出鹅蛋来，差距还是不小。咚雀子下的蛋是什么样子，我也从未见过，连它的小雏秧子鸟也没见过。尽管它们特别喜爱在我们家乡的那些深绿碧翠的稻田里钻来钻去，并于晨昏时不停地"克咚——克咚——"啼鸣着，但却不想在那里营建爱巢。怪不得每年稻子收割后，就再也听不到它们的叫声见不着它们身影了。

自从知道了秧鸡科里有个董鸡属，突然间就恍然大悟，原来，"咚鸡"应该正确写成"董鸡"。这是什么人命名的啊？有一些长得像鸡但彼此之间又有差异的鸟，生活环境各不相同，在秧田里的叫秧鸡，在竹林里的叫竹鸡，在雪原上和松树下还有沙地里钻来钻去的便分别叫雪鸡、松鸡和沙鸡……而这种像鸡的鸟，却给像人一样赋予了祖先与姓氏的交织，赵钱孙李周吴郑王，单单从百家姓里拈出了一个"董"，又是何所根据？就像我们叫水牛、黄牛、牦牛、麝牛以及海牛、蜗牛，都能讲出所以然来，忽然出现了张牛、李牛，你不觉得莫名其妙有点怪怪的吗……还有，那"咚雀子"是否也应名正言顺写成"董雀子"哩？这是很有可能的。

让人郁闷的是，家乡深碧的稻田仍在，湿润的梅雨的季节也年年如期而临，只是那"克咚——克咚——"的啼鸣已消停多年了。

行到水穷处，不见水，不见穷……只有一片稻花幽香。

黄梅天气，苦哇声声

夜里下了场雨。天亮前醒来，闻着檐外淅淅沥沥的雨声再也睡不着了。突然，就听到了一阵亢亮的"苦哇——苦哇"叫声……哦，这可是多年没曾听过的苦恶鸟的啼鸣了，而且是伴着荒凉岑寂雨声。

每年暮春，在潮湿的天气里彻夜不停"苦哇""苦哇"悲啼着的苦恶鸟，是秧鸡的一种，也是背负民间传说最多的一种水鸟。乡民们相信苦恶鸟前身是一个苦媳妇，

受恶婆婆虐待折磨而死，化为怨鸟，所以叫出来声音就是"苦哇！苦哇……"在苏东坡、陆放翁等精致文人诗中也有相关吟咏，可见宋朝的古人那里就已经有了这传说。

苦恶鸟分白胸和红脚两种，前者体形要大于后者，活动在我们家乡水塘沼泽间的主要是白胸苦恶鸟。记得有一年，国家农业部曾发布消息：安徽枞阳人感染禽流感病例源锁定红脚秧鸡。红脚秧鸡就是红脚苦恶鸟，这与我家乡的白胸苦恶鸟无涉。

白胸苦恶鸟的体形俏丽，像一只苗条的系着白围裙的小黑母鸡，白额白脸，长着一双模特儿那样的高挑长腿。它们在水生植物间东一啄西一啄翻检找食，很用心地寻觅些水蜘蛛、小青蛙以及植物种子。当它们迈着模特儿的步子踩着漂浮在水面上的芡叶、菱角菜或是野茨菇草间行走时，突起的尾尖会不时地上下翘动，那些被踩过的芡叶盘的一角会在瞬间塌陷下去，但很快又会从水下浮上来。苦恶鸟十分娴熟地把握着这种技巧，一边行进一边不住机警地抬头张望四周。它有时会突然被草丛中蠕动的东西吓一跳，那或许是一条蛇，或许是一只癞蛤蟆。

苦恶鸟不善飞，起飞前，必得像练水上轻功的侠客那样先在水上拍着翅膀助跑一段距离，在身后拖出长长一道水痕来……虽然它们脚上没有蹼，但脚趾超大，游泳、潜水却非常在行。

　　如果在临水人迹少至的竹枝和灌木荆棘丛中，看到有碗大的一团纠结物，那通常就是苦恶鸟的巢……筑巢材料有细树枝、水草和竹叶等。我查看过它们的窝，每窝都有四五枚以上的卵，卵土黄色，好识别，主要是卵壳上有紫褐色和红棕色的稀疏纵纹和斑点，比我们常见的鹌鹑蛋大得多。雏鸟浑身乌黑，喜欢撒腿跑，跟家里孵出的十分淘气的小黑鸡没有区别，只是两只像踩着高跷的细腿特别长，一双小黑豆似的眼睛也更加灵动可爱，而且见到水就能潜下去，显得对于这个世界的悲苦一无所知。这真有点叫人不忍去想：如此可爱的小家伙，长大后，也会在夜深人静时，不住声地"苦哇！苦哇……"啼叫着满腹的辛酸吗？

　　在许多年前的那些五月底六月初的傍晚，走在水塘边，运气好的话，会看到一只体态绰约的白脸苦恶鸟，从荷叶秆下或是野茭白草丛中的水道间悠然游过，后面跟着它的孩子们——长长的一串黑绒绒的小苦恶鸟。它们的身影从水面上静静地掠过，恍惚间，水中如同有着它们说不清的前世。有许多小鱼儿在水皮上跳，大阵的琥珀色蜻蜓兴致盎然地用尾巴点着水，空气中充满了金银花的醉人芳香……突然，一只晚航的大鸟飞过头顶上方，并发出类似打嗝那样的尖锐而又阻塞的叫声。受此惊吓，一阵水花扑喇喇响过，那些可爱的小苦恶鸟仿照着前面的老鸟，屁股一翘，一只跟着一只潜入水底去了。

　　水底无路可回。花和树，都安然成了背景，这仿佛就是一个有预兆的梦。许多年过去，那些可爱的小生灵竟再也没有浮上来重新出现在我眼前……

水鸡，谁家的娘舅

　　水鸡的学名大号是矶鹬，别看它们嘴壳子超长，叫起来却细声细气，唧唧唧的，似小鸡，故又被喊成小唧唧鹬。我甚至怀疑是否应该写作"小鸡鸡鹬"才对？

　　在江南一带，水鸡是一个不确定的泛称，好多地方把苦哇子和夜鹭称作"水鸡"，咚雀子同苦哇子一样都是一种秧鸡，也被喊成"水鸡"，甚至连那种花里胡哨的虎斑大青蛙都被喊成"水鸡"。乡下人比较直观，对于说不清

道不明的东西，就根据其形、声或者颜色随意赋名，比如水葫芦、青桩、破夹子、鱼狗子、老鸹枕头，等等。倒是在百度里能"度"出一种黑水鸡，看那图片，跟咚雀子除了羽色有差别外，几乎就是一模一样，头上也顶着一个红冠那般的额甲。

其实，鹬同鸡的相似点真的不多，单是那张超级细长的弯嘴，就把它们跟鸡一下推远了。

"鹬蚌相争，渔翁得利。"这个典故大家都知道，但认识鹬的人肯定不多，而这个故事却流传甚广，说是一个河蚌无比舒适地躺在水边，张开两扇壳享受阳光的亲吻。一只鹬看见了，连忙飞过去，张嘴就朝白花花蚌肉啄了下去。不料，河蚌反应也快，一下关紧两扇厚壳，那只长嘴就被紧紧夹住了，怎么也挣不脱。长时相持不下，鹬恨恨骂道："今天不下雨，明天不下雨，就能看到一个死蚌硬挺挺！"河蚌亦仿其语式对骂："今天不开口，明天不开口，河边就多了一只死鸟硬翘翘……"两个互不相让，谁也不肯松口。一个摸鱼的老头正巧走来，看到纠缠在一起筋疲力尽的鹬和蚌，不费吹灰之力就捡了个大便宜。

在水鸟中，水鸡算是比较容易让人辨出的。因为它常单独出现在河边或长满水草的烂泥滩上，行走时总是不停地摇头摆尾。时而低头觅食，时而急行，或轻鸣，或急飞至对岸河畔……要是没有一两只被喊作"跑塘脚"的白脸鹪鸰跑前跑后地陪着，真有点独来独往很旷幽的意思。

水鸡约有正换毛的鸡崽那么大，脸上稍嫌花哨，翅膀前端有一道内凹的三角形白色区域，和腹部白色连接在一起，像黑白水墨画，这是最显著的辨认标志。它们从头顶到背部都是最为朴素的灰褐色，近看，可以见到其间的黑色横斑细纹，眼睛周围有白色眉线及黑色过眼线。

鹪科的鸟很多，只有水鸡最爱在水边游走。有时，能看到两只或三四只水鸡齐头并进，把细长的嘴一下一下插入烂泥中，搜寻蠕虫和其他食物，场面十分有趣。我看见过一只水鸡从泥水里捞出一只蚂蟥伸颈欲吞下，蚂蟥太大了，又不断扭曲蠕动，它连吞了几次，都没能成功。大概怕给噎死，最终还是放弃了。至于它们是不是因为好色而眼馋白花花的蚌肉，一时失嘴而把自己弄到了进退两难的地步……终归是一桩悬案。平时很隐忍的水鸡，要是受到惊吓，则换了一个嗓门高声喧噪，并飞快地跑开，或贴近水面起飞。

每年五月间，水鸡进入婚配期。此时雄鸟叫声频繁，音色悦耳，经常不停地飞鸣。有时能看到两只鸟飞到村子上空盘旋，或穿梭于树林之间……互相追逐，嬉戏。性爱高潮大多在滩地上进行，通常是雌鸟淡定地站立，伸颈扭头，一边朝四周观望，一边注视着那口子的动态，并且不时地鸣唧几声像是挑逗诱导。然后雄鸟来到它的身边，两脚不停地挪动，一跳，上到雌鸟的背上，同时将双翅张开保持平衡。雌鸟则将尾羽上翘，双方尾羽左右摆动，发出欢快的叫声……高潮结束，雄鸟飞到一边，抖动身体，疏松全身的羽毛。雌鸟有时停留在原地似出神，有时也抖抖身子后尾随夫君而去。

水鸡的巢，是我见过的最没激情和想象力的巢，简陋得惨不忍睹，通常就筑在地面浅陷处，随意铺点草茎枝叶，弄成浅碟状就成了。但它们智商却并不低，雏鸟孵出后即可独立活动。遇有天敌来袭，成鸟会佯装断翅或跛腿状跑动，将捕食者从幼鸟身边引开。这镜头，是《动物世界》里反复播放过的。

夕阳下，一只水鸡站在河岸边的浅水中。微风吹拂，它的影子一折一折地轻轻漾动着……让我的心分外沉静。

随后，天上起了火烧云，像点燃了一支大火把，落在河心里，满河通红。

青桩的飞行姿势

那时走在圩野里，常能看到一只寂然不动的大鸟，蜷缩一只脚，做金鸡独立状立于漠漠水田或远离人烟的沟港河汊边，这就是青桩。常说大块头能办大事，这话显然不太适合青桩，因为它太沉闷了。

青桩，有的地方又喊作"老等"，学名应该叫苍鹭。体型巨大，有半人高，比其他白色和灰褐鹭鸟大许多，立着的时候，翅膀收拢，是青灰色的，只有飞起来之后，才会露出里面的白羽。你以为人家心如止水，一直就这样无趣地沉闷下去，却不知它在你走了个神望向别处时，已悄悄飞高了。

虽非一飞绝尘，笑傲江湖，但是青桩的起飞和降落，着实好看。尤其是飞行时姿势优雅从容，负着瓦蓝的天空，缓慢而沉静有力地拍扇着翅膀，是真正的御风而行。我曾在自己的一部中篇小说《荷塘》中描述过飞行的青桩："一只大鸟似从天外飞来，悠悠地歇落在不远处的塘梢浅水湾那儿……过了一会儿，那大鸟似乎受了惊扰，突然张开翅膀飞了起来。它飞得并不高，两条长腿斜斜地

伸在后面，转了一个弯后开始升高，平缓地在空中划出一道弧线，悠悠拍扇着翅翼，朝有着连绵山影的远方飞走了。"

在那片柔软潮润的童年时的圩野里，常轻盈地行走着红棕色池鹭和牛背鹭的身影。这些体型不小的鸟，爱把自己一行行竹叶般"个"字趾印留在湿地上，它们那对翅羽，像文人附庸风雅的折扇，抖开又折起，折起又抖开。而站姿高直的青桩，则像钉牢不动的树桩那样静立着，无悲无喜，无怨无艾，看上去就是一副天生没有尘缘的模样。其实，青桩并非一动不动，它有时也会从容地蹽起长腿朝前走一两步，从上方往下刺戳一些鱼虾螺蚬或是青蛙水蛇什么的。

梅雨天里，圩野上到处是哗哗淌水的缺口，麦田、红花草田抽出的沟里，甚至雨后菜地的垄沟，都有水往下流，鱼噼噼啪啪打着水花往上蹿。经常看到猫躬着身一声不响蹲守在田缺边，它们显然也深谙其中的绝妙好处。正下蛋的老麻鸭也三五一伙结伴出现在水沟和田缺边，整条的泥鳅或黄鳝被吞下后，会在脖子里面一扭一扭地弹动。青桩也会立在某处水沟旁，仍旧一副老模样，很少动。

每每这时，我总是与它保持一定的距离，望着它，不让它受惊扰。我觉得，再没有一只鸟或是一个人比青桩更孤独和抑郁了，整天就那么孤零零地站立着，孤零零地飞过清晨或傍晚的天空……连一个对话的伴都没有，也没见它什么时候领过孩子，它有家园吗，它的爱巢在什么地方呢？或许，它根本就没有家，它的故乡早已空空荡荡，再也回不去了……

青桩的静默，开掘了我童年的深度。

到了夏天，水蒸发得厉害，一些露出新鲜泥滩的鱼塘边常能看到缩头孤立的青桩，别看身架那么大，但它吃得并不多，所以养鱼人也不怎么驱赶。它也从不会去刻意寻找食物，吃饱了，就把头与喙蜷缩在羽毛里，开始休息，任那些长脚蚊子、水蜘蛛还有开着四瓣小白花的野菱角菜散布在它的身边四周活动。有一种叫作白脸鹡鸰的小鸟，好似系着黑色小头巾、扎着白围裙的小姑娘，就爱围着青桩两脚湿漉漉地跑来跑去的。而在水塘那边，一些垒得高高的稻草堆在水面上映现出沉沉倒影，它们和慧然独悟的青桩一样寂然不动，感而遂通。

青桩只在黄昏和夜晚时才叫，叫声不太好听，像被什么扼住喉咙，是那种努力要冲破阻塞的"哑——呕！哑——呕！"声，我们家乡俚话"日里青桩，夜里鬼汪"，如果是一个人孤身行走在暮色昏冥的野外，这种声音传入耳中，的确有点恐怖。

不见青桩已久了。与田园的生疏，总是让人失落无措，让人很难感应到万物发荣滋长的季节征候。

对于我来说，青桩那种古典而唯美的飞行的姿势，肯定具有某种启示，我童年的目光常追随着它们远飞的身影……而今，它们在哪一片天空下拍扇着翅翼哩？

飞入冥蒙里的夜哇子

　　我过了许多年才弄清，原来，夜哇子就是夜鹭，夜鹭便是夜哇子。这种水鸟也被喊成"水老鸹"，因为它常在幽冥的夜色中飞行，并发出非同凡响的如同人咳呛般"哇咳""哇咳"声。

　　溪流水塘和江河沼泽还有水田里，是夜哇子歇息和讨生活的场所。夜哇子在晨昏和夜间飞行或觅食，白天藏匿于林中僻静处，或三三两两分开栖息在沟坎、涵洞或水塘小岛上的灌丛中。那些缠绵纠结的树枝，你搭了我的腰身，我勾了你的臂膀，挤得密不透风……某只形单影只的夜哇子就缩着颈站立枝头，偶尔梳理一下羽毛，有时也单腿站立，身体呈驼背状，大多数时间一动不动，于外界浑然不觉，仿佛忘记了时光流转，显得很是寂寥。当你走到跟前时，它才"扑喇"一声突然从水边或是树丛中冲出，边飞边鸣，鸣声单调而粗犷，是一种轻易不吐的"呱——呱呱"的深沉喉音。这让你无法不对这种水鸟另眼相看，仿佛它们能飞往另一个世界的窗口。

　　夜哇子都是夜行客。在江南水乡做夜生活的，除了起早摸晚的行路人，就是给扬花的稻田放水的起夜人，还有顶着一头露水夜渔的人。我就是在一个早起打鱼人那里第一次见识了夜哇子的真容。那是一个四野蒙着薄雾的清晨，因为贪吃，它被缠在丝网上动弹不得，努力大睁着一双褐黄的眼睛，偶尔奋力挣扎一下翅和腿。夜哇子着实有点丑，头大，嘴尖，颈短，腿也不长，如同一只半大的黑麻鸡，很健壮的样子，一点不像一只涉禽那般瘦骨伶仃。身上着色，除了两道淡白的眉纹，头颈及背部皆绿黑，且具金属光泽，肚腹则为灰白色。最为挑眼的，是它的头枕

部后面拖着几根半尺长的白色饰羽，下垂至墨黑的背上，仿佛大清官员帽子后面拖的那玩意儿。据说，这几根毛可是一宝，能破天风抽筋，所以乡人有理由相信这种水鸟能带来好运。

而对于我来说，很难忘怀的，是夜哇子的那双眼和那眼底的神情……它们犹如我脑中的金甲虫，一直飞在花丛里五月的夜晚。

夜哇子主要以鱼虾、蛇蛙以及水生昆虫为食，有时连那种在水里一伸一缩的蚂蟥也吃。通常于黄昏以后从栖息地分散成小群出来，三三两两的于水边浅水处涉水觅食，也常叉开两条细腿伫立在水边或伸向水面的树枝上等候猎物，眼睛紧紧地盯牢水中……只要占据了一个好位置，好像曲水流觞一样，就有游鱼随着流水来到脚边。树在晚风中摆动着，把一些影有一阵没一阵地投到水面上，梦牵魂萦的样子。待到清晨太阳出来了，夜哇子就陆续收工，回到树上隐蔽处休息。

其实，夜哇子白天也是干活的。你只要留心观察，在一些隐蔽的岸边，夜哇子站在突入水中的岩石上，有时是一截插入水中的长了茸茸绿藓的树桩上，风吹来，水一拍一拍地打着，一旦有鱼出现，就给予致命一击。夜哇子每次出击，都是将头一下插入水中，有时有收获，有时则要打蛇随棍上紧追过去连着来几下。即使扑了空什么也没捞着，它们也没有一点懊恼或灰心丧气的样子。

初秋的早晨，水塘里溶氧降低，鱼儿闷得受不了，就会浮头张嘴吸氧……夜哇子们不会坐失这样的良机，几只联手一起从空中朝鱼群冲击。谁运气好，逮到了鱼，就飞上树梢缓一口气，再叼到僻静处吞食。夜哇子捕捉较小的鱼，用上下喙夹住，而撞上稍大的鱼，就用上喙一下刺透鱼体，再牢牢夹住。

它们在树上结巢，每当两邻居在巢边相遇，就高耸头颈部标羽，并发声互致问候，不了解情况的还以为它们要打架哩。当然，有时因某一方举止不当或理解有偏差而引起纠纷也是常有的。要想看到夜哇子喂食，则不太容易，需要较好的耐心和运气。

圩野上，总是有一处处清漪的水塘，一片片竹树杂合的林子，那丝丝的阴凉之气，以及淋淋漓漓的一地白石灰水一样腥浓的粪溺，跟夜哇子的心性很是熨帖。

夏秋的傍晚时分，常会看到一群大鸟列着队从头顶不疾不徐地飞过，这是夜鹭或者它们的近亲池鹭。显然，大家都懂得省力的原则，只有体型小的鸟才会无序一团，一片混乱地飞。当这些过客都飞远了，昏暝的暮色里，又出现一只落单的鸟，它奋力地扑扇着翅翼，朝着一个偏斜方向飞去。你不知道它的底细，不知道它从哪里飞来，又向哪里飞去。杨柳岸，晓风残月……它有归宿吗，何处才是它的家园？

又是谁说的，夜空散落的啼声将带来宁静？

牛背鹭的修行

　　在闸口这里，牛背鹭被喊作"牛屎鹤"，那个"鹤"的发音，听起来就是一个"喔"。

　　江南的河流，就像树上的枝，枝上的叶，叶上的经络，数也数不过来。有水道，自然就有悠悠地来了又悠悠转去的行船，总是有几只水鸟跟了船走，呱呱地叫几声，又飞走了。这是水鸟，绝不是鹭鸟，鹭鸟都是远离是非和热闹的。比如，一座长时没有人行过的石桥，很是天老地

荒，桥头或许就立着一只两只牛背鹭。

桥下的水，日夜不歇地流着，该留的留，该去的去，日复一日……有时，从河的上游不知怎么就漂来了长长一溜木排或是竹筏，排上搭着小棚，一只或两只牛背鹭，缩着颈子静静地立在排尾，迎风领航，载向远方。牛背鹭的柴米生涯，就是这样在几乎静止的时光里一点点积攒起来的。

牛背鹭更喜欢站在牛背上，或跟在犁田的牛后面啄食，所以它们又被唤作"放牛郎"。在牛儿刚啃过的草地上，蚂蚱、草蛉和指头盖大的小土蛙乱蹦着，牛背鹭在一旁逮个正着。它们这样捞食，省心省力，也足以果腹。牛背鹭不偷懒，不浪费，也不贪求，挣一点吃一点。有意思的是，离村庄近，牛背上歇落着浑身漆黑的八哥，八哥好动，似乎永不满足。而一旦离村庄人烟稍远，牛背上就换成了这种白鸟。一黑一白，一动一静，展示与解析着各自的自适之道。

蓝蓝的天空，绿绿的村林，青青的草地，静静的河湾……夏天里，一只水牛把身子浸在河水里打汪，露出水面的头和一小截背上，竟然也立着两只牛背鹭。

牛背鹭一举一动，都体现了神情闲逸，这也是久历江湖冷对乖戾的一种境界。没有了牛时，它们就三三两两静止着。一边是此岸，另一边是彼岸，被一道清粼粼的河水隔开。两边绿茸茸的滩涂上，几只单腿站立的牛背鹭，一律把颈缩成"S"形，时光就凝滞了，真是要多静有多静……尘杂，喧闹，一切都是那么遥远。

牛背鹭也会歇在一棵孤立的树上，有人走近，不惊，也不怪。细雨纷纷的清明天气里，视野中，景物朦胧，心里也朦胧，唯有那一点一点的白，显得分外挑眼。到了傍晚，西天染红，是它们回归时分，回归某一片林子的枝头……你看到它们双腿朝后一撑，扇开两翅，就飞了起来。

夏日来临，气温升高。在漠漠的水田之上，牛背鹭翩翩飞舞。那洁白的羽毛软软的，在空气里悄无声息地飞过，便如一朵轻盈的白云，淡淡地飘远了，自由，宁静。如果它们正巧从你头顶飞过，你会看清它们将头缩到背上，颈向下突出，像坠着一个喉囊……飞行高度较低，缓慢而从容地鼓动两翅，脚向后直伸，努力飞成一条直线。

书上说，牛背鹭是唯一不以鱼虾为生的鹭鸟，但我知道它们还是乐于在水田或浅水区摸鱼捉鳅。你看，它们顾长的腿、细长的颈项、尖尖的长喙就是为适应浅水、沼泽而从胚胎里带来的。

牛背鹭的羽毛色会变化，到了繁殖期，头颈就呈现橙黄色，并且，背上也有一束桂皮红棕色蓑羽，向后延伸至尾羽末端。它们平时没有宅屋，时近初夏，才搜罗建材搭巢，且喜欢许多家住到一起，也常与白鹭和夜鹭做邻居，搞得像一个拥挤的住宅小区。它们的巢，比较缺乏想象力，千篇一律，由枯枝构成，内垫少许干草。卵浅蓝色，比鸡蛋略小，每窝不超过十枚。因为没有卫生管理，从树上到树下淋淋漓漓撒满白石灰水一般鸟粪，老远就腥臭扑鼻。

对于留鸟而言，岁月二字，总是冷暖各半。牛背鹭恋旧，它们一旦看上了哪一片临水的林子，就死心塌地成为这里的长住户。每天傍晚，几十只、上百只牛背鹭呱呱喧噪着，时而腾空盘旋，时而歇落枝头。

次日一早，一群白色的鸟静静地围着一头又一头水牛。太阳升高了，绿色的河滩上，像撒落一片片白色花瓣……

并非无名之辈的水葫芦

"水葫芦"只是一个充满乡土意味的绰号，一般人都搞不清楚确切称呼，而把它们当作小野鸭子。其实，它们并非无名之辈，它们真正的学名叫"小䴙䴘"（读作"辟递"），很生冷拗口，有点不近人情，大大影响了知名度。

水道成网的江南，圩堤如影随形，那时我们这些总爱惹出一些事端的孩子站在圩堤上，只要一看到它们，就

戏谑地跳脚喊："水葫芦不怕丑，上面穿棉袄，下面打光鸟……哦嘘！哦嘘！"那"不怕丑"的"水葫芦"其实很害羞，屁股一撅，扎到水底下去了。

水葫芦腹部着灰白羽，远看似为不讲文明地光着下身，这冤枉它们了。而撅屁股扎猛子则是潜鸭家族的看家本领，我们注意到，家鸭也常撅屁股扎猛子从水下找那些小鱼虾和螺蛳来填腹。只是这种不是那么太善飞的貌似小潜鸭的水鸟的体型实在太小了。但它们根本不是鸭子，只是潜水的招路像鸭子且更胜一筹……首先，它们没有鸭子那样的尾羽，圆圆的屁股上是一团松松的白毛，看起来几乎就是光秃秃的没有尾巴。其次，它们尖细的嘴也与鸭子的扁嘴不同，这像凿子一样的尖嘴，作用是可以快捷地叼住小鱼小虾。还有它们白圈的眼睛也很特别，瞳仁红亮，嘴角也有白边，花哨的眉纹，更像画的戏装。

水葫芦体形较圆，一律灰头灰脑，模样跟浮在水面的䴙䴘极相似。有趣的是，䴙䴘中最小最不起眼的一类，也有个诨号叫药葫芦，那种体型中等的赭红色䴙䴘，则叫火葫芦。

水葫芦虽不是什么季节性候鸟，但秋冬时候才更容易看到。它们三五只、十来只一起，若即若离地分散在那种大塘的宽敞水面上，伴着尖细的唧唧、唧唧鸣叫，这边一只扎猛子下去，那边一只冒出水面，然后甩甩头，继续在水面晃荡。有时你数花了眼，也没弄清它们到底有多少只。

看得出来，它们不是那么容易沟通，相互之间都保持着一点距离，从不扎堆在一起追逐嬉乐或弄出眉目传情什么的风流韵事来。当然，它们心情稍好的时候，也会在水面上悠然自得地梳理翅膀和尾羽，为下次进食前做些准备工作。悠悠的风儿将它们啄下的乱羽打着旋旋吹向岸旁，只有这时你才能数清它们的数目。和家鸭不同，家鸭通常只是像鹅那样倒翻着一对淡红的脚蹼在近岸浅水区潜泳觅食，累了就到草墩高地上歇一会儿子……水葫芦却总是长时间在深塘广水之下搜觅那些小鱼虾和螺蛳，技术含量肯定要高得多。它们游动时，水面上就分出两条剪刀形浪线，向着后方延伸，扩展。

水葫芦翅膀短，不是迫不得已很少起飞。突然受到惊吓时，可以像展示轻功一样一路打起水花跃离水面，几乎贴着水面飞上两圈或直线飞翔一段，便回到原地或者径直潜入水下——毕竟潜水才是它的强项。水葫芦从来不上岸，连夜里睡觉也如同一个不沉的葫芦那样漂浮在水上。一般来说，它们只要选择了一处水面，就不再轻易离开。

夏天过完了，秋天也过到了头，严冬来临。风从圩野上吹过，窸窸窣窣地响，早晚两头冷得厉害。从岸边开始，水面结冰，角角落落都是寒气，水葫芦就一点点退往水塘的中心，只有这时才彼此靠得很近。直到最后的水面也被封死，它们才不得不于暮色中声息全无地悄悄飞离。

"日暮乡关何处是"，几乎所有的水鸟都在朦胧的暮色中飞行，恐怕也是情非得已。但是在大范围严寒区域，它们如果不能很快找到一处没有封冻的水面，又将会面临怎样的严酷处境呢？

看来，即使像水葫芦这般具有飞天潜水的本领，也并不能自由地选择生活和躲避生存危机。

农事正忙呼"发棵"

发棵鸟最关心农事，总是在芒种前后稻秧分蘖发棵的时候飞来，清越嘹亮地叫着：发棵发棵！发棵发棵！

五月，天蓝得透明，清清水流绕着竹树繁密的村庄，水是长流水，不停地分出岔去，一湾又一湾。金银花开了，栀子花开了，铺天盖地的香。圩野里，黄熟的麦子和油菜正待收割，新插下的稻秧已返青，一片片黄，一片片绿……发棵鸟叫了，打破了乡村的沉寂，然而它的身影，

却让人始终难得识见。它总是在高树梢上，在云端里，一声递一声悠扬响亮地叫着，声音像被水洗过一样。听到这样的叫声，我便仰起头，在蓝天上寻觅。也许是它们飞得太高，总是只闻其声，难觅其踪。

发棵鸟叫声的特点，是四声一度：发棵发棵——发棵发棵！也可听成：割麦插禾——割麦插禾！尽管声音在头顶回荡，但却无法判定它在何方，始终不能找到那只让人无限遐想的鸟。少年时，我曾多次向人问过发棵鸟的情况，但几乎没有谁清楚见过发棵鸟的真容。也难怪，发棵鸟啼鸣的时节农事正忙，除了孩子，还有蓝天上那一朵一朵蓬松的云，谁会有多少闲情去弄清一只鸟？

最终一个难得机会的到来，完全出乎意外。那一次，我上学路过一片村林，突然有"发棵发棵"的叫声传来，仔细辨听，叫声并不是来自云端，就在附近的树上，好像还不止一只在叫……我于是循声走入村中，却发现上了当，原来是两个和我差不多大的小孩在模仿发棵鸟叫。其实这手段我们都会，因为发棵鸟叫的时候，最容易引得你情不自禁地尖起嗓子跟着它一来一往"发棵发棵"地叫。两个孩子未曾看到我，仍然非常投入地在那里学舌。我却渐渐听出了一点门道，这附近确实有一只发棵鸟在叫，而且就在村前的那片林子里！

当我悄悄来到林间的一棵大树下，先看到低处横枝上站着一只沉闷的白颈子老鸹，再往上看，终于看到了一只体形比鸽子细长又有几分似鹞鹰的暗灰色鸟，站在高高的梢头，正红嘴大张"发棵发棵"地忘情叫着。从下往上看，它的腹部布满了横斑。啼鸣时像画眉那样头向前伸和向上昂，两翼低垂，翘散开尾羽，很用力的样子，怪不得它的啼声能传得那么悠远……很快，这只鸟就警觉到了我，身子一个前冲，两翅张开，疾速无声地飞走了。这是我平生唯一一次在野外近距离观察到发棵鸟。

后来看书多了，我才弄清楚发棵鸟就是布谷鸟，只是我家乡的人不会知道它们的学名叫杜鹃。因为它们高歌啼鸣之时，正是杜鹃花漫山遍野盛开之际，故而在文人雅士那里，又有杜鹃鸟啼血染红了杜鹃花之说。

白天叫的，是"发棵发棵"这样四声一度的语言亮色，便被称作四声杜鹃。还有一种更清越的叫声为"米贵阳""米贵阳"的三声杜鹃，通常是不间歇地彻夜长鸣。因为被吵得不能睡觉，乡民们才不管你啥诗意不诗意，经常半夜起来持着竹竿喧声轰赶。我曾经想当然地以为，那个名字十分洋气的夜莺或东方夜莺，就是这个整夜"米贵阳——米贵阳"叫着的三声杜鹃。其实，夜莺虽然是少有在夜晚歌唱的一种鸟，且鸣唱出众，音域极广，但却挂在雀形目鹟科名下，羽色一点也不好看，体型小而灰黑，完全是两码事。

杜鹃鸟还有几个氤氲在古典诗意中的名子：杜宇、啼鹃、子规。传说蜀王杜宇，号望帝，终日忧于民生，后失国而死，魂魄化为啼血的杜鹃。从此杜鹃便同思国、思乡、思人所产生的愁怨伤痛结下了不解之缘，故文天祥被俘后有"从今别却江南路，化作啼鹃带血归"的慷慨悲歌。李白倒是喜欢频繁使用子规这个名，"杨花落尽子规啼""又闻子规啼夜月"，渲染出一种空寂苍茫的诗情，显得凄婉动人。

而对于农人来说，发棵鸟除了和节令相关催人劳作外，更传递着"发棵"繁密、秧禾苗壮的祷祝。发棵鸟的叫声里，永远洋溢着土地的芬芳和对丰年收成的企盼。

当记忆与灵魂一同被带回故乡的五月，我真的要从心底感谢它曾掠过我童年的天空，并给我留下那一声声穿越岁月的空灵悠远的啼鸣……

轻捷的叫天子

不见叫天子已久，早先，这种鸟可真多，只要到了季节，就大阵大阵地在野外飞蹿。

叫天子就是云雀，它们还有一个很生动撩人的名字——百灵鸟。叫天子很怪，初夏时，田野里到处都有它们的身影和气韵清朗的鸣叫，可一过了这季节，就消逝无踪。

叫天子天性里充满欢乐，又有卓越的飞行技巧，在收割油菜和小麦的季节里，成天荡气回肠地响亮鸣叫着。

常常三五一伙，箭一样从田沟里直冲而起，像比赛似的一个比一个蹿得高，倏忽间就蹿上云霄……它们在高空振翅飞行鸣唱，接着，又一个俯冲回到地面。所以鲁迅先生的《从百草园到三味书屋》里就有"轻捷的叫天子可以从草间直蹿向云霄里去了"的描述，这个"蹿"是很准确传神的。

叫天子飞行甚为有趣，它们不落俗套，起伏不定，是那种极轻灵的一弹一弹的蹿飞。有时吱嘎嘎地蹿到半空，突然像一颗悬浮的石子短暂停住不动……也有时，是且飞且鸣自由舒畅地盘旋上升。降落时收翅敛体直往下砸，接近地面展翅滑翔，轻轻落到地上。"叽叽溜——叽溜溜——叽溜溜溜！""滴——滴呖——滴呖呖——滴滴呖呖！"活泼悦耳的歌唱，都是在高空飞行撒欢时发出，多为持续不换气的成串颤鸣，一遍又一遍，声音既尖又亮，有着无与伦比的穿透力，仿佛能渗透听者全身的每一个细胞！

求爱的时候，雄鸟会迎着初夏的风整天唱着动听的歌曲，在空中做着各式各样的飞行特技表演，或者响亮地拍动翅膀，上下呼扇，或者翻个身扭个腰，以吸引美眉们的注意。更多时，是那种起起落落的且飞且鸣……鸣叫一阵后，歌声戛然而止，垂直下落，快要接近地面时，又向上飞起来……歌声骤然响起，一阵盖过一阵，行云流水一样。

麦田边、菜园旁、草丛里，常有野兔跑出来立起两条后腿打哨望，无论发棵鸟还是叫天子，只要一有啼鸣声传来，它们就侧耳谛听。那就是大自然呵，今天的孩子或许会问：大自然，大自然到底在哪儿呵？他们不知道，空中充彻鸟鸣，地上哩，更有许多小兽留下的痕迹，了解这些很重要，因为沿着这些痕迹有时可以找到獾子的窝。

说来惭愧，我几乎从来没在野外和叫天子打过照面，直到那年在扬州瘦西湖边才凑近觑了个真切。有个老头托着一只鸟笼溜鸟，突然，那笼子里的鸟张嘴就来了一连串"滴滴呖——滴呖呖——滴滴呖——滴滴呖呖"，好原汁原味的悦耳亲切的啼叫！

"是叫天子吧……"我问。老人点了点头。

原来，叫天子竟是这般的土气，身段个条比白头翁稍大，灰褐的，眉眼下隐约有一道白纹——这使它看起来有点像画眉，腹部淡黄色，周身间有褐色斑纹，头上有一撮小毛。老人说这叫"凤头百灵"。笼子里没有横档，它就在笼底跳来跳去。细看才发现，它的脚爪长而直，已收曲不起来，方才想起叫天子是典型的田野的鸟，从不会在树林间歇落抓握什么。它们麻麻灰灰的毛近于泥土色，于是就整天在田沟地垄里钻进钻出，很接地气。

如果说人不可貌相，鸟也不可貌相呵。

我故乡气象万千美不胜收的初夏时节，叫天子不停地蹿飞，在空中撒欢作乐大把大把挥洒自己的歌韵时，连空气都颤动不已……特别是当茜红微微染上天边、太阳即将升起的清晨，一拨又一拨的叫天子从沾满露水的地头弹射而起，划破天际的清脆的悦耳鸣叫，也从它们的喉间弹出，像黎明一样清新，像童心一样明净！或许是被这种快乐所感染，在圩堤上放牛的孩子，会情不自禁扯来一片韧滑的乌桕叶，裹在舌下，起劲吹起来。自然，他们吹出的音符，远远比不上叫天子生机无限的那滴溜溜转的清脆啼鸣。

记忆中蒲公英飘絮、蚱蜢乱飞的五月旷野里，一点点飞红，一片片云影，还有那弯弯的青草长堤映在河面上晕晕的一大片影子……谁家吃草的老牛又把几只叫天子惹上了天。叫天子就迎着风飞翔在辽阔的天空下，它们充满欢乐的不间断的歌唱声传得很远很远。

幽幽远远鹁咕咕

　　早晨或是黄昏，走在圩畈里，一只鹁鸪在叫了："鹁咕咕——""鹁咕咕——"叫声高远，清厉而激越，听到这叫声，你会以为它在很远的地方。其实，它或许就在附近，一抬头就可能看到它。这样的啼鸣一旦拉开序幕，立刻就有许多声音陆续加入进来……这村那林，你应我和，此起彼伏，满圩畈全是鹁鸪的鸣叫。

鹁鸪就是斑鸠。鹁鸪跟鸽子是近亲，个头比鸽子小不了多少，带着白梢的尾巴长长的，走起路来头也是一点一点的，只是总觉得那头跟身子比起来有点小得不对称。乡人多称其乳名"鹁鸪子"，喊讹了音，就成了"菩鸪子"或"菩钩子"。

鹁鸪就像是飞翔的葫芦。鹁鸪没有鸽子那套本领，不会凭借上升的气流轻松地滑翔，似乎也飞不到鸽子的高度，得靠自己制造气流飞翔，所以飞得笨重而急促。它们不停地扑打着翅膀，飞得很用力，还有一丝慌乱。如果一只鹁鸪飞过你的头顶，你会听到它扑扇翅膀发出的结实的闷响，它的沉重来自于身体。

乍看上去，鹁鸪有几分懵懂，浑身灰扑扑的一点也不精干，不像喜鹊有着黑白无间道的酷装。但珠颈鹁鸪却是极具贵妇气质，脖子上总围一条缀满紫绿斑点的粉底碎花巾，质地不凡，闪烁着金属的光芒，看上去特别醒目。

这种鸟有一个奇怪的习性，天要下雨或雨止天开，叫得格外欢快起劲。还有梅雨涨水满天霞光的傍晚，也是不住声地叫，因此又被称作"水鹁鸪"。"早叫阴，晚叫晴，中叫日头晒死人。"由鹁鸪在不同的时间段里的啼鸣，可以预知天气。

照古人意思，鹁鸪就是"其名自呼"。可以说，我是听着鹁鸪的叫声长大的。"村南村北鹁鸪声，水映新秧漫漫平"；"林外鸣鸠春雨歇，屋头初白杏花繁"……鹁鸪的叫声，有一种很悠远、很纯净的感觉，细听，你会觉得那是从深邃的时空或者久远的历史中传出来的，幽幽的，远远的。

汪曾祺曾在他的《伊犁闻鸠》中仔细描述过鹁鸪的啼鸣，并称由此而引起他"快乐又忧愁"的乡愁。按汪先生的说法，只叫出三个音节的是单声，"单声叫雨，双声叫晴"。他说，以此法判断阴晴"似乎很灵验"。

春天里，一只鹁鸪栖于村口槐树或枫树上，突然，像是受了某种诱导，头一点一顿地热切地鸣叫起来："鹁咕咕——咕！鹁咕咕——咕！"这已不再是单声了，前两个"咕"拖得长长的，婉转而悠扬，深情款款，后一个"咕"急促下滑，戛然而止。如果你看清了是两只鸟，那通常便是儿女情长的一对正在热络着的小恋人。要是其中一只一本正经不动声色，另一只必然口吐咕咕声头一点一顿地围着打转，竭力诱惑不情愿的对方，直到最后得手踩了背。要是这两口子都在地面，雄的那一只找到了吃食，会有一段表演：一边咕咕叫着一边啄，退一步，进一步，啄一口，又放下，左摆一下头，右摆一下头……

鹁鸪的爱情三部曲唱得不错，却不大讲究过柴米油盐的日子。它们的爱巢筑得很随意，有时铺架在高树枝头，有时就结在你想不到的矮树杈上，几乎伸手可及。浅浅的碗状的巢，看起来非常简陋，由几根粗细不一的树枝圈起来，再铺上稀稀拉拉的杂草和羽毛，就在里边生儿育女了。一窝里通常都是躺着两枚卵，白生生的，玉石琢的一般好看。

有一对小夫妻，将爱巢建在我家院前不高的石榴树上。我们在屋子里，都能听到充满柔情蜜意的"咕咕，咕……""咕咕，咕……"的轻鸣私语。它们有着浅浅的灰色羽毛，脖子稍淡，每叫一下，能看见小脑袋很有节奏地点三下，脖子处的羽毛似也蓬松开来，这一点像极了鸽子。榴花开放时，它们不停地忙碌着。夫妇俩轮流当班，除了觅食，很少分离，一只在窝里孵卵时，另一只就在窝边不远处的树枝上守望。

老宅的后面有一大片竹林，里面杂生着一些弯弯曲曲的油树、檀树之类杂木，是鹁鸪结巢的最隐蔽之处。菜籽粒是鹁鸪的最爱，像是算准了，每年油菜饱荚、麦子黄熟时，巢里的小鹁鸪也出壳了。父母双亲不断从菜籽田里飞起落下，尽情地啄食，然后飞回巢中，从嗉囊分泌出一种半消化的乳糜来喂饲雏鸟。浑身毛茸茸的小鹁鸪仰起头，将尖尖的喙伸入父母的喉管中，就能像吸饮料一样直接啜饮。它们拉在巢外的粪便里，能看到红的黄的未消化完的菜籽粒。一般来说，田里的油菜籽收割完，小斑鸠也长成了。有些淘气的孩子，找到了巢中的小鹁鸪，将它们的腿用一根细麻线拴了，不明就里的老鸟起劲地喂食，直把小鹁鸪都喂成了胖墩，体型远远超过了父母。

乡下有一个说法，叫"三鹁一鹞"，说是如果哪一窝鹁鸪下了三枚蛋，那么其中有一枚孵出来就是鹞子。鹞子凶猛，小时候会吃掉兄妹，长大了，则把父母也当菜鸟吃掉。但我却从没见过哪个鹁鸪巢里有过单数的三枚蛋。

芝麻在地里低着花白的枝头，大阵的鸟群，在炊烟里聚拢。那时候，满天都飞着鹁鸪，落到地头上，就是一大片，在草地上悠闲地溜达，啄食。后来，飞着飞着就少了。皆因它们胸部太丰满坚实，肉味鲜美，被人用枪打，用网粘，为的是一饱口福。我曾见过比一方墙还要大得多的粘网，网丝很细，悬挂得也很松弛，无论大鸟小鸟触网后，就会本能地挣扎，羽毛插到网眼中被缠住，绝对没有逃脱的可能。

频繁的捕杀，使鹁鸪对人类产生了极度的恐惧，它们凌乱而慌张地飞过水塘，筑巢都远离了村庄。

现在，乡下的人口已经大大减少，树木倒是比以前多了。走在乡间小道上，村前村后，又闻鹁鸪声声。"鹁咕咕——咕！”“鹁咕咕——咕！”一声声萦绕在人烟稀少的田畴绿野。

"天将雨，鸠唤妇。"古人是这么说的。那么，是丈夫在呼唤妻子了。

秋天的啄木鸟

啄木鸟也是好多年没再打过照面了。即便是在那时，要想看到啄木鸟也非易事，得去闸口渡对面柳树林子里碰运气。

闸口渡现在废弃了，不知什么时候开始，河的东岸长出一棵树，西岸也长出一棵树，东岸的树向西岸倾，西岸的树朝东岸斜，枝杈都快纠缠到一起了。在这棵树下游十来米处，有一个无人舟自横的"揪渡"，两岸立有木桩，

用粗绳将一只破旧小船两端拴住。要过河，就登船揪绳，慢慢拉。

过了这条缓慢而曲折流淌的小河，那片柳树林子仍在，绿色植被和腐烂枝叶孕育了成千上万的昆虫和其他纤小的野生动物，仔细搜寻，或许还会发现一只正在努力破茧成蛾的虫蛹哩。蜘蛛、蚂蚁和甲虫都在，许多鸟都在，只是——它们会像我一样，常常无来由地思念起某一个秋晨吗？

我喜欢秋天的树林，地上潮润润的，布满落叶和蚯蚓的粪便，行走在树下，内心散淡而清凉。但是，林子里的柳树总是很容易枯死，罪魁祸首就是天牛。还有杨树，这里的人喊杨森，因为叶子肥大，风一吹，叶片摆动相击，啪啪的响，又喊成"鬼拍手"，也是好生天牛，钻的一个洞一个洞，还湿漉漉地淌着汁水。要是在往年，这个季节，就有几只啄木鸟飞过来，像发电报一样，有节奏地在那些快要枯死的树上"笃，笃笃""笃，笃笃"敲击着，老远便听到声音。

就像我们夏天挑选西瓜时屈指叩击一样，啄木鸟用它那张长嘴这里敲敲，那里磕磕，正是凭着回声的不同，来判断树身是不是空的，空的就有蛀虫。一旦确定有情况，它就紧紧攀在树上，一双脚爪像吸盘一样牢牢吸住树干，头嘴与树干几乎垂直，照着一个地方一气猛啄……很快啄出一个洞来，剜到了虫子后，就用特别灵活的舌头钩出来。至于藏在树皮下的蜍象、象甲、金龟子等虫子，被它那么几下一震，仿佛是恐惧的击鼓声响在当头，立即晕头转向，慌不择路逃出，被人家守个正着，擒而食之。皮虫又称小囊虫，粘在树皮上虽然不会动，对树的危害性却不小，而且皮虫一长就是一大片。啄木鸟要是揽上了这事，一般要把整株树的皮虫清除干净才转移到另一棵树上，碰到虫害严重的，就会在这棵树上连续干上几天，直到上上下下将虫子全部找尽为止。

啄木鸟跟翠鸟有点像，比翠鸟大。来我们那里主要有两种，斑姬啄木鸟和大斑啄木鸟。前者黑白相杂的毛色，周身满是密麻麻的小白点，是现代艺术与古典风格的融合；后者白脸，红脑顶，大块黑大块白的羽衣，屁股下面一片殷红，是啄木鸟中最漂亮惹眼的一族。它们嘴壳子超长，且坚硬，不仅能啄开树皮，而且也能凿开坚硬的木质部分。啄木鸟的舌头又细又长，有时你能看到它伸出嘴外像一条蚯蚓那样绞缠扭动，其实那上面有黏液，而且舌尖上有刺一样的倒钩，能灵活地伸进蛀洞，还能顺着蛀洞拐弯，把藏得很深的那种白白胖胖有小指头粗细的天牛幼虫连粘带钩地掏出来。啄木鸟的尾巴有点特殊，呈楔形，坚硬有力，且弹性极好，能撑住身子停在树干上使力气啄洞，还能帮助它攀爬树干时保持身体平衡。

秋天薄凉的天气里，啄木鸟总是不停地在林子里飞来穿去，在树干和树枝间以惊人的速度敏捷地跳跃。它们轻功了得，能沿着直直的树干快速移动，向上滑跳，倒退着向下反跳，或者是玩杂耍那般一圈又一圈地抱着树干平行滑转……如果你是第一回见识这套身手招式，一定会觉得有趣极了。它要是不想动了，就停下来，头冲着树梢，尾巴像铆钉，铆在树上。

我没有见过啄木鸟在树干上撅着屁股往下倒滑，这可能就像猫爬树一样，上去容易，下来就有点悬了。曾经看过一幅油画，上面画的啄木鸟是头朝下的，我不知道这仅仅是超现实版的炫技哩，还是啄木鸟真的会倒挂金钩悬了身子干活？但有人告诉过我，啄木鸟确实有这个本领，能根据洞穴的走向敲树捉虫，只要形势需要，它是不在乎头朝上还是朝下的。

当你对自然界了解越多，从中获得的好处也就越多。据说啄木鸟跟山雀是好朋友，山雀喜欢在树下找点被啄木鸟漏掉或翻弄出来的小虫子吃。啄木鸟专心一意敲树干时，易受林隼的袭击，山雀一旦感觉危险将临，就闭嘴消声了。啄木鸟发现周围没了声音，情知不好，就赶快飞走躲起来。

　　啄木鸟多数时候都是沉默的，显得特别安静，但它们也会叫，是一种闷闷的"咳儿""咳儿"声，似乎还带上点鼻音。啄木鸟的家室不在我们那里，是在山区林子里，它们只在每年秋季才巡游到周边地带，稍作小住。

　　清晨，河边的雾气刚刚升起时，啄木鸟就开始干活巡查了，沿着树干向上攀爬，一边攀爬，一边用尖嘴叩敲树干。"笃笃笃，笃笃笃……"的声音，在寂静的林子里传出很远。

野鸭子扛枪

从闸口渡往上，顺着荒草埋膝的圩堤走两里路，就到了南小坝。南小坝附挂在大埂外侧，是个内径约一华里的独立的卵圆小坝，除了百来亩水田，就是一些深深浅浅的池塘。少年时我在这薅草耘田干过活，不是太大洪水漫坝，收成也不错。三四年前修建过境的南宣高速，从这取土，挖成了一个浩大水塘，吸引来许多水鸟。

圩区的最大优势，就是到哪里都有水，鱼虾多，水生物多，鸟类在这里吃喝不愁。尤其在湿地中间有数不尽的沟汊和苇塘，春夏之交，就有各路的候鸟来此歇脚或小住。这其间，要数野鸭子最受关注。波光粼粼的水面上，还有涨水的稻田里，它们悠闲地扎猛子嬉戏觅食，或是抖擞着斑斓的羽毛鸣叫追逐……也有的则像是受了什么召唤，忽然从茂密芦苇丛里扑喇喇飞起来，飞高，飞远，直到变成数个小黑点，最后消失不见。

野鸭子除了能飞和体型小些外，其他方面与家鸭差不多，都是很有福气的长相。麻褐色的是母鸭，叫声嘎嘎，两眉际各有一道黑线，吊出丹凤眼的俊俏相貌；绿头颈上

套白箍的是公鸭，翅膀上也流闪金属绿色，尾羽卷曲而风流，虽衣着光鲜，却是麻沙嗓子，叫不出太大动静，所以无法发号施令。同大雁一样，野鸭子也是列队飞行。于是便想到家禽，一群尖嘴子的鸡跑起来总是杂乱无章，而扁嘴的鹅鸭却有列队的本能习性，一个跟着一个，不会挤撞在一起。

野鸭子万里奔波，振翅于江湖之上，不可能像家鸭那般摇摇摆摆走路，它们与家鸭的另一不同处，是产了蛋都得自己孵，但野鸭子从来不在我们这里下蛋养育小鸭，只把南方当作旅行寓住的补给站和越冬地。飞过来的都是成年鸭，要么成群结队，要么三三两两，出没在水塘大湾里。有一种体型较大的"对鸭子",又喊作"绿头鸭",最有夫妻相,总是两两结伴同进同出。还有"八鸭子",不仅常结成八只小团伙出巡水面,而且它们的标准体重往往只有八两——八两,正好是老秤一斤(十六两制)的一半。其实,我见过那么多的野鸭子,最小的每只也有一斤多重。

野鸭子要是结了阵,那就坏了。你根本想象不到,早先野鸭子会多到什么程度……

深秋季节,它们铺天盖地飞来,有几回就纷纷歇落在我们村外的满是枯禾桩的稻田里,啄食那些收获中遗落的稻粒。半里路方圆的一大片稻田,竟像是盖上了一张巨大的麻栗色毡毯,那情景真是让人惊悚!记得有一年冬天雪下得特别早,小南坝有几块低洼田里稻子成熟稍迟一点,割倒在田里,还没来得及脱粒。突然,那天上午就碰到了漫天降落下来的"天兵",只一会工夫就造成了灾害,将大约十亩田里的铺着一层薄雪的稻子翻刨啄了个精光。等到人们醒悟过来,手舞棍棒敲着脸盆铁桶吆喝着冲到田里驱赶时,那成千上万只的野鸭子已驾着汹汹噪鸣的声浪升上了天空,变成了一片时而伸展时而收缩着滚动的黑色云团,朝西南方向飘去……说来也怪,野鸭子落下来觅食时,一只也不发声,一片静穆,而当它们展翅升空飞行时，此呼彼应，从无数张喉咙里发出淹没一切的巨大声浪，着实让人惊骇。

那时，没有人想到后来会出现一个叫"环保"的词。人们恨透了带来灾害的那些野鸭子，只可惜手中没有火器，要不然轰它一大片下来，既解恨又解馋。尽管如此，还是有人断断续续捕获到野鸭子，大多是扣到的。其法是用细麻线挽成活扣，一头用木桩固定好，野鸭子觅食时一只脚不慎踩进套扣里，或是头颈被套住，就跑不掉。村子里有个浑人叫二五子，带两个洗衣棰棒藏身田头草堆里，待野鸭觅食到近前，突然跃起奋力投出棰棒，某次竟然一棒砸中三只！

野鸭毛须干拔，因为皮薄，开水一烫，就破了。说来难以令人置信，乡民们吃野鸭子从来不会红烧，嫌那太啰唆：野鸭子这东西也值得费油费柴去烧？那还不让老人骂死了！通常是把野鸭子收拾干净，斩成数块塞入一个灌满水形如小号哈密瓜那样的砂吊（罐）子里，放块姜，撒点盐，盖上盖，埋入做饭后的灶膛中。罐外包一圈谷糠，包到罐腰处，再全部用余火灰烬壅住。一夜过来，肉烂离骨，吃肉喝汤，香鲜无比。

有一则日本民间故事，讲述一个猎人出门打猎时碰碎了瓦罐，家人认为不是好兆头，劝他别去了。猎人没有听信，结果他打中了一只野鸭子。野鸭子挣扎时，将一条大鱼拍到岸上，猎人伸手去逮鱼，同时抓住了躲在草丛中野兔的后腿。野兔拼命蹬腿挣扎，脚趾刨出了许多芋头。猎人去捡芋头，却捡着了一只野鸡。猎人拎起野鸡，没想到下面还孵着一窝蛋；猎人捡起野鸡蛋，旁边有好多蘑菇……猎人回到家，脱下他的肥裤子一抖，里面蹦出了一堆大虾。猎人满载而归的好运气是从哪儿来的，是从一只野鸭子开始的。他的每一个运气中都包含着下一个运气。

但好运气并不是什么人都能撞着，同样打野鸭的故事，对于某些人来说，简直就是糟糕透了。

那还是"文革"早期的事。从县城来了两个造反派头目到我们大坝与小南坝连接处河滩打野鸭，上午十点多钟到的，两个家伙各扛了一支老式七九步枪分散在两处狩猎。根据后来有人回忆，那天一共听到响了七枪，像放炮仗一样，每一声炸响过后，就看到许多野鸭腾空飞起，嘎嘎叫着，仓皇而杂沓。那些野鸭在天上飞了一阵，又盘旋着在不远处降落下来……后来就再没听到响枪。到下午，就听说出事了，淹死一个人。我们去看时，那人已经停尸在一里路外下游一段河埂下，是被几个打鱼人用渔网捞上来的。夕阳坠破云层落到了远处河面上，圆圆的，红红的，像个鸭蛋黄；一片片深秋的芦花飘游在空中，仿佛是不散的魂灵。那支半漂浮在水面上的七九步枪也找到了，一只打折了半边翅膀的绿头野鸭脚上系着细绳，另一头拴在枪托上……

事后分析还原当时场景，应该是这样的：出事前，那个官称"吴队长"的人可能是想抽根烟或是解个大便什么的，就把拎在手里受伤的野鸭临时拴在枪柄上，这应该是个不错的主意。没想到受伤的野鸭却能拖起十多斤重的枪身滚落到水里，待他赶去捞时，已是渐行渐远。再后来，可能是泳技太差气力不够，也有可能是缠着水草或是腿抽筋了，总之再也没能游回来。只道世事无常，却不知霉运也是一个含着一个，如果当时没有武斗，就没有人能抢到枪，抢不来枪当不了队长又打什么野鸭哩……似乎剧本早就写好，这个霉透的家伙哩，只是稀里糊涂地演了男一号。

数年前去湖北黄石，当地新闻界同行陪我们登西塞山。西塞山危峰突兀，中扼江流，历来都是战伐争夺要隘。立于望江亭上凭栏远眺，想到世事沧桑，那么多风云往事都如流水般逝去，唯有"山形依旧"，怎不令人感物伤怀……其时，在我们身后，冬日的残阳早已没入城市西边那连绵的乱山之后，一弯冷月正悬上头顶。寒风猎猎，苍茫的暮色中，西塞山下的江面，沉郁而空蒙。只见一排排一队队的野鸭子从上游水天之际飞来，它们贴着江面连成长长一线，变化着，涌动着，朝江北对面大片湖泽水潦地带飞远。这一线消失，紧跟着又是一线，仿佛从时间的深渊里飞来，又往时间的深渊里飞去，无穷无尽……那些有形无形的羽翼，填满了整个寥廓的黄昏。

野鸡的种种际遇

东边埂长着许多芭茅，一簇簇地挤在一起。茂密的茎叶中，常藏有肥肥的野鸡和斑鸠。

芭茅的叶子边缘有锯齿，可以轻易地将皮肤划出一道细细的血口，闸口人要是讽刺某人眼睛特别细小，就说"像芭茅划的"。夕阳下，远远地看见一只野鸡悠闲地散着步，还没等你走近，它就不慌不忙地钻进芭茅深处不见踪影了。所以，许多人把野鸡喊成"芭茅鸡"，我怀

疑这是否为"斑毛鸡"的讹音哩……因为野鸡身上净是花斑点。

初夏前我去了一趟欧洲，回到闸口家中，忽然发现父母孵的一窝小鸡中有六只异类。它们身有褐色条纹，体型明显较小，却灵动机警异常，跑跳迅疾。保姆说是在菜园下沟坎里捡了九枚野鸡蛋，就随手放进正孵蛋的家鸡的窝里，后来就出来了六只这小东西……这些小东西迟早还是要飞走的，它们和家鸡不是一个性子。

野鸡就是山鸡，学名叫雉，或环颈雉，善走不善飞。雄的服饰华美，周身赤铜色，鲜红的脸，颈部有白环，像是套着一个亮晃晃的银箍……长长的泛着绿光的尾巴，非常精彩，是过去戏台上那类英雄人物头上风流自许的装饰品。而全身砂褐、斑纹、短尾的母野鸡，则是灰土土的暗然无光，看上去一点也配不上它们的郎君。

其实，叫山鸡显然有点以偏概全，还是称野鸡好。因为野鸡的活动范畴广，山区有，圩区也有。虽然野鸡并不是家鸡生物进化的源头，家鸡的祖先，是至今仍活动在云南山野的茶花鸡，但野鸡和家鸡毕竟有太多的血肉牵连。人们更愿意相信，野鸡就是一些不肯吃安乐茶饭的异乡漂泊者。

我童年时，野鸡可真多。特别是麦子快黄时，田垄里有一只咯嗒、咯嗒叫，四周立马就有许多应和的叫声响成一片，甚至引得村子里的家鸡也一起咯嗒、咯嗒跟着叫。有时，两只衣着光鲜、通红着脸的公野鸡为争夺母野鸡打架，炸开颈子上的毛相互扑啄……最终打胜了的那一只，就会得意地站在草墩上，逆着满天彩霞拍着翅膀咯咯咯一阵啼鸣，随后就仗着激增的荷尔蒙，兴冲冲去追逐那只母野鸡，演绎出一场彩云追月般的风流韵事。

待麦子全给割倒了，失去了平时那些可钻来钻去的田垄作掩蔽，远远地看到一群野鸡在啄食，你一靠近，它们就扑喇喇飞上了天。有时，牵着牛走过某片草地或是沟坎下，突然就有一只野鸡扑棱棱从你脚下咯嗒、咯嗒惊叫着飞起，吓你一大跳——这通常是一只正在下蛋或是孵窝的母野鸡，走过去，温热的窝中会有十多个麻壳蛋呢。待到秋霜降临，河滩上茂盛的野草仿佛一夜间就变了颜色，整片地匍匐倒下，就能看到许多野鸡在这片枯黄的草地上啄食草籽。

那时的野鸡多到什么程度？说来真叫人难以相信，野鸡会钻进你家的灶洞里、床底下、茅厕中，痴呆呆地缩着脑袋等着你捉。屋后不远处就是一片被挖得坑坑洼洼长满茅草的荒滩，野鸡成群，人一到那里去，野鸡就呼的一下飞起来，映着傍晚时的霞光落照，飞得满天都是斑斓羽毛的华光丽彩。我就曾在那地方随手抛起镰刀砍到过一只野鸡。有一次，我打着手电和父亲一道走夜路，竟有一只野鸡对着手电的光亮飞撞过来，将毫无防备的我撞得跌坐在地，手电滚落到一旁，野鸡自己也给撞晕了，很搞笑地偎进我的腿裆里。最奇的是仍是那个浑人二五子，他站在陡岸上打鱼，一网撒去，坎下恰有一只野鸡惊飞蹿起，不偏不倚撞入网里……而那一网入水，巧巧地又罩着了一条大鲤鱼。野鸡和大鲤鱼，两个完全不相干的猎物同入网中，一在上面扑蹿，一在下边水里扑腾，真是奇得不能再奇了！

父亲人生低潮时做过乡村老师，过年过节，经常有学生家长送来一公一母配对的活野鸡，有时多得吃不了，就剪去翅膀上大羽放在鸡罩里养起来。养长了，撤去鸡罩放出来，它们能与家鸡在一起觅食活动，天晚了，会一起回窝歇宿。

再到后来，因为人所共知的原因，有一段时间，野鸡都躲藏到山里去了，要想再辨认它们在那个岁月里飞翔的角度，几乎是无迹可寻了。

近些年，情况开始起了变化。乡村烧煤气的多了，野草不像过去那样砍去烧锅或沤田，连村子中心的场地上都是半人深的草，加上气枪、火药枪都收缴了，许多野物都返回家园。在野地里行走，时常扑喇喇一只华丽的野鸡从腿脚边飞起。乡民们干活也时有收获。要是傍晚天擦黑时看见一只野鸡飞进哪一处沟坎下，或是灌木丛中，等天黑透了带上强光手电去照，照着了野鸡的眼睛，野鸡就不会跑了。

野鸡给农田带来的最大危害是刨啄小麦种子，有时得让整整数亩田进行二次补种。乡民难免心有怨恨，对于撞到手中的野鸡，最简明扼要的手段就是红烧，农家有的是深浓赤黑的板酱，不愁味道出不来。去年冬天我在一个亲戚家吃过一次，就是和腌白菜在一起烧的，怕油水不够，加了一小块肋条五花肉。没有那些姜葱料酒的炸香煸炒，单刀直入，连酱都省了，只把鸡肉同五花肉切块加点盐先炒香，再铺上切碎的腌菜继续焖，直到将上面一层隆黄的腌菜焖出亮亮油光，香气扑鼻，翻炒一下，撒点青蒜苗，就行了。

老鹰，蓝天的抒情诗

老鹰的学名应称苍鹰，闸口人喊作"麻老鹰"，因为它们的毛是麻褐色。我估猜，这个"麻"或许还是"猛"的讹音。"猛老鹰"，的确是没有比老鹰再矫健勇猛的鸟了。

早年，在野外，只要看到一群正鸣叫跳跃的鸟突然失了声，纷纷惶急地飞往树林中藏身，或是听到领雏的母鸡发出那种不同寻常的带有颤音的惊惧鸣警声，你抬头朝天上望去，一定会有一只老鹰的身影出现在白云蓝天的背景上……即使距离很远，但那震慑力已够大了。

老鹰飞行，常常是扇翅和滑翔交替进行。快速扇翅呈直线飞翔，而在滑翔时，两翼张开不动保持水平状，很多时候是随意舒展地盘旋，那是它们先天的精神与魂魄！我曾见过它们盘旋滑翔在暴雨来临的铅云下，浓密的云端，惊雷正在生成，那御风而行的铁黑矫健而孤绝的身影，仿佛就是天地之间的精灵！后来我看《动物世界》，电视图景里的老鹰并不会有太多的鸣叫，它们在高空盘旋，实则是搜索注视四面八方，用犀利的目光追寻猎物。这种盘旋，往往又是锁住猎物后的俯冲前奏，如果盘旋越来越低，你凝神息气看好，它会突然于眨眼间翅膀一扇，像离弦之箭，一个俯冲扑向猎物。

那时候，人们最要提防的是老鹰。特别是到了深秋，老鹰作案高发。"草枯鹰眼疾"，老鹰扇动着有力的翅膀，在半空中虎视眈眈地盯着地面，人们一不留神，黑影划过，一声凄厉的鸣叫，就有可能损失一只母鸡。有一次，一只硕大的老鹰不知叼了谁家的猪崽，在空中盘旋而去……只听见猪崽凄惨的叫声在头顶回荡着，持续了好久。

老鹰的鹰钩嘴和一双铁爪是制胜利器，它猎获的对象，除了鸟兔鼠之类，还有，就是相对来说行动要迟缓得多的家禽，特别是鸡。老鹰抓鸡，当是最拿手好戏，它带着从高空急遽降落的力量，一翅膀将鸡扇晕，然后就叼到一边开膛剖肚。一只鸡的分量通常跟老鹰差不多，它不可能将鸡全部吃完。因此只要发现家里丢了鸡就去野外寻找，常能找回大半只被啄空肚肠的鸡，舍不得扔了，褪毛清洗后烧出来，一家人也能吃得香喷喷，只是边吃边咒骂着这扁毛野兽。

那一回，一只老鹰飞到村边抓鸡，被人发现，谁也没想到，那扑鸡落空的老鹰被人喊狗吠着驱赶时，竟然一个折转身俯冲下来，将篱笆边一只毫无提防的麻猫抄掠而起，飞上高空，直将一干人惊得目瞪口呆。但令人不解的是，老鹰如此厉害，有时却也给弄得很没面子落荒而逃，据我亲眼所见，常常追赶在后面啄得它羽毛乱飞的鸟，就有喜鹊、灰喜鹊、八哥、乌鸦等。这些鸟敢同老鹰斗狠，并不是它们找到了老鹰的某个死穴，而是靠着以多胜少的团队优势，同时它们也是智商最高的几种鸦科的鸟。

丰硕而寥落的秋天，田野收获之后，有不少遗落的谷粒。为此，许多人家在早晨将未放出笼的鸡抓进口袋，弄到田地里觅食，并让小孩子或者老人跟着牧放，主要就是防备老鹰来扑鸡。我们村头的三奶奶家有十来只鸡，首领是一只气宇轩昂的大将军一般的白羽大公鸡，这家伙领袖欲极强，几乎一个村子里的雌性同类都被它视为自己的妻妾臣民。

那天中午，我正从家里吃了午饭出来，远远地就听到村东的野地里三奶奶豁着没牙的嘴在哦嘘哦嘘叫喊……我们赶紧奔了过去，就看见沟坝下大白公鸡跟一只麻褐老鹰缠斗在一起，你来我往、你上我下打做一团。直至我们吆喝着撵到近前，老鹰才挣脱纠缠振翅飞起，留下了一地被风不停搅动的白的和灰褐的乱羽。不幸的是，那只平日里趾高气扬的大白公鸡到底受伤太重，于第二天死去。从这一点看，鸡的智商确实比不上喜鹊、八哥和乌鸦，鸡不晓得打群架，也根本不会搞懂"精神不要离开思想太远"的道理。

记得我上中学时，从一个极有志向的同学那里抄过一句格言：尽管鹰有时飞得比鸡低，但鸡却永远飞不到鹰那么高。后来，我又从别处看到更励志的话，是"欲为苍鹰，勿与雀鸣"。待到上了年纪，总算看开了，苍鹰志在蓝天，燕雀安于树梢，各行其道，未必就是谁不好。

数年前六月底的一天，我同一帮文友在天柱山白马河漂流，乘坐竹筏一路漂行于青山绿水之间，自是非常惬意。突然，我的目光凝止住了，我看见从前方峡谷飞出两只苍鹰，它们异常舒展地飞翔遨游在高远的天幕上，时而扇动翅翼，时而滑翔盘旋，简直就像在书写着一首蓝天抒情诗……呵，这是我多年之后才真实见到的自由翱翔的鹰！

那一刻，我被深深感动了。

刀客鹞子是这样练成的

有一年冬天的早上，我们在教室里上自习课，突然头顶传来一阵麻雀惊惧的叫声。抬眼看，只见一只比鸽子稍大的灰褐色鸟在梁下绕圈疾飞，赶着麻雀没命地朝窗台上扑去。

"鹞子！"有人一声惊呼刚出口，一只麻雀已落难。那大鸟立马就收翅歇落黑板上方的梁桁间，侧起脑袋，冷冷地将一对褐黄的眼珠瞪向我们，露着白色稍带铁锈红的肚腹。然后，就毫无表情地用那张泛着亮光的尖钩嘴一下一下撕扯攫在爪下的麻雀……随着一片片羽毛飘落，它的弯钩嘴上染满鲜血。

鹞子是俗呼，学名应该叫雀鹰，亦称游隼，样子像鹰，比鹰小，极是剽悍凶猛。鹞子虽是乡间常见的鸟，但追到屋子内捉麻雀，却很稀奇。那只闯进我们教室的鹞子，吃完了麻雀，将嘴在身上擦了擦，脚一蹬，身子一个前冲，就从门头上的摇头窗的空隙间飞了出去，留下一屋子惊惧的眼神。

鹞子是独行侠，独来独往，都是在农田、草地、河

谷或是林野之上疾飞猛冲，从未看见过它在树枝上歇息。鹞子身材紧凑，尾巴较长，双翅也窄长，常常是张着翅疾冲，速度奇快，给人十分矫健的感觉。即便从你的头顶上方掠过，留给你的也只是一道迅疾闪过的黑影，快得让你很难看清它的真面目。

李白诗《侠客行》，似乎也是写给鹞子的："……十步杀一人，千里不留行。事了拂衣去，深藏身与名。"鹞子名头大，是真正的刀客，冷血杀手。它有一项本领，能在浓密的树林子里疾飞，毫厘之间，分寸掌握得极好，从不会被树枝挂到。

在视野开阔的野外，有时看到一群菜鸟鹁鸪围在一起啄食，或是在瞎嚼舌。热闹太多，容易乱神。突然，半空里劈下一道黑影，鹁鸪喉头发出一串阻塞音吓得四散而逃，急剧地拍扇翅翼，飞得沉重而慌乱，并不断变换着飞行线路。追袭的黑影却轻疾而无声……顷刻之间，就有一只鹁鸪像被石头砸中一样，打着旋朝下坠落……你还没看清它是怎样被黑影攫掠走的，一场袭杀已经结束。

鹞子最能精妙地体现丛林法则和荒野精神，驰骋天下，武艺高强，是大自然进化出的最完美、最奇妙的类型。它们的钩爪，犹似缩在鞘中的利刃，至今仍在进化着。

犹如对待江湖侠客，探讨与诠释，随时都可以有。人们总是以讹传讹散布一些似是而非的东西。比如，闸口人相信豹子比老虎厉害，豹子甚至能吃掉老虎；天上的飞鸟，鹞子最强，能吃掉老鹰。鹞子虽是"铜头铁背纸糊的裆"，却是比什么鹰都超出，因为它那裆间软肋处有两只利爪护持住。

所以，民间将一些能打能审武艺高超的人，附之以姓氏，称作"王鹞子""李鹞子"。比如，在遥远的陕西，曾出过一个"鹞子高三"，还有一个很有名的关中刀客"鹞子龙五"。民间的武术词汇中有"鹞子翻身"，被认为是最矫疾迅猛的动作，实际上大约也就形同"鲤鱼打挺"，其区别，一个是脸朝下，一个是脸朝上。而传统戏曲中，也有一个程式动作"鹞子翻身"。分正、反两种，正的右腿在前，左腿上步，上身下腰，向后仰，由右向左翻身。反鹞子翻身则左腿在前，右腿上步，由左向右翻身。

　　有一种现象，能证明鹞子确实强过老鹰。那就是老鹰在高空盘旋时，常有一群喜鹊或是灰喜鹊迎头冲上去，将老鹰赶得落荒而逃。而鹞子哩，却会迅疾无声地从某一片林子里飞出，一击而中，手起刀落，干掉一只喜鹊或是灰喜鹊只在瞬间。

　　作为高手，它们游戏于江湖，没有挑战，只是偶有意外，鹞子有时也会被一只发彪的喜鹊追撵，但这种事毕竟很少有人见证。在我的印象中，鹞子从高空俯冲到地上扑杀猎物，然后又冲向高空的过程，每次都做得完美无缺，既干净利落又无懈可击……要不，它就不配叫"鹞子"了！

猫头鹰的那些事

在德国南部黑森林住过几晚，某夜，见窗台上伏着一只大鸟，拉开窗，那鸟竟然要朝屋里钻……我认出了是一只猫头鹰，嘿，一只欧洲的猫头鹰！它和见过的猫头鹰没有二样，麻褐色的身子，竖耳，圆眼，钩嘴似鼻，我朝它看，它也同样朝我看着。很快，一展翅飞走了。

猫头鹰在我老家似乎一直没有消失过，它们生活在山林里，时不时地也流窜到圩区来。所以我们偶尔也能见着这种两眼圆睁、长相古怪连脚上都裹着毛的钩嘴大鸟。

猫头鹰长得同老鹰差不多，却有着一张像猫又像人那样的圆脸盘，面毛白中夹少量的黑，还竖起一对毛耳朵。它们的脖子转动灵活，黄绿的双目直视物体，脸也能随物体移换而前后左右转动，看上去显得很诡异。

这个世界上，总有人喜欢在暗中做隐晦之事而留下许多传说。黑夜袭来，明月当空，世人悄然睡去时，正是猫头鹰活跃之际。

猫头鹰昼伏夜出，白天隐藏在树洞里，或是歇伏在乱坟堆上那些杂树的枝头，夜晚便是它们的天下，飞行捕食时，像幽灵一样飘忽无声，常常只见黑影一闪就掠过眼前……它在黑夜中的叫声更是与众不同，时而"噜噜"哭号，时而"哈哈"大笑，仿若鬼魂，阴森恐怖，让人生出种种可怕的联想，你只要听过一回，一辈子都忘不掉！所以有的地方喊成"鬼哥哥"，古人专称为"恶声鸟"，它们被描述得非常可怕："入城城空，入室室空……声如老人，初若呼，后若笑，所至多不祥。"

上世纪七十年代中期，我已经离开老家，在外读了几年书后，下放在距闸口二十余里外的石铺公社联合大队当赤脚医生了。一个天上挂着冷月的冬夜，被人拍着门从床上叫起，背了药箱赶去五六里路外的沿河村出诊。病人是

个患老慢支的孤寡老头，常年支气管哮喘，肺部受了大面积感染，突发心力衰竭，当时已经不行了。但我仍然没有放弃努力，肌肉注射肾上腺素及滴注抗感染类药抢救了大半夜。天快亮时，精疲力竭的我拉开门出外小解，劈面就见院子里晾衣竿上蹲伏着一只鬼魅般黑乎乎的大鸟……在西沉发红的月亮映照下，它一对圆睁的大眼紧紧盯着我，并突然"噜噜哈"朝我怪叫了一声。我吓得一个后退，本能地一挥手臂……扑喇喇，那鸟扇动巨大的翅翼飞了起来，带起的寒风直袭到脸上。它歇到不远处积满夜色的树梢上，又对着我怪叫了数声，才飞远不见了。

此后奇迹出现，天大亮时，昏迷不醒的老头突然自己坐了起来，并喊着要喝米粥。两天后就下了床，没再怎么打针吃药，病愈后又活了十多年。那个村里人说，是我把"鬼差"吓跑了。而我想，如果不是碰巧的话，就只能做这样解释了：那只猫头鹰是嗅到了一个人久病将死的气息，才来到屋外的。不是说猫头鹰和老鸹一样，对死亡的腐尸气息都很敏感吗？也许正是这一点，才让人觉得它们不祥。

传说和猜测，都是不太靠谱的，猫头鹰毕竟是鹰，是鹰就有鹰的本性。它们在夜色中巡猎，一旦判断出猎物的方位，便迅速出击。猫头鹰的羽毛非常柔软，一对翅膀是超常的大……这样的无声出击，使得利爪下的袭杀更有"闪电战"的效果。

你别说，猫头鹰和猫还真有好多相似处，不仅头形像，双眼像，而且都有吐"食丸"的习性。它们都吃老鼠，猫头鹰没有牙齿，只能一股脑儿地整个吞下，而后再将纠结不能消化的骨骼和羽毛一小团一小团吐出。早晨在村边或是村西老坟地那里看到这样的"食丸"，如果确定不是猫遗下的，就说明有猫头鹰来过了。

一般来说，鸟类在选择筑巢地点时非常谨慎，那可是它们安放鸟蛋和迎接小鸟出生的地方。但猫头鹰天性粗疏，大大咧咧，从来不营巢。要生儿育女了，就临时找个树洞或是别的鸟的弃巢，更有甚者，直接把蛋下在废弃的旧宅屋或不大有人至的仓房里。

有一年的梅雨天，孤峰河洪水暴溢，浑黄的浊流涨得快平大堤了。打桩护埂的备料用完，不得已，人们就去拆掉那座已塌去一角的闸房。于是，我们就看到了那只藏在闸楼上的猫头鹰……它被赶了起来，却飞得一点都不利落，像是喝醉了酒一般。原来，一贯夜行的鸟，白天视力差，飞得颠簸不定。人们七手八脚逮住了它，却有人喊放了，说猫头鹰吃老鼠，是好东西。后来，这猫头鹰不但自己没有飞走，而且不知打哪又找来了一只伴侣，共同住在生产队的粮仓里，养育了一窝幼雏，把日子过得倒也扎扎实实。队屋的墙脚边，便常能看到遗下一团一团的"食丸"。周边的老鼠，差不多绝了迹。如果说有一点负面，那就是夜深人静人们睡得最香的时候，有时被一阵"哈哈噜——""哈哈噜——"的怪叫声惊醒……

　　这声音听长了，倒也习惯了，并不觉得是厉叫如鬼、毛骨悚然。

老鸹枕头的丢失

　　忽然想起老鸹枕头，似乎是很久远的事了……老鸹枕头就是鹌鹑。鹌鹑为什么被喊成这么个古怪名字哩，是它们模样有点肥拙而邋遢吧？不得而知。或许，是因为人们觉得只有那些能在天上飞的，才是鸟，而老鸹枕头却总是飞不好，不算是真正的鸟，言语里便有了点轻慢和歧视的意味。

　　眼下的菜市场里，常能看到鹌鹑，麻褐色身子，形似鸡雏，头小，尾秃，嘴也短小。只不过，菜市场里等待宰杀的那些人工饲养的鹌鹑，个个都是羽毛不振，神情萎顿，翅膀耷拉着……而留在我记忆中的那些在田间地头钻来钻去的老鸹枕头，虽然飞技拿不出手，神态有几分笨憨，毛色却整齐光亮，它们自由生存于野外，宁做傻子，不做孙子。

　　那时，一到初夏，圩堤下的草丛中，田沟里，常能见到老鸹枕头灰秃秃的身影。在地头干活或放牛时，偶尔还会碰见老鸟带着一群小秧子鸟蹦蹦跳跳从你眼前跑过。还有那些正在孵蛋的，伏在沟沿或草丛深处，不出任何声响，你差不多快踩到它头上时，才"秃儿、秃儿"惊叫着蹿飞起来，吓你一大跳。

那年割油菜籽时，住在村子路口的扁头逮到两只满身有条纹麻点的小崽，比小鸡还要小上许多，乍一看像两只斑点蛙，腿脚却像装了弹簧一样，极是灵活，满屋子乱跑，菜籽、糠屑和米粒，喂什么吃什么，一点也不挑食。到秋天时，就变成了两只像模像样的老鸹枕头，见了人也不怕，在院子里跑动时，喜欢伸着脖子往篱笆下钻。有一天，它们忽然失踪了，猜不清是回到自由天地里，还是葬身猫口了。

老鸹枕头喜欢跑跳，有时也飞，但它们屁股后面光秃秃的，几乎没有尾巴，就是一个葫芦身子，难以掌握飞行平衡。所以每次被赶起时，都是半飞半跑，飞也飞不远，跑也跑不快。正因如此，就常常招惹狗和孩童们一起追撵。场面有点像彩蝶戏花猫，老鸹枕头在前面起起落落，狗和孩童跑跑停停，人喊狗吠，逃的一直逃不远，撵的也始终撵不上……给乡野带来许多热闹和欢乐。

老鸹枕头好斗也是出了名的，我们分不清公母，只知道打架的都是公鸟。两只公鸟碰到一起，嘴里"咯咯哆""咯咯哆"叫着，互相看不顺眼，一言不合，于是就开打。扎挲起颈毛，扑棱着翅膀，照着对方的小脑袋下嘴狠啄……你来我往，翻上跳下，两团身影时分时合，喙啄爪蹬，羽毛乱飞。所以有人专门捉了来用于打斗，就像斗蟋蟀一样，但肯定比斗蟋蟀精彩激烈得多。

捉老鸹枕头的办法很多，有人专门驯养一只母鸟当媒子，拴在地头，让它"秃儿""秃儿"地叫，周围再拦上一张丝网。早上放的中午收，中午放的晚上收，多的时候一次能收到三四只，都是为爱殉情者。也有人夜晚打着手电到荒坟堆或杂草没膝的灌木丛中去照，老鸹枕头有点傻乎乎的，被手电的强光一照，就花了眼，头一缩，趴在地上，伸手按住，捉进一个特制的布袋里，从头到尾都是一动不动。

因为事关那些塌陷的坟窟，引出许多鬼怪故事便也顺理成章……比如，青石碑上坐着一个身段可人的年轻女子，走近一看，是一个胸前拖着好长一截鲜红舌头的吊死鬼；或是起步跨一个田缺，却一脚踩在软绵绵的衣包上，伸手一摸，摸了一手浓腥的血；还有人在路上捡了个草耙子，扛到家却成了一块朽烂的棺材板……更有甚者，某人捉了一夜老鸹枕头，第二天睡到中午起来，开口说话时声音忽然变了，变成了一个细尖的女嗓子，而且还是一口外地腔，把一家人吓得目瞪口呆！这些传说，足可以编出一部乡村版的《聊斋志异》。

下雪的时候，捉老鸹枕头自然没了那些顾忌，于是便成了孩子们的主要乐事。雪地上清楚留下许多动物的蹄爪印痕，有黄鼠狼的，有野猫的，有獾子的，划出各种弯弯曲曲的线路图……小孩子可不管这些，他们在雪地里扒出脸盆大一块黑乎乎空地，撒上黄澄澄稻谷，再放置一个细麻丝打的环在稻谷上。老鸹枕头来啄食时，就会给活扣套牢头或脚。有时，也能扣住鹁鸪。

有一年冬天，雪下得特别大，放眼望去一片银装素裹。路上的雪深到大腿，人们很少出门，天上的飞鸟也几乎不见踪影。但老鸹枕头还是很多的，失去了沟坎和灌木丛的遮掩，它们就在雪地上斜斜地飞，飞得不高。走在路上，一不留神会突然从脚边的雪堆里扑喇飞起一只鸟，贴你发梢边擦过，都能清楚地听到翅膀羽毛与空气摩擦发出的声音。太阳一出来，反射着雪光，刺得眼睛睁不开，许多乱飞的老鸹枕头就撞晕在电线杆上……

现在，再说起老鸹枕头，很多年轻人一脸茫然，因为根本就没见过这东西，更不必说那种跑跑跳跳和起起落落飞翔的姿势，他们只见过菜场里羽毛凌乱不堪的鹌鹑。野地里的老鸹枕头早已彻底消失了，就像夏天的一片水洼被阳光蒸发得干干净净一样，你都想不起来它们曾经存在过……

天空，消逝的雁行

大雁，飞行者中的楷模，它们真正是天空有多远就飞往多远。闸口人嘴里有句常说到的俚语，"麻雀子跟雁飞——失了志"，是讥讽那种自身实力太差，却想仿照精英干过头大事的不切实际者。

尽管连飞行都能体现一种大境界、大格局，但是，大雁只是我故乡天空的过客。它们飞得实在太高了，高处不胜寒，以至谁也没能近觑过它们的真容。

草原上最流行那种平展手臂轻扬而有力摆动的舞蹈，或前倾上身，或引项向天，这是模仿大雁的飞行姿态……流水长，秋草黄，草原上琴声忧伤，因为大雁飞离了故乡！

大雁秋天往南飞，春天再飞回北方。它们飞行时队列有序，有时排成"一"字，有时排成"人"字，古书上称作"雁阵"或"雁字"，还带出来一个"雁行"……实际上，那就是一种召唤的姿势。它们背负着青天，背负着太多的季节，眼中俯视的，是大地上喜忧具在的生生世世。

鸿雁向苍天，天空多遥远。小时候特别羡慕鸟，如果自己也有一对翅翼，该多好！但童年里的我常被大人领着起早赶路，残月霜晨，天色尚未透明，听得头顶朦胧的空中传来"嘎——嘎——"的凄清唳鸣，虽见不着身影，却知道高空正有一队大雁在疾飞。它们也在起早赶路哩，只是它们的路程更其遥远。傍晚落日的天穹上，也有雁阵飞过，"烟中列岫青无数，雁背夕阳红欲暮"……它们的翅翼下，总是有一缕两缕淡淡的炊烟随风而逝。

大雁千万里长途飞越，都是早起晚歇。我曾在一篇文章里描述过自己平生所见过的一次歇雁。那时，我随人在野外放养老鸭。有一天半夜里，被一阵嘎嘎声浪吵醒，从鸭棚里抬头朝外望去，明月如水的深蓝天幕下，一群大雁看中了伏满我们老鸭的这处闪烁着银辉的水面，随着一阵阵唳鸣，那些灰暗的如同幽灵一样的影子便打着盘旋缓缓往下降落，清寥的月光，就在它们一翻一侧的翅翼上闪烁着。鸭子们被吵醒了，也嘎嘎地吵嚷成一片……听人说，群雁歇夜是要放岗哨的，我就努力想找到哨雁，看它是否真的独立于雁群之外，警惕地注视着周围的动静？可惜夜晚的光线毕竟太暗了，想来那哨雁一定是在一个隐蔽的地方尽心守望着。

生产队集体所有制时，我们邻村有一个姓吴的孤老头，替队里养着四五套白鹅（一套为一公五母六只），队里照顾他每天给记七分工。二十来只下蛋的白鹅，平时就那么散养在圩堤下的河滩上，下的蛋送到孵坊，然后每家每户按人头分得数只小鹅。不知打什么时候起，种鹅群里混入了一只伤了翅膀的斑头黑嘴壳子大灰鹅。老人起先并未怎么在意，以为是别人家走失的，好心予以疗伤饲喂。

世间的故事，开头大多平淡，结局却常常出人意料。一个多月后的明月夜，大灰鹅伤愈离去，没想到却把一笔风流账留给老人结算，老人孵出的小鹅里竟然有四只灰毛绒绒的异种。四只小灰鹅长大后，身架比白鹅大，全身羽毛紧贴，头上没有肉瘤，嘴壳子乌黑，腿和脚蹼也是黑的，颈的背侧有一条明显的灰褐色羽带，不仅鸣声亢亮，还能张翅高飞。老人这才知道早先收留的是只大雁！后来，我们那一带便繁育了众多比普通白鹅要大不少且肉味更鲜美的所谓"雁鹅"。

忽然想起以写"丧乱诗"闻名的元好问，他那句"问世间，情为何物，直教生死相许"可不是写人的，而是过雁丘时有感于大雁殉情而发出的感叹……元好问为金朝末年高官兼大文化人，至大蒙古国铁骑掩杀过来，被囚数年放出，回乡埋头著书，隐居不仕，这殉情雁，何尝不是他借题发挥的自状哩？

数年前，南陵县建奎潭湖湿地公园。县里一帮朋友将我招去赏景，告诉我湖中共有十四岛屿，并指着其中最大一个说那叫情雁墩。某年，过路的雁侣中有一只病重坠落，另一只也随之盘旋而下，不离不弃守护一旁。最后，病雁死了，那一只也随之而亡……于是就留下了这个情雁墩的传说。"雁能有情，超出于人……这情雁墩不就是又一处雁丘吗？"见我如此感慨，朋友们方才露底，原来，此处修一座"情雁桥"，想让我给提供一副桥联镌于其上。因为脑海里怎么也挥不去那些背负着如水月光飞越千山万水的身影，餐毕，我趁着酒兴交给县里的桥联乃是：

何当列岛，潭中连天十四点；
竟尔乘风，月下带影并双飞！

——时下已入深秋，要是在故乡，蟋蟀在床下开叫了。可是风吹在脸上只是丝丝的凉，绿色还在到处弥漫。

清凉的月，一直在乡路的尽头照着。而渐行渐远的天空下，早已消逝了雁行。唯有留存我脑中关于早年的霜晨雁鸣的回忆，如同宋元水墨画一样萧瑟、简远……

别撸老鸹的白颈子

老鸹就是乌鸦。“鸹”应该念作“呱”，闸口人却发为“哇”音。

老鸹比喜鹊个头大，罩一身黑衣，张嘴发出的叫声也是：“哇——哇——”声音拖得很长，直刮耳底，如同木匠拉锯解木，刮到最后，突然就断了……歇一阵，从头再来。村民们相信，老鸹是阴间跑信的，专送死亡通知书，“老鸹当头过，无灾必有祸”。只要有老鸹在村头叫，就要死人，若老鸹绕屋飞行，则此宅主凶。

秋冬的傍晚，天色昏暗，地皮坎坷，村口沟头落叶将尽的大树枝上，常立着那么一只似生铁浇铸的白颈子老鸹。有人走近，会从你头顶上冷不丁发出“哇——哇——”阴森叫声，让你背上惊出一片冷汗。某处坟堆，若是正好矗着一棵树，那简直就是专门为它们留置的，上面肯定歇落一两只老鸹……树底坟堆起伏，立着某某“先考大人”“先妣大人”字样的石碑，字迹多已模糊，被遮覆在野草与棘刺间。

在那些特别偏远孤寂的乡村，天放黑后老鸹就叫，由于有夜色和高密树枝遮掩，身影难见，显得玄幻，叫得人心神不宁……月亮穿出云层，偶尔可见高枝上歇伏一团黑黢黢身影。它歇在树上，肯定能看到大树周围萦绕的气流，不同的树木，有着不同的气流运行方向，它都能察觉到。夜深人静时，老鸹的叫声也会突然响起。如果正好刮着风，因为风向的变换，声音忽高忽低，时而清晰，时而扯断，或是有前半声没后半声，像即将断气的人被死神扼住了咽喉，显得异常瘆人。

如果一大早起来，门前屋后的树上突然就有老鸹叫上几声，这就是"老鸹嘴"，没好事，必让主人几天都忧心忡忡，提心吊胆，头上像有阴云缭绕。老年人骂那些口无禁忌的年轻后生"老鸹嘴"，就是训斥你不要胡言乱语带来晦气。

尽管如此，"老鸹"这个词在乡村使用的频率还是较高，许多东西都喜欢攀强附会扯上它。地名有老鸹嘴、老鸹窝、老鸹沟，还有叫老鸹尾巴的。"水老鸹"是夜鹭，鱼鹰鸬鹚则被喊作"鱼老鸹"。"老鸹蒜"是石蒜科的植物，从地里挖出来，外面裹一层毛茸茸的皮，显得与众不同。有一种灌木叫"老鸹眼"，开黄色小花，果鲜红，有毒。还有"老鸹爪"，乡村的孩子常在荒地里掘出它的根，剥掉皮放进嘴里，脆甜脆甜。鸟中有给喊作老鸹枕头的，就是野鹌鹑……人也有名叫老鸹子的，多半应该正确写为"老娃子"，即父母膝下最小的孩子。

江湖儿女，毒舌悍妇。老鸹是鸦科的领头鸟，性格较为凶悍，富于侵略性，常到别的鸟巢内掠食卵和雏崽。老鸹与喜鹊同源，只因相貌和叫声相去甚远而被人看作是正反两极的代表。它们很少交往，走路的姿态也差别很大，喜鹊总是一跳一跳的，老鸹则步态稳重，很有心机城府的样子。实事求是地说，鹊啼非为吉，鸦噪当然也不是什么兆凶了……人世那么多相互扯皮的吉凶事，又岂是鸟语所能言中。

老鸹杂食，荤的素的什么都吃，亦喜群居。一个群体一般有几十只，多的时候，成百上千落在田地里，一只挤着一只，说不出的壮观，飞起来，更是翅膀带出一片呼呼风声。只有白颈子老鸹除外，白颈子老鸹似乎是个特立独行的异类，它并非整天蹲在树上，有时也会下到地上慢条斯理地溜达，甚至是一瘸一拐地行走……关于白颈子老鸹，乡下有个传说，说是当年朱元璋兵败，被元兵撵得无路可逃，只好躲进树洞里。元兵追来，见一只老鸹立在洞口，想必这洞里不会藏人，就往别处搜索去了。保住了一条命的朱元璋从洞里钻出来后，感激得不得了，就赏给了老鸹一只白玉环。老鸹没处放，便随手往颈子上一套……

从此再也撸不下来了。

风树萧萧，草色枯黄。老鸹群集觅食，是要下雪的前兆。天色青暝隐隐有雪意，当寒风吹着口哨大举扑来时，就有大阵的"雪老鸹"过境了。

阴沉沉的日子里，一帮娃们在屋子里烘着火或玩耍时，突然从天边隐隐传来聒噪的声浪。我们立刻蹿出屋子，朝天空望去。那时，就能看到一片奔掩而来的黑云，及至头顶，黑云阵里传出宛如万马奔腾一般的汹汹声浪，简直可以淹没所有外界声响。这就是龙兵过境一般的"雪老鸹"！数量成千上万，从头顶飞了好长时，它们庞大的队列像江河水一样，源源不尽，直到耳朵吵聋了，颈子都抬酸了，最后总有那么十来只、两三只掉队的"哇——哇——"唳鸣着，落魄而又奋力地追赶前面的大部队。叫人想不通的是，哪怕所有乡村的老鸹都聚到一起，也形成不了这么大的阵势呵！

在大人的口里，"雪老鸹"还有个称呼"山老鸹"，意思很明显，就是说这么多铺天盖地的老鸹都是从山里飞来的。确实，那时从我们头顶飞过的"雪老鸹"，都是由东面珩琅山和更远的敬亭山那边飞过来，可是再大再高峻的山岭，也存不下那么多黑云一样聚集起来的老鸹呵！它们平日里吃什么呢……

"雪老鸹"总是伴着阴沉沉的要下雪的天气飞过我们头顶上空，它们是否就是书上说的寒鸦哩？"雪老鸹"每年都是往西南方向飞去，却不见什么时候飞回。

　　现在的乡村，再也看不到黑云压顶一般的雪老鸹，它们去了哪里？没人知道。

结伙觅食有难同当的灰椋鸟

灰椋鸟并非全身一灰到底，只因它在天空飞得太快，难以看清，所以，才专享了这样一个灰名。

午后，我在修理栅栏门时，灰椋鸟由北方大阵大阵地飞来，它们带伧腔的叫声，如同劈柴，干燥，紧凑而硬朗。这些讲外乡话的雀雀，整天把自己的乡音背负在翅翼上。

冬天里所有的风一波波掀过来，香樟树还有女贞子树上，一簇簇果实变黑了，变软了。灰椋鸟就是来啄食这些黑浆果的。还有乌桕树——乡民喊"柏籽树"，"柏"是念成"求"音的，树上叶子落光了，只剩一束束裹着白蜡的炸裂状柏籽挂在枝上，这也是灰椋鸟的最爱。吃够了，不飞远，就近找棵更高的大树，在顶端歇息……要是背对着风，它们的毛就会给吹得一旋一旋的。你从下面经过，得当心点，弄不好会有一泡鸟屎照顾下来，那可真的是佛头着粪了。

灰椋鸟来自哪里？没人知道。有时，真想寻访它们的栖息地，看看不吃黑果果白果果的日子，都是怎么过的？

书上说，昆虫才是灰椋鸟的主食，有翅目幼虫、螟蛾幼虫，以及蚂蚁、虻、胡蜂、蝗虫、叶甲、金龟子、象鼻虫都是它们喜欢吃的。像许多鸟一样，活着时，吃蚂蚁，死了，就轮到被蚂蚁啃食。到秋冬时，万物归隐，无法再以小虫子进行生死循环，灰椋鸟才靠吃植物果实度日。

那天，一只灰褐色的鸟在河滩枯黄的草地上啄草籽，它有着模糊的白额，起先我以为是一只长得有点超大的白头翁。走近了，才看清它身子比乌鸫还长，尖嘴壳是橙红的，尾巴和头两侧现出白羽，头顶长有黑羽，微具光泽，像人的黑发……这肯定不是白头翁了。它瞪着一双机警的小眼睛，时不时地歪着脑袋瞄我一下，不慌不忙，啄食不停。我想往前走近一点，它看看我，跳到一边，继续啄食。我再走过去，它又跳开……如此几番，就在我估摸着它会不会飞起来的时候，它忽然就一张翅，贴着地面斜飞开去，一直飞进了林子里树冠上。原来，那里有好多跟它一样装束的伙伴……那一会儿子，我才恍然大悟，这是一只出来单漂的灰椋鸟呵！灰椋鸟的脚趾是蜷曲的，只能抓握树枝，从来不下地，我不知道那只单漂的鸟是怎么了。

灰椋鸟阵里有时会混入几只八哥，它们同属一个科，有拉拉扯扯的亲戚关系。灰椋鸟飞起来时两边翅膀下也有月白斑，所以被人喊作"灰八哥"，还有一个更不雅的名字"扒沟鸟"，我疑心就是"八哥鸟"或是"扒垢鸟"的讹音，因为它们周身灰蒙蒙的像蒙了一层污垢，得扒去才好。其实，鸟儿长得是漂亮还是有碍观瞻，那是人的看法，鸟儿自己并不在乎。

这些在异地讨生活的鸟，喜欢过集体生活，结伙觅食，有难同当，有吃的大家同享，要打架群殴也是哥儿们一同上。当一只受惊起飞，其他则纷纷响应，整群而起，飞行迅速，鸣声低微而单调。它们有时紧密排成一线在电线上歇脚，或是商讨问题，这也是自适之道，但后来者要想歇落其间，不喊声"挤一挤……让个位子"，恐怕插不进当的。

当暮色降临河滩上那片林子，伴随着西下的夕阳，喜鹊从四面八方飞来，歇落树梢上且跳且鸣。接着，灰喜鹊来了，呼朋引伴，嘎叽嘎叽吵闹着……最后压阵，是灰椋鸟的队伍。先是一小群一小群，在上空盘旋，落了下来，又扑棱棱飞起，融入随后排空而至的声势浩大的鸟群中，它们的噪鸣声，传得老远老远……

冬日的夕阳早已全部沉落，天上的鸟越来越少，晚霞在夜幕的边沿静静地燃烧。可是，林子里还有灰椋鸟在昏暗的枝间飞动，不愿过早地安眠……因为，这里是它们的异乡。

悲情蜡嘴雀

村西水塘边有两棵苦楝树，枝头挂满了一串串风干打皱的楝籽。

微白淡黄的楝籽，吸引一群鸟从远处飞来，呼扇着翅膀，落歇在掉光叶子的树枝上，歪侧了身子啄食。这就是蜡嘴雀，它们除了用双眼盯着楝籽外，才不管这个世界多么荒凉，头顶的冷气多么厚重。这一阵鸟飞走，又有一大阵从别处呼啦啦飞来，啄了一会儿，又呼啦啦飞走……多的时候，能将一棵树上歇满。

蜡嘴雀飞行很快，很少有零星掉队的。由于飞行速度快，在飞动时，可听到翅膀振颤的呼呼声。它们黑头黑翅黑尾，体色瓦灰，腰胁下隐约有红黄两色，飞起来时能看到翼上的白色斑点。因为喙圆锥形，短而粗，色似黄蜡或稍偏点红，故称蜡嘴雀。嘴巴长成这样子，或许就是为了方便吞食那种又臭又皱巴难看的苦楝籽吧，真是众生不易！

蜡嘴雀开了春才叫，是一种带哨音的尖细的颤鸣，听上去有一种透心凉，可惜它们不是留鸟，与春暖花开无关，与绿野仙踪无关……你根本不知道它们的出生地及家园在哪里。只有天气很冷了，才看到它们带着寒流一大群一大群地飞来。每当我走过早春的村庄，看到成群的蜡嘴雀飞过，在树梢头留下一串歌声，我就知道，鸟儿飞过的地方，那里才是人们清苦而安宁的家园。

万物萧瑟的隆冬季节，村口的老桦树上，总是站着几只八哥，有时看上去很淡定，很超然，有时却是一副失魂落魄的样子。我也常常一动不动地站在屋子前，看着蜡嘴呼啦啦纷纷飞来，又呼啦啦纷纷飞走，能分明感受到一种压力下放肆的舒缓。

蜡嘴雀体形结实饱满，如小孩子拳头大的身子，连头带尾长约五寸。头尾黑亮闪光的是公鸟，母鸟性素淡，没有它们老公那样酷酷的黑头罩，整个头部和上体着色均一，变化平缓。夜晚，它们共同歇宿枝间，把头插在一侧翅膀下，一梦到天明。

蜡嘴雀也经常钻进荆棘丛中觅食，它们是植食性鸟，粗短的喙，适合夹碎果壳取食种子，具有典型的雀科鸟类特征。少一些套路，多一些真纯，生活，就是心怀最大的善意在荆棘中穿行，即使被刺伤，亦不改初衷。一般说来，靠取食各种植物的种子和果实为生的鸟，相比荤食性和杂食性的鸟，性格层面都有点欠缺，智力上也有差距。

因为善良和懦弱，大家才结伙在一起，抱团取暖，共同壮胆御敌……也是不得已而为之。事实上，正是它们最易受到侵害，不说鹰隼常常扑入阵中肆意攫杀，单是有人用粘网挂鸦鸽或更早时拿火铳轰鸦鸽，陪着中招最多的，哪一回不都是蜡嘴雀！

让鸟儿们自由地飞翔，给它们一片蓝天，似乎还是一个梦。数年前一个初冬，我同几个朋友旅游到皖南一个古村落，在村外的树林里，发现了两只奄奄一息的蜡嘴雀，躺在那里小胸脯微微起伏着……往前走，地上有成片的死鸟！坏了，我曾亲眼见过鸟雀吃多了发酵的果子酒后飞行，然后醉醺醺撞在屋墙上一头栽下来死掉的场景。特别是每年初春，冻僵的果子解冻，酒精度飙升，蜡嘴雀却将它们统统吞下，吞下后，就乱哄哄地飞，乱哄哄地掉下来。但是很不幸，那天我们当场找到了作为毒饵的稻谷和一只印有"呋喃丹"几个字的塑料袋……肯定是有人毒杀鸦鸽后，捡走了鸦鸽，丢下这些体型太小的无辜者。

一片斜长的云，挂在群山的远方，仿佛是上路的白幡，祭奠那些轻舞飞扬的灵魂……

人呵人，那一刻，我感到了一种无言的哀痛和悲愤！

愤怒的麻雀

眼中见得最多的鸟，恐怕是小不点的麻雀了。

麻雀没有燕子那样的飞行特技，它们接地气，灰褐色的羽毛，铁色的尖喙，细细的小爪，都是泥土的颜色，说不上漂亮还是难看。在收割的田地中，在车来人往的村道上，它们快活地呼朋引伴，灵巧地穿梭跳跃，像无数团绒球一样在你的周围颠来抛去的。

夏秋，麻雀多在田野活动。到了初冬季节，地头找不着吃的了，麻雀们便从四面八方汇集到村庄。"叽叽啾，叽叽啾"，屋檐下，场院里，篱笆墙头，到处都是它们卑微而小巧的身影。它们互相追逐，穿梭于农舍间，跳到这里瞅瞅，蹦到那边啄啄，有时与鸡鸭争食抢吃……一旦有人走近，立刻一哄而散腾空飞起，不大一会儿工夫，又落到地面。

麻雀就那么点点大的身子，撑着嘴吃也吃不了多少，但它们有时刨啄菜地里的种子却很叫人头痛。同样是十字花科植物，白萝卜的种子就比油菜籽大出好多倍，秋天撒到地里，很容易就被刨出来啄光。还有菠菜和芫荽菜的种

子，也常给刨得一塌糊涂。乡人就会在菜畦上竖起稻草人，戴着破草帽，吊个迎风飘摇的破蕉扇，就是为了吓唬麻雀。腊月里蒸了阴米饭来晒，怕麻雀吃，便在一旁插根竹竿飘张红纸，但真要吃了也就吃了。

更早的时候，有人却不这样想，在那场轰轰烈烈的"除四害"运动里，麻雀们被驱赶杀戮殆尽。村子里的老队长说，那年冬天带人去泾县山里砍柴火回来给小高炉炼钢铁，看见一条山沟里都填满了麻雀，成千上万，全是走投无路自杀的。这种与人接触颇多的小生物，因为某些人的意志和一声令下，竟也如此无奈和惨烈。

要是有一天，乡村里真的没有了麻雀……那还叫乡村吗？

麻雀大约分为两类。一类是把窝安在屋檐下或墙洞瓦缝里的，和乡人烟火相伴，人吵鸟鸣相闻，这种是最常见的一种麻雀，叫家雀，因为与屋头上瓦同色，也有称瓦雀子的。家雀很少集群，飞行看起来显得杂乱，无章可循。它们随遇而安，窝也不讲究，一片檐缝，一个墙洞，叼几茎草，几片芦花，就成了家室。还有一种就是禾雀，也称野雀，黑头顶黑胸脯，身形紧凑。它们把巢安在树上或是河坎下，飞起来常常是一大阵，外形比家雀更俊逸，喙尖黑，性子比较暴躁，要是被人捕捉住关在笼子里，绝食是它唯一的选择，最终碰得头破血流，至死都紧紧地闭着双眼和嘴！

乡下孩子，几乎都干过捉麻雀的事，就连哄小弟小妹时也说："莫哭，莫哭，逮个麻雀给你玩。"冬天下雪了，就在院子里扫净一块雪，撒上稻谷，支起一只盘篮或是竹筛，牵着绳子，人藏在屋子里，等麻雀来啄……不一会儿工夫，便能听到有物倒地的声响，随着一声悦喊，一只或两三只麻雀就给罩住了。

还有，就是到洞里掏麻雀。以前，到处可见那种黴式建筑的老屋，单片砖的墙上窟窿多。搬了梯子往墙上一靠，攀上去，捋起衣袖，手往洞穴深处伸，探到底，碰着软软的草，摸到身上寸毛不生的光秃秃雏鸟了，就带出来，有时，则是摸出有灰色麻点的蛋。老麻雀成了"愤怒的小鸟"，吱吱地叫着打圈子，很焦急，很疯狂……有那失去理智急红眼的，就飞过来照着你头上猛啄，生疼生疼，赶都赶不走。

掏麻雀的时候，嘴不能张得太大。据说，河对岸有个小孩，因为掏麻雀的时候张着嘴，结果洞里一条蛇蹿出来，哧溜一下直钻到了嘴里，那小孩就死了。

我早先曾养过两只麻雀，是由从墙洞里掏来的小雀养起的。先是放在抽屉肚子里用烂絮孵着，共四只，却被猫叼走两只。等红纷纷的身子上长满绒毛，就把它们换到用芦粟秆编成的鸟笼中。小麻雀吃死食拉黑屎，吃活食拉白屎，所以常要捉来菜青虫混搭着喂。那小小的两张黄圈嘴，找你讨食时张开来像碟子，却是直肠子，吃了拉，拉了吃，食量惊人。两只小雀养大后，很黏人，我做作业时，它们就歇落在我肩头或是桌子一角，我走到哪儿它们跟到哪儿……后来，不知怎么，说飞走就飞走了。

我还亲眼看着破夹子从篱笆上叼走一只试飞的黄嘴麻雀，开始以为只是戏耍，没想到破夹子却踩住那只小雀的头，突下杀手将它啄死，一口一口扯吃掉了。对于麻雀们来说，要时刻警惕厄运降临，死亡的威胁，也让它们提升了生活的本领。

一滴水，一只雀，三两年就是一生。麻雀们早已习惯了卑微。在我们一生的步履中，似乎总是无暇或不屑为一只麻雀而驻足而俯身，更谈不上对它们有一个深入了解。

上世纪七十年代早中期，我读高中时，每年的暑假，都去粮食收购点做协助员，帮助征收公粮、司磅、看样、开韭子和带仓，一个多月做下来，能得到约四十元的津贴费。收购点一般都是或靠河流水道或临公路，收购来的稻谷，就堆放在那些略微改善了通风条件的庙宇和祠堂之类的老屋里面，特别容易招引老鼠和麻雀。老鼠好办，蛇和黄鼠狼可对付，麻雀在天上飞，只要有窗户洞就飞进来。成百上千只，呼啦啦飞落在这边稻谷堆上，呼啦啦又歇落到那边稻堆上，见到人来，"轰"的一声就飞走了，带起一阵疾风，你拿它们一点办法也没有。

收购点要执行防潮防霉、防鼠害、防雀害的规章制度，就动员我们这些协助员抓麻雀。男女小青年们有的是力气和兴头，起初用强光手电筒晚上照捕，树枝间，墙洞里，一抓一个准，但效率还是太低了。后来有人想出一个办法，端架梯子将仓库墙上所有的窗户洞用稻草塞起来，仅留下的一两个洞口，看似通着亮光，墙外面却都张着一个口袋形的鱼网……一切准备好之后，打开所有的大门，麻雀不知是计，飞入屋子里尽情啄食稻谷。突然之间一声呼哨大门给关上，我们在屋子里举着扫帚驱赶吆喝，惊慌失措的麻雀们尽数往有亮光的那两窗洞里扑去，结果一起落进鱼网里扑喇，后面的麻雀仍自投罗网飞着往里面挤，直把两个鱼网口袋都塞满了。拎着沉甸甸的鱼网扔进水中，将麻雀溺死，大家一起动手，褪了毛投油锅里炸酥了，蘸着酱油吃，连着吃了好多天。

那时没什么东西吃，餐餐就是茄子、辣椒和冬瓜，偶有一星两点的肉片，也是被埋藏在众多的豇豆里，或是烧上两条不到一尺长的鲹子鱼，就算是难得的荤腥了。所以，当炸麻雀鲜美的滋味被我们辘辘滚动着的年轻肠胃尽情吸收着时，感觉特别滋润。有的男孩舍不得吃下自己的那份，就偷偷用开菲子的纸包了，到了晚上约出心仪的女孩，将油腻腻的纸包掏出来往人家面前一递……几个状若骷髅一样的油炸麻雀，竟然也能成就那个纯真年代里的爱情。

许多年后，我不知道那群麻雀去了哪里……

那些在禾场边、草垛中、茅屋顶上和楝树花丛里跳跃和栖息的麻雀，去了哪里？那么多鸟儿，都神秘地消失了，就像一片片易融的雪花。

愿做鸳鸯不羡仙

听人说，南小坝水塘里歇落了几只野鸭，尾巴翘翘的，像个小船帆，特别漂亮……我突然意识到这可能就是鸳鸯！于是拿了望远镜跑去看，连着几趟，除了见到野鸭和小鸊鷉外，并未看到意念中的身影。

自从南小坝变成了一个蓄水湖，这里已经几次出现了鸳鸯，可惜都未能近距离觑真切。贴近把鸳鸯看个够，还是在我小学毕业时——也就是一九六六年。

那年端午节，我去野外拔菖蒲草，以便和艾草一起用红线扎了靠放门框边。菖蒲叶似剑，和犁尖状茨菇叶还有野茭白一同挺生在水洼处，散发着清清浅浅的幽香，一些水鸡和苦哇鸟在浓密的叶底钻来钻去。在东边埂刚长出荷叶的水塘里，我看到一只体型不大的麻褐色野鸭子，一边划着水，一边"哧啊""哧啊"地叫着。正新奇激动时，从岸边的竹丛里又游出来一只色彩极为艳丽的野鸭，喙为少见的鲜红色，头上顶着漂亮的羽冠……

那确实是两对鸳鸯，它们在清波水面上悠闲地划拨着，时而分开，时而亲昵地聚到一起。到了下午，又飞来了好几只，成双成对地依偎着游动，将倒映在水面上那些竹的影子、树的影子还有云彩的影子搅得一折一扭的。

世界真是奇妙，鸟中俊异华美的大多是雄鸟，但艳丽精美到如雄鸳鸯这样地步的，还是少见。它们头顶羽冠，脸边描着长长的白色眉纹，佩着黄白色环的颈下，悬垂着栗色微红的针状羽毛，褐色的腰背闪射着墨绿色的金属光泽。尤其是背两侧高竖着扇状飞羽，如同一对耀眼的橘红色帆，让你看不够。世界的新奇与多样性，是最值得尊敬的！

鸳鸯不是留鸟，只是过路客，每年夏秋才能看到它们的身影。它们像野鸭子一样，有时在水塘里，有时在

流水的河面上，有时在竹林岸边休息梳理羽毛。高兴起来，它们会相互追逐，嬉戏，欢叫，将脖子伸得长长的，两翅展开拍击水面，溅起亮晶晶的水花，并让你看到它们灰白的腹部。睡觉时，就将头插在一侧翅膀下边，用一只脚站立。它们如果歇落在埂外河面上，还会在随水漂流时打盹，同时又保持着高度警觉，稍有动静，扑扇起翅膀飞走……这些，都可以理解为"热爱生命的天性"。

说起来也怪，那年端午节以后，每天都有鸳鸯飞来，像是受了感召或是收到请柬一样，最后积聚了上百只。这是从来没有过的事，消息传出，引得许多人跑来看稀奇。塘边的竹林中，浓密的树荫下，它们一只只紧紧地挨在一起，或缩着脖子养神，或是曲歪脑袋伸脚来挠痒，还不时发出"哦儿、哦儿"的轻鸣……

林子里有一座坟，准确地说，是一个合葬坟。坟上没有墓碑，草却长得格外肥绿。听人说，好多年前，有一对年轻恋人，女的是邻村的，男的是对河那边的，因为双方祖上结下解不开的冤仇，无法走到一起，最后，两人就在这片林子里以身相许，以死相酬，共同走完了人生路……他们殉情的老黄果树还在，但不是一棵，而是并立的两棵，根茎相连，枝杈交结，人们喊作"鸳鸯树"。两棵树繁茂的枝叶笼罩着坟茔，时光就这样悄无声息地慢慢流淌了去，常在上面歌唱的小鸟，大约是感受不到萋萋芳草掩盖下的悲情……那些成双成对的鸳鸯哩，会为自己祷祝吗，祈愿能与缱绻恩爱的日子相拥到永远！

鸳鸯自古被视为爱情生活的典范，雄曰鸳，雌曰鸯，出双入对，行影相随。《古诗十九首》有"南山一树桂，上有双鸳鸯。千年长交颈，欢庆不能忘"。由此，便留下"得成比目何辞死，愿做鸳鸯不羡仙"的千古佳句盟誓。

恐怕再也没有一种鸟能像鸳鸯派生出那么丰富的词义：野鸳鸯、露水鸳鸯、亡命鸳鸯，还有"乱点鸳鸯谱"。鸳鸯蝴蝶派，是发端于二十世纪初叶上海十里洋场的一个文学流派，专写才子佳人，柳荫花下，分拆不开，像一双蝴蝶、一对鸳鸯，爱情的独角戏，注定没有……至于无敌鸳鸯腿之外，则是金庸的武侠小说《鸳鸯刀》，叙述了江湖上盛传的鸳鸯宝刀的秘密以及围绕它发生的故事。中国传统建筑里，有一种成双成对的瓦，一俯一仰，形同鸳鸯依偎交合，称作鸳鸯瓦。

端午节飞来的鸳鸯，在东边埂长塘里住了十多天，就像它们突然来到一样，又在突然之间飞走。三年后，我也离开老家去外地读书，然后是下放、工作，虽说每年照例要回来几次，却是再也没有见到过鸳鸯了。

2002年初夏，我带领省副刊会一批同仁前往江西婺源采风。崇岭四围之下有一个鸳鸯湖，算是让我们大饱了眼福。坐在船头，天气有几分燠暖，微风徐来，清润的湖水与阳光接触后蒸腾起一层薄薄的清雾，将湖区四周的山林渲染得如水墨画一般。"我见青山多妩媚，青山见我亦如是"，一大群一大群的鸳鸯从远处飞来，歇落湖面，扎猛子觅食，起舞嬉乐击水，时而列队掠湖翱翔，时而依偎窃窃私语……红嘴翠羽，如鲜花盛开在碧波之上。

天地风月本无常主，闲者即为主人，这就是属于鸳鸯的生之欢乐与生之纯华呵！倏忽间，我又想起了遥远天地里刚长出荷叶的那处水塘，塘边林子里的两棵"鸳鸯树"，树下萋萋荒草掩盖的那座坟……

鱼鹰子的漂移远去

　　在闸口这里，没有人见过野生状态的鱼鹰子。所以鱼鹰子的身份有点特别，你说它们是鸟吧，却被人当家禽一样豢养着；家禽养大，不是杀了吃就是为产卵，鱼鹰子却是一种用具，养它的目的，就是为了获取使用价值。

　　鱼鹰子又被喊成"鱼老鸹子"，学名叫鸬鹚，去掉了大翅后，就成了活的捕鱼工具。它们分生鹰子和熟鹰子两种，前者都是一些没有经验的学徒级鹰子，也有是天性慵

懒脾气不好的，得下功夫调教，后者则全是三岁以上劳模级鹰子。熟鹰子能在浑水里睁眼，在湍急的水流里辨识鱼路，能捕到大鱼。

养鱼鹰子的，一般都是普通农户，亦耕亦渔，忙时耕作，闲时就挑了鹰子艇出去，挣点副业收入。闸口渡对河的北埂头就有好几户，我的小学同桌张四九家里也养了鱼鹰子。养了鱼鹰子的人家好辨识，只要闻到哪家散出的鱼腥味特别强烈，直冲脑顶门，就是。冬天里，这些人家每天都要把鱼鹰子拎出来放到渔棚外竹竿上，让它们撑开两翼晒太阳，且带梳理羽毛。然后，就把从打撒网的渔户那里买来的小鱼虾拿出来喂它们，每抛出一条，鱼鹰子都能准确接住，扬起长长的脖子一吞而下。

鱼鹰子都是厉害角色，在竹竿上立成一排，碧绿的眼里射出寒凉的光，有时会歪侧脑袋打量走近身边的人，或是"咕啾"一声喷出一摊白石灰水一样的便溺。天气转暖，就有人担着鹰子艇下到孤峰河里捕鱼了。放鱼鹰子的人，有的穿件牛皮罩衣，有的只是在腰间扎了一条防水的黑色橡胶围裙，两腿各绑了胶皮。鹰子艇是一对一人来长的连体艇，中间隔着一尺多宽的空隙，人钻到中间可以挑起来走路，放到水里，叉开双腿一脚踏住一边，能稳稳地站上面用竹竿撑行。挑行时，这些歇了多日的鱼鹰子分立在艇两边木架上，一个个都好像很兴奋，不停地鼓嗓子、扇翅膀，有点迫不及待的样子。

看鱼鹰子捉鱼，是一件快乐的事情。放鱼鹰子的人把鱼鹰子赶下水，长竹篙子一摆，鱼鹰子一齐扎进水底。过一会儿子，这里冒一只出来，那里冒一只出来，口里衔着亮闪闪的鱼，向船边游来。伸出竹篙一拖，挂住脚底的一个卡子，收回竹篙，将鱼鹰子抓到手里，就势扒开钩状长嘴，朝着艇舱一摁，就有成串的鱼落下，连同已吞入喉中的鱼都吐了出来。被重新扔入水中的鱼鹰子，翻身又一个猛子潜下水……

放鱼鹰子的人左顾右盼地观察着四周水域，顺流而下且捕且赶。捕鱼的高潮，是下游的鱼鹰子兜抄上来了，几条鹰子艇呈合围之势。那些人脚踏鹰子艇，剧烈晃摇，嘴里"哦嗬""哦嗬"地喊着，挥动竹竿击打水面"啪啪"作响。水浪叠起，鱼鹰子仿佛大受鼓舞，激情高涨，纷纷蹿跃着猛往水里扎，在水底脚蹼和翅膀并用，上下穿梭，忙得不亦乐乎。水底的鱼藏不住了，慌不择路拼命地逃窜，能看到鱼鹰子伸着长脖子在水下追撵的黑乎乎身影。眨眼工夫，一只嘴里叼着鱼的鱼鹰子浮出水面，接着又是一只……有时两三只鱼鹰子合抬一条大家伙，任凭水中如何波翻浪激，它们那尖钩一样的利喙死死叼紧鱼腮不松口。

捕鱼前，鱼鹰子要熬一熬的，不给它们吃，饿着肚子才会卖力地干活。只有等收工回到家，才会解去每只鱼鹰脖子上的套环，把它们拎到渔棚的架子上，将小鱼全部拿过来，一条一条地抛给已有点饿坏了的鱼鹰们吃。鲤鱼再大都卖不上价，多是剁碎喂鹰子，至于那些品相好的大鱼，是要拿到街上去卖钱的。

鱼鹰子很贵重，听说两只鹰能值一条大牤牛的钱。一只好的鱼鹰子，一年下来能捕一两千斤鱼。北埂上那几家的鱼鹰子最初是怎么来的，不知道。但我见过同桌张四九家用老母鸡抱孵鹰蛋，一共六颗，和绿壳鸭蛋没有区别。后来出壳四只小鹰，张四九偷偷带我看过，浑身光溜溜的，寸毛不生，却有一张钩子嘴，同小鸡小鸭的差别太大。一家人宝贝得不得了，日夜守护着，生怕出意外。先是喂些煮得半熟的小鱼，有时也加点豆腐，后来就喂整条的泥鳅。下雨天一时弄不到鱼，就买来猪肉剪成细条喂下去……四个小家伙长出绒绒细毛，细毛又渐渐换成大羽，最后就成了大鱼鹰子。两年后，他们家卖了两只，将原先的三间矮草屋升高，换了梁柱，盖了瓦，装上玻璃窗，屋里亮堂多了。

童年的路径和树丛，早已在星光下漂移远去。清风流水，涟漪微动……都成为一种文学的想象了。

北埂这村子现在没有了，因为兴修水利，堤埂的护坡都覆上了水泥板，埂上人家也都拆迁移民并村。孤峰河这些年窄了太多，好在还保留了一些深水区，让鱼儿有水可游。尤其是近年来对电捕禁控较严，鱼子鱼孙命不该绝……总的来讲生态恢复还算不错。中秋前的两天，我甚至看到了三只鹰子船顺流而下，在河中捕鱼，不知道他们是从哪来的？

我们是该下大力气恢复生态，要将那些水泥护坡都拆除才好哩……让水塘清澈，容野草蔓延，留万物共生呵！

花
语

给我一朵蜡梅香啊蜡梅香

老屋背阴墙角处，有两三丛枝条散乱的矮树，平日里一点不起眼，甚至还有点政出多门地胡生乱长。这些蜡梅，还是外祖父在世时栽下的，后来枝干枯死，根桩上又萌新枝，才又成葳蕤。

其实，早年那些老宅院里，很容易撞见蜡梅。

两天前，寒潮袭来，北风啸啸，雪花飘飘。那些无叶的光枝，倏忽间就得了灵气，绽满娇小玲珑的花蕾和润洁

透明的金色花瓣……仿佛浮光突然奔涌至此，戛然而止，顿使一院苔痕都生动柔和起来，而那流曳在寒风中一缕冷香，只要闻过一次，就再难忘怀。

亭台楼阁旁和小桥水池边，也是少不了蜡梅。若论规模和阵势之大，恐怕很少能超过南京明孝陵了，成百上千株芬芳花树绵延排列石道两旁，随风荡着金浪。严寒中，蜡梅开百花之先，独天下而春……此时你若踏雪赏梅，自是雅事一桩。我一直认为，"俏也不争春，只把春来报"表彰的正是蜡梅。雪压冬云，白絮纷飞，只有蜡梅俏立枝头，傲寒吐芳。冬夜，月挂天心，无垠的原野上白雪皑皑，朔风入骨，一株寒梅独自散发着阵阵幽香……这差不多就是金庸小说里的情境了。

蜡梅和梅花，常被人当作同一种花卉，但蜡梅非梅。梅是乔木，与桃李杏同属蔷薇科，花形花色也多有相似。蜡梅是灌木，花瓣似蜡，也确实带着蜡质，故御寒能力超强，能抢在梅花前于最冷的腊月里凌寒独放。因此，"蜡梅""腊梅"二名同用共存，都行，也有根据花色喊成"黄梅"的。

梅花红白二色妖娆迷人，蜡梅则是拼尽蜡黄，花形更胜一筹，那些小巧玲珑的瓣儿，淡雅而高贵，仿佛哈口气会化，碰一碰会伤。蜡梅是专指，而"梅花"则有可能是将两种花捆绑一起了。毛泽东诗里"梅花欢喜漫天雪，冻死苍蝇未足奇"，从整体诗境看，这里的"梅花"，应该是蜡梅更靠谱。古人诗"东风一夜入残年，冻蕊含香娇可怜"，"不肯皎然争腊雪，只将孤艳付幽香"点赞的显然也都是蜡梅。在江南一带，梅花通常要挨过了春节后才大阵开放。

那年冬天，在京城北海边宋庆龄故居，循着一阵久违而熟悉的香气，我见到一株十分修挺的蜡梅，那么静默与嫣然地立在后园一角。本是南来的游子，却能在北国寂寒的斜阳下，怡然承接天空纷落的流光，披拂下来的枝条上全是绽放的花。黄色的花瓣润滑透明，在凛冽的风里摇曳，清香流远，很有玉洁冰清的韵致。

闸口这里，把那种花瓣边缘淡黄而内里浓红紫赤的称为荤心蜡梅，若花瓣、花蕊一片清润明黄，甚至中央蕊部呈白色，则为素心蜡梅。古人将素心蜡梅直接呼作"素儿"，有个来历，传说宋人王直方家中有侍女素儿，生得十分清婉娴雅，娉婷可人。在某个蜡梅盛开的日子里，王直方折了一枝托人送给诗人晁无咎。没想到这位"潮"诗人竟一气写下五首诗回赠，其中有两句"芳菲意浅姿容淡，忆得素儿如此梅"，颇是别有幽怀。

有一种我没见过的檀香蜡梅，花中极品，开起来真正是奇香蚀骨吧？常见的是九英蜡梅，花心紫赤，花瓣尖长跟狗牙一样，碎碎地开在枝上，乡人就喊作"狗牙蜡梅"，到处野生野长，生命力极强。虽然名称欠雅，却也蕾若小铃，花似金钟，一朵朵一树树繁盛地开，是母亲和姐姐们的最爱。一年最冷的日子里，它们被从墙角、篱边或是菜园那头的水塘旁采了来，插在老式花瓶里，插在水杯里、酒瓶子里，甚至是泥墙上的缝隙里……因为这一枝枝一簇簇润黄而饱满的蜡样花，贫寒而温馨的家园，便四处弥漫着幽幽清香。

冬天对于植物而言，是一个难以生存的季节。原野大地上已是白茫茫一片，雪地里，一行深深的脚印一直延伸到远处村口的石桥上。

见雪心喜，这个时候，若不去踏雪寻梅，就是辜负了雪的盛情与美意。石桥的那端，一树蜡梅的丛枝上正缀满繁花，地面无风，河水已断流，几缕炊烟正袅袅升起……整个情境，犹如宋元古画那般萧瑟，简远，而安宁。

忽然就想起了余光中的那首《乡愁四韵》，经罗大佑一咏三叹唱出来，尤有一种洞穿人灵魂的力量：

> 给我一瓢长江水啊长江水，
>
> 酒一样的长江水，

醉酒的滋味，是乡愁的滋味……

给我一片雪花白啊雪花白……

给我一朵蜡梅香啊蜡梅香，

母亲一样的蜡梅香，

母亲的芬芳，是乡土的芬芳，

给我一朵蜡梅香啊蜡梅香！

用一生时光学习梅花好榜样

　　紧跟在蜡梅后面，不畏严寒，戴雪而开的，是梅花。

　　后园里梅花是我十年前栽下的，一株红梅，两株白梅。因为顶头大树太多，挡了采光，长得都不行。那年，妹妹从芜湖县弄回一个栽在缸里的虬枝老桩，能移动采光，可惜梅雨天排水不畅，我们又都不在家，一下就涝死了，非常可惜！我在芜湖县工作时，有个绍兴籍同事专门养梅，早春院子里那些根桩上，开的全是花，红白迷离，看了好不羡慕！

　　于是便想起一个典故，春秋时，越人千里迢迢北使梁国，手执梅花一枝作为见面礼，向梁王问候致意。这除了说明越人超级风雅外，也证明当时中原一带梅花确属稀罕物。往后，梅花就传扬开，以至女人的妆容都给影响到了。比如那种由南北朝一直流行到唐宋的"落梅妆"，从公主、宫女到民妇，都弄几片梅花瓣贴在额上，没有花期里的花瓣，就贴上剪纸或用彩笔描出花瓣，显得娇俏动人、仪态万方。至今，在一些歌伎舞女的额上还能看到这种金箔贴成的时尚妆容。

而历来能吟出梅花精妙的，像唐时杜牧，宋代王安石、林和靖与陆游，还有元末的王冕，以及清代的吴梅村，都是精致的南方文化人。南朝陆凯一句"江南无所有，聊赠一枝春"，更是让梅花的一缕香魂，只在江南萦绕……宋代南昌人扬无咎，以画梅知名，其《四梅花图》，画出梅花之未开、欲开、盛开及将残四个阶段的清容姿态，独步画坛。

　　许多年前，带着满满的诚意踏雪而至，我在南陵县城一处古宅拜识了姿色卓异的白梅。应该说，白是梅的本色，赏梅不独是赏花，更要赏其造型苍古的枝干。那是一

棵名贵的犹如探身弄影的"照水梅"，充满文艺气质的梅中珍品，清雅，稀朗，花朵大，花瓣纯白，内有黄蕊婆娑起舞。一树梅花一夕雪，深院寒寂，香韵孤绝。枝头无风，与花对睐，恍入梦境中，知是花魂如诗魂，猛然间我写下一首诗，现在还记得其中两句："我问伊人：身上可落有灰尘……伊人问我：可知花魂的心……"

为了能见到更多的白梅，我听了别人的指点，在那一年春节后去了苏州的香雪海。香雪海位于苏州城外三十里的光福镇邓尉山，梅花种类多，不过看上去以白色为主。康熙年间，一位主政一方称作巡抚的大人物来此赏梅，极目所望，但见白梅似雪，暗香浮动，遂题下"香雪海"三个擘窠大字。至今，崖壁上石刻犹存。我去的正是时候，满山满坡梅花怒放，延绵十数里。拾级而上，微风轻拂，花枝摇曳，一树树梅花争奇斗艳，竞相展示自己最美丽的风姿。赏梅的路，曲折蜿蜒，间有亭宇数盈，粉墙黛瓦，称"梅花亭""闻梅阁"。到达半山腰，俯瞰下方，白茫茫的一片，若银海荡漾。

而在南京的梅花山，我看到最多的乃是红梅。梅花山在中山门外钟山南麓，处于明孝陵神道环抱中。每年早春，数万株梅花一起开放，漫山遍野，云蒸霞蔚，规模超过上海淀山湖梅园、无锡梅园、武汉东湖梅园，是名副其实的"天下第一梅山",所以南京人有十足的底气在每年春季举办"中国南京国际梅花节"。

南京的早春乍暖还寒,阴晴不定,我两次去梅花山皆遇雨。烟雨迷蒙里,别有一番感受……满眼是带雨梅花的冷艳芳姿,连花蕊都坠着细小的雨珠,风姿绰约,楚楚动人。满地落花,但枝头仍前仆后继地开着,宫粉红梅开得正酣,稍稍落后的白梅刚才满树飞花……红胜霞,白若雪,朵朵是楷模。从高处望下去,蜿蜒的五颜六色伞流,成了花涛雪海中五彩小径。雨天赏梅,更易染一身幽香。

另一以梅著称之地,是不待三月便烟花弥漫的扬州。扬州,除了有倚红偎翠的瘦西湖,更有气节高地梅花岭。梅花岭在扬州古城北边广储门外,明时疏浚河道堆土成丘,遍植梅花,故名。明末,清兵攻扬州,史可法孤军抵抗,被俘后不屈而死,葬衣冠于此。全祖望一篇《梅花岭记》,记述了史可法以必死之志践行自己忠贞的前后经历,让英雄与梅花岭一道千秋不朽。

百花芳树红将歇,二月兰皋绿未还。风仍寒,细碎的阳光洒在脚下,我曾在梅花岭上徘徊,伫望,想寻得一丝不同寻常气息。我发现不止一处陈列着史可法的绝命书,有刻在石头上的,有写在纸上的……后人遂有"数点梅花亡国泪,二分明月故臣心"之凭吊。"二分明月"典出唐人徐凝《忆扬州》诗中"天下三分明月夜，二分无赖是扬州"，与"数点梅花"拼联，天上地下，再加上几分人事，就成了扬州的象征。

二〇〇七年福建省高考试卷一道古诗鉴赏题，是赏析南宋谢枋得的《武夷山中》："十年无梦得还家，独立青峰野水涯。天地寂寥山雨歇，几生修得到梅花？"谢枋得与文天祥为同科进士，曾率兵抗元，宋亡，元朝屡召出仕，坚辞不应，被强送大都（今北京），绝食而死。此诗伤感家国身世，沉郁苍凉……独立青峰之上，遥望故土，山中雨歇，天地间更显得苍茫寥落，人生哪辈子才能修炼出梅花一般品格？一脉馨香，千载而下，榜样的力量无穷，中国文化人的梅花情结可谓深潜而久远。

梅花成了花中楷模，但并不妨碍向娱乐方向发展一下。在汤显祖的《牡丹亭》里，杜丽娘走完了牡丹亭上三生路，幸有梅树葬佳人，其梦中情人柳梦梅，借宿梅花观而得梦，最终相遇梅树下……精魂不散，有情人终成了眷属。若干年前，卡拉OK大流通，有一支叫《一剪梅》的歌极为受捧。一枝横斜，佳人俏立，小小的花瓣，淡淡的粉白，荧屏上，费玉清仰头向天唱得尤其出神入化："雪花飘飘，北风啸啸，天地一片苍茫，一剪寒梅，傲立雪中，只为伊人飘香……"借梅花处境暗喻自己，把自己直接托付给梅花了。深于心思者，要煽情就能煽出一片丰饶绵密的情致来。《一剪梅》，本是打劫宋人周邦彦"一剪梅花万样娇"得来的词牌名，在这里虽被植入现代词句，但仍然不失典雅和蕴藉清远。

银花紫萼　舞尽锦瑟年华

随着天气日渐和暖，百舌鸟啼鸣越来越亢亮，且多了花腔。后园里那排玉兰树上，已缀满绿茸茸花苞，估计过了春节就能全部开放。这些树，都是二弟从他们马鞍山搞的苗回家栽的，十二年树龄，胸径都有碗口粗了。那会儿子，玉兰树还是稀罕物，识者不多。

我在报社上班时，芜湖市书画院旁边原来的萧尺木塑像那个亭子后面，有一棵大树，每年早春二月开满白花。树上叶子还未萌出哩，那些花，无遮无拦，气韵生动，高高摇曳于枝头，像是一大群白鸟飞绕，能感觉到它们对季节有着深切的渴望，不然何以那么早就将一树繁花放飞？某一年甚至拥裹着一场迟来的晚雪，娇容玉色，优雅而奢华……在缺少春天色彩的日子里，无疑吸引着许多目光。

那时我还住二街，上下班时总是弯点路绕着镜湖走，为的是在短暂的早春里多看一眼那些花。后来，我搬到了青弋江与长江交汇处的临江桥边住宅小区，紧邻城南的滨江景观绿化带。春风初拂时，我发现这里也栽种了开白花的树，另外还有一类长得大同小异的树，稍晚几天开

出紫花，因开得过于用力，以致许多花瓣都朝后翻卷。春风渐暖，白花、紫花皆落尽，梢头舒展出一层繁密嫩亮的新叶。

那天，同女作家林仙儿闲聊，她与夫君一起出版过《不死的南京》《把最美的遇见留给丽江》等书，文章摄影俱佳，是多家旅游杂志的特约撰稿人，因为早先经营过园艺，故我常向她讨教。当我提到那些想飞的白的紫的花，她哈哈笑起来，说，怎么……这你不认识？白的是玉兰花，紫的是望春花，又叫辛夷花。

嘿，我一拍脑袋，真是灯下黑了——久闻其名却不识花容，三四十年前我做中医时，就常同辛夷打交道了。

中药柜里的辛夷，辛散温通，芳香走窜，像个饱鼓的大号毛笔头，毛茸茸的呈浅灰或青黄色，故老中医们有时也在处方上写作"木笔"，治鼻渊头痛离不开它。若是剥去毛衣，里面是一个褐色芯，掰开来，有一种特别的清香。因为那层茸毛呛嗓子，所以我们总是嘱咐病人煎药时将其用布包起来。

随后，这两种花见得多了，我就随俗称它们为白玉兰和紫玉兰。白玉兰落尽紫玉兰开，前后相续，花期约在一月余，几乎覆盖了半个春天。古人给起的"望春花"这名也真是好，在高高的树梢上遥望，向人间报告春消息。它们都是深秋孕蕾，冬去春来，朵朵盛开……风起时，飘英落瓣，若大阵的飞鸟歇落。渐渐地，我也看出了差别，那就是白玉兰花蕾很光溜，只有紫玉兰花蕾密生茸毛。

关于药用植物，我常常请教一个朋友，是在芜湖中医药高等专科学校教中草药鉴别课的王宁教授。夏天里晚饭后散步，我们在江边防洪墙上碰面，总要聊上一阵。王教授告诉我：辛夷开紫花，玉兰开白花，原先大家混称"木兰"，明代以后逐渐分开，只有开紫花的才能叫木兰。头年秋冬，采下毛茸茸的木兰花骨朵晒干，便是药材辛夷。包括广玉兰在内，花谢之后，都结一种形状奇特的红果，长长弯弯，表面凹凸不平像是一串瘿瘤……王教授连比带划给我灌输了一植物学术语，叫"聚合蓇葖果"。

我终于搞清楚了，木兰树形小，柔枝多，花开繁密，而玉兰高大，有承担大事的气象。古人把木兰树做的舟称作"兰舟"，"轻解罗裳，独上兰舟"，"留连处，兰舟催发"，我自己多年前为北大教授朱良志写过一篇题为"木兰为舟兮桂为楫"的书评，解析其书中以船渡人的象征意义……这些"木兰"，其实都为玉兰。

辛夷是常用药材，它的花树应该寻常可见，为什么搞得像外来花一样，让我转了一大圈才戳破？辛夷树在大自然中并不显眼，一直沉默地生长着，或许因为这个原因，才会先叶开出大片繁花，以此显示自己的存在。有一年春节后，我在徽州歙县渔梁附近一处山坳边就看到一大片开白花、开紫花的林子，都是小钵粗的大树，众花齐放，气势非凡，十分震撼……如果不是正好赶上了花期，就算是让那些树撞破头，也不会识得其真身。可是，扑喇喇而响的大阵落花会让你怅然无语，感觉春天就这般给带走了。植物都是感性的，花是它们一世的欢颜，舞尽锦瑟年华，才明心见性让我们获得最深刻印象和最深入解析。

在乡下，叫玉兰和木兰的太多了，都是女性。花木兰代父从军，驰骋疆场纵横杀敌，归来显真容，"还我女儿妆"，不改娇柔本色。在文学叙事中，《木兰花》又为唐教坊曲，用为词牌有《减字木兰花》，四十四字，纳兰容若"相逢不语，一朵芙蓉著秋雨"即是。宋教坊又演变扩容为《木兰花慢》，一百零一字，前片五平韵，后片七平韵。

还是觉得明人朱曰藩那首长诗《感辛夷花曲》结局四句写得好："新诗已旧不堪闻，江南荒馆隔秋云。多情不改年年色，千古芳心持赠君！"借着花事说心事，绵邈深婉，叫人一咏三叹！

杏花春雨里　吹笛人未归

　　元宵节才过去几天，村东水塘边那棵老杏树，枝条上已浮起一层细密苞芽。许多鸟和虫子不约而同涌现，油菜起薹，小麦疯长，远远近近许多村子都遮隐在一团团绿雾之中。荠菜、婆婆纳、老鸹草纷纷开出细细碎碎的花……不管气候和节令怎样变化，它们都会如期而至，照着老样子一个不少呈现在你眼前。

　　杏与桃李还有梅，都属蔷薇科落叶树，她们是有亲缘

关系的表亲姐妹，可以相互走动嫁接的。桃脸杏腮，春山蹙黛，都是美人底色。

农历二月，有"杏月"之称。"杏花生，种百谷"，是古书《月令》中说的。与三国华佗同时期，还有个名医董奉，因为看病不收钱，那些被治愈的人就在他家室外种上杏树以为感谢。时日一长，聚树成林……"杏林春暖"或"誉满杏林"便成了医家悬壶、妙手回春的颂扬词。

杏树的形状千姿百态，那些屈曲盘旋、瘦骨嶙峋黑褐的树干，似乎向人们讲述着世事的沧桑和余寒的料峭。春到江南，薰风稍一吹拂，杏树枝条便开始着绿，突起一个个娇羞的小花骨朵……花开仿佛是一夜间的事。早上一觉醒来，湿润的雨雾中，满树的杏花已经迎风绽放了，粉白的瓣裹拥着金黄的花蕊，沾着细小的欲滴的水珠，远远近近的空气里弥漫着清香。杏花的着色，介于桃花的红艳和梨花的粉白之间。花朵娇小，却柔媚动人，盛开后白中略染一抹轻红，像秀丽女孩子恬静娇羞的面容。

杏花盛开的时节，江南便罩在一片蒙蒙的细雨中。春雨里，水粉画那样，影影绰绰是一树树杏花，或在人家的院子里，或在村头，或在埂坡水流旁，淡淡的幽香随风而来，又随风而去……杏花春雨里，青箬笠绿蓑衣的渔人立于船头，自石拱桥下而过，桥旁，必是斜一树临水照影的杏花。我数年前出版的一本书《说戏讲茶唱门歌》，写的都是故里风韵旧事，封面上着画，便是这般意蕴景致。

柳丝长，春雨细。杏花开得早，也落得早，盛时短暂。每至花期，一树花儿盛开，意味春至。一场风，一阵雨，花瓣便大阵大阵地飞下，满树红英飘然落水……那些紧紧贴着地面从早春过来的荠菜，已挺起长长的茎秆，上面开满米粒大小白花，偶有三四片大的粉瓣会粘附在细花茎秆上，春意便要阑珊了。

古人诗词提及杏花飘零，多存感伤。唐代时我们的南陵老乡罗隐写过一首《杏花》："暖气潜催次第春，梅花已谢杏花新。半开半落闲园里，何异荣枯世上人？"宋代诗人吴融《杏花》有云："春雨竞相妒，杏花应最娇。红轻欲愁杀，粉薄似啼消。愿作年华梦，翩翩绕此条。"杏花伤离枝，片片是春愁。待到杏花结子如豆，春日已去往深处。

自从有"杏花春雨江南"一句，杏花便与春雨结下了不解之缘。"小楼一夜听春雨，深巷明朝卖杏花。"我听过各种卖花声："卖栀子花哎——栀子花要吗？""茉莉花卖——来！""白兰花卖——来！"却不曾听人真的喊过卖杏花。但在心里，从来未怀疑过有叫卖杏花的，那绵婉悠长的吴侬软语一直在意识深处飘荡，只闻声音不见人。

寻踪江南的记忆，那杏花女在哪条巷陌里穿行？斜插在她的云鬓间那一枝杏花，至今犹是粉白轻红否？

　　一九九九年，上个世纪末的那个早春，我在青弋江边的一个村落采访一位因患风湿病而半瘫痪的妇人。别人告诉我，这妇人身上很有些故事，她当年嫁的两个丈夫，都是川军军官，都在同日本人战斗中殉国了。妇人叫田杏花，坐在暗黑木椅上，杏仁脸，尖下巴，细长的脖子斜挑的眼梢，虽是一把年纪了，仍能看出当年的俏丽。从田杏花的口中，我知道了她父亲是远近闻名的私塾先生，她第一任丈夫是个连长，战死在宣城寒亭那里的一处山头上，炮弹炸得像犁田一般，尸骨无收。隔了两年，在早春二月的一片杏树林里，她又送别了第二任丈夫，一个比她还小一岁的笛子吹得真好听的营部文书……"那一树一树的花，开得好繁呵，白里透红，红里泛白，风一起，花就落了我俩一头一身，地上就像铺了一层红毯，一层红毯呵……"这话，从那个妇人缺了牙的口中絮絮说出，我听来，却有着一种超常的诗意美！

　　或许，人生多苦难，生命的本质就是忧伤的。而我想，从那以后，每年早春，便有一树一树如雪如霞的杏花，在江边次第绽放。其充沛的张力，仿佛要将体内贮藏已久的能量猝然释放，缀满大地和天空留出的背景，衬托出笛音幽幽远远的柔美。

花开花落，是岁月的更迭。花落无言，但花落的声音肯定有人听得到，就像当年那个坐在树下听笛的女子。江南迷蒙的烟雨里，终结了一段倾情演绎的缠绵的恋情，虽是红销香断，花自飘零水自流，但她却以自己独有的芬芳，留下了一段款款心曲，无怨无悔地怀上了春的孩子……

喜欢这样的黄昏，这样的雨天，打着一把伞，一个人静静地立于村头的河边，看雨，看雨雾蒙蒙里的花树。野渡，炊烟，青瓦，粉墙，还有淡远的心事……一切都那么恬静，那么清婉。

只是，现在杏树少多了。

开入世俗深处的桃花

三月春分一过，桃花的花讯便成为焦点，也勾起许多人满怀的期待。

青弋江头一叶舟，山光云影共沉浮。

门前多是桃花水，未到春深不肯流。

清代诗人袁启旭，有一回到青弋江畔寻访故人不遇，盘桓良久，留下这样一首水汽氤氲、落英缤纷的诗句，然后踽踽归去。我的朋友柳拂桥，注疏得也好："想见一个人的时候，桃花就次第开放了。身边的河水也渐渐地涨起来……"

真是不同的人心里有不同的桃花。其实，许多人未必知道，所谓桃花水，就是春汛。"发尽桃花水，必是旱黄梅"，在这虚实相间里，桃花灼灼开放，春江水涨，正合上路好心情！

我是俗人，喜欢热闹。我才同一大批人来到朋友老梁的山庄，赶桃花节。

　　这肯定是老梁山庄的狂欢日。雨后初晴，阳光下水汽氤氲，众多的长枪短炮，五彩缤纷的人流，特别是画舫和曲桥水榭之上，还有高髻广袖的女子做汉服表演。人间四月，总是这般的喧闹与讨喜。但无论是临水的桃花，檐角的桃花，还是山坡头连畦成片的桃花，它们似乎并未因人来得多而开放得特别妖娆抢眼。

　　有意思的是，我们来时，路过一片未曾开发的荒野，车窗外就有许多花开满树的野桃，矮矮小小，歪歪斜斜长在峥嵘的乱石间。在我还是孩童时，野桃花到处都能看到，云一样飘荡在乡村的每一个角落。那时没有受人呵护的家桃，只有自生自长、自花自果的野桃，小，且多毛，熟了也会泛红，自有一种诱人的酸甜。眼前，芳菲正浓，野桃花妖妖艳艳，灼灼枝头，远离喧嚣，彰显出一种独特的美丽。

深爱桃花，爱它的啼雨胭痕，但就我来说，更喜欢"小桃无主自开花"的那种人生景况。在一个东风缱绻的曾经的往日，我们路过某处荒野，一株小桃挑着几朵细伶伶的粉花兀自向晚而开，分明应和着你生命旅程的足音。着花不过十数朵，独向人间冷处开，这会让你想起自己曾有过的初恋、爱与追怀。一段婉曲，坎坷人生如是，其间滋味，谁能细解？

隔岸青山春已满，一千多年前那条唐代的村道上，多情的书生崔护，行走在恰如我们眼前一样的阳春天气里，邂逅了那个让他无比心动的女子。一页诗笺，遂化为一瓣桃花，漂流在历史的长河中，漂流在我们映照自身的不可触碰的意识深处。桃花不语，年复一年，花痴人生多少情？"人面不知何处去，桃花依旧笑春风"，幽幽道来，凄美千古……也就有了邓丽君唱向世俗深处的《人面桃花》。

但这是在老梁山庄，热热闹闹开放着大片桃花，枝头上挂满了一张张粉红的笑脸，微风拂吹，淡淡的花香贴面拂来，如一个浅浅柔柔的吻。桃花开得恣意无忧，人也是满满的心怡。杜甫有"红入桃花嫩"之诗句，在他的眼里，桃花的颜色连同它的花期，都是极其性感的。想来，大凡男人，都偷着乐点"桃花运"，哪怕把"桃花运"弄成了"桃花劫"也在所不辞。"桃花运"一词，出自民间命理学，倘言某人命带桃花，是谓此人生辰八字中含寓着桃花的信息，容易招惹异性，注定情事多多。数日前偶看南京的《金陵晚报》，其专版上居然有篇谈居家风水的文章，通栏标题《在西北位插九朵玫瑰——交上桃花运》。桃花不仅成运，桃花还有星位，该文中就称当年"桃花星"在西北位。不过，民间的八卦另有一说：在盛开的桃花下，左转三圈，再右转三圈，便能得其所乐。

人面桃花、桃之夭夭、夭桃秾李、桃李春风……桃是成语植物的常客。可见，许多人心里，都有一份浪漫在。

乱红飞雨，"花谢花飞飞满天"，眼见红瓣满地，又是一年春将尽，可笑我却自露一个小小的破绽。同本市电台午夜节目"今宵别梦寒"主持人清歌走向前山岭头去看大面积桃花时，先是聊她刚刚脱稿的一部题材有点敏感的长篇小说，后来就说到黛玉荷锄葬花。眉眼婉深的清歌说葬的是桃花，我说应是更雅致经典的梅花。事后查明，清歌是对的。只怪我看红楼漫不经心。当初黛玉荷锄葬下的何止是一段女儿愁思，更是她对人生的解析，对春天里空把年华付水流的感伤……她是"薄命桃花"的彻骨知音呵！

刹那春光，漫过纷纭旧事。那浅浅敏感的诗心，恰似桃红一点，漫洇而出，略带忧伤。

许多年前我就写过一篇《向往乡居》，希望自己日后能择得近水住处，植一片桃花，看花开花落，听风去风来……或者，就寻一处比金庸笔下小而再小的桃花岛，和衣眠醋春，鬓发老柴门。

这，就是我回归的闸口乡居。

海棠的文艺血统和娱乐精神

　　去年冬天在东屋檐头栽下一棵海棠，一人来高的梢尖上苞蕾已绽成嫩叶。乍暖还寒时，便常过来看看。

　　过去不懂海棠，只因一直中意那句"月朦胧，鸟朦胧，帘卷海棠红"，海棠便成了文学春梦里难以遣散的一片情愫。

到真正接触后，才知海棠这名字实在太混乱，有西府海棠、垂丝海棠、贴梗海棠、木瓜海棠、四季海棠，还有虎耳海棠、玻璃海棠……乔木的，灌木的，草本的，木本的，能把你头搞晕。大家都托名"海棠"，可见"海棠"并非一种确定的花卉，只是收容了不同科属的撞名者一个俗称，它们之间有的甚至没有一点血缘关联。

立于古人帘外幽月下的，当然是西府海棠了。西府海棠因晋朝时生长于西府而得名，是老资格的名花翘楚。文人所谓"恨海棠无香"，一般海棠花的确无香，但西府海棠却芳香妩媚兼具，未开时，红艳花蕾似胭脂点点，开后则渐变粉红，犹如晓天明霞。东坡大文豪，赋诗比兴自是奇崛："……只恐夜深花睡去，故烧高烛照红妆。"与其同时代诗人刘子翚，则款曲深情地借花说事："幽姿淑态弄春晴，梅借风流柳借轻。几经夜雨香犹在，染尽胭脂画不成！"没想到饱经世事的陆游也是个海棠控："若使海棠根可移，扬州芍药应羞死。"唐代之前，咏海棠诗少见，直到宋时方由苏东坡启其端，一大批人跟上。

当年，徐悲鸿初见十八岁的蒋碧薇，惊为天人，作海棠画相送，并题下："我喜欢海棠般女子，出尘绝艳，飒爽高贵。"背面又写"卿若海棠"四字……最后拐了这"海棠般女子"东渡日本，又双双跑去法兰西研修。再后来，恩断义绝，手撕海棠，上演了一出浮华剥落、过往苍茫的情景反转剧，让人看到了命运的深寒！嗔痴苦毒，疮痍在目，谁道海棠依旧？

近年来，作为景观植物，越来越多的垂丝海棠被栽种在步道旁或宅院里。都是一人多高的小乔木，三月中旬，花叶同放，一簇叶包着一簇长梗花序，花色红粉相间，也有猩红或橘红的……锦簇的花团，尽显现世的繁荣，仿佛所有的春色都蜂拥而至，坠得花枝都下弯了。但我以为，那些长梗花苞带着顶尖一抹嫣红从叶簇里垂下，将放未放，才是最好看动人。

无论西府海棠还是垂丝海棠，任是风情万种，春色撩人，却都不及四季海棠这个大众的俗称传名广远。

既然叫了四季海棠，便是一年四季都开花不断吧？四五年前，别人曾送过我一盆茎叶肉质绿亮、比手掌大不了多少的四季海棠，养了一月，夏秋交季的时候，陆续开出一朵朵玲珑娇艳的小红花来。我的一个邻居看到了，却硬说它叫"秋海棠"。上网一查，四季海棠果然就是归属在秋海棠名下……大约是秋海棠那些粉色或玫红色优雅小花与春天的海棠花非常像，又开在秋天里，才有了这个扯攀。不过总是让人感觉有点绕，应该是"四季"包容覆盖"秋"呵。这只能说，相对于"海棠"这种口头上难以确定名称和归属的植物，所谓"四季"，也就是对应纷纭俗世的模糊记忆吧？

秋去冬来，虽再未见着花，我仍将那盆四季海棠摆放案头，为室内延留一脉花季念想。

野生的秋海棠，性喜温暖阴湿，在溪涧灌丛或浓荫匝地的大树底下时有所见。这些草花们，叶子底部通常都有裸露的红色根茎，以便从珍稀阳光里截留光和热，再转换成开花时所需的养分，让连绵的粉色小花点亮昏暗的树林。那次到太平湖，住宿桃花潭大坝边。宾馆外就是山崖，滴水的石壁上，延卧着几小丛红色肉质根茎植物，一排汤勺大的叶像是持盾那样侧立，细长的红秆葟上高举数朵淡红小花……我怀疑这可能是野生秋海棠，当时拍了照，回家后上网一查，果然就是，叫盾叶秋海棠。

秋海棠古称"断肠草"，"解语花，断肠草，谙尽风流烦恼……"传说一位姑娘为情所伤，泪血滴落之处，生出此草。今之声名大播，很大程度上是得益于"鸳鸯蝴蝶派"大佬秦瘦鸥于上世纪二十年代创作的同名小说。这部曾被冠以"民国第一言情小说"的《秋海棠》，讲述了被军阀毁容的京剧花旦秋海棠走投无路而自杀的悲惨人生，又称作旧上海"第一悲剧"。很是怀念那个一九八五龚雪版电视剧……要感谢龚雪，这个难得一见的美人，演绎了罗湘绮，也演绎了经典，一世欢颜里的秋风凄雨，便是她开不败的满树繁花！

早先，一直以为秋海棠是大树，长在深院，繁枝垂于水池一角……

月移风动，隔着一帘窗，一切皆恍然如梦。

山中访幽兰

一直养不好兰，心里难免有点失落。

其实，也知道像自己这样居无定所、常在外面跑的人根本就不应该养兰。可笑的是，我曾偷偷做过一项试验，选了屋后竹林中半阴半阳一角，掘坑埋进腐殖土，将一盆开过花的兰移栽进去。到现在，那株兰一直活得不错，却从没开过花……只当是存下一个念想吧。

"我从山中来，带着兰花草。种在小园中，希望花开早……"上世纪八十年代，一首旋律优美、溢满浓浓乡愁的台湾校园歌曲《兰花草》被人到处传唱，风靡一时。其歌词，乃是胡适写于一九二一年的白话小诗《希望》。不知胡博士"种在小园中"的兰，后来果有花开否？

数年前一个春风和煦的日子里，我们驱车出绩溪，一大早就到了上庄。胡适故居门扉紧闭。因为我们到访，执管钥匙的胡氏族人被找来，大门方才开启。故居亦称"纪念馆"，牌子存放室内，我们要拍照留念时，才挂了起来，据称是正式批文尚未拿到手。也难怪，对于一直处在是是非非旋涡中的胡适来说，究竟给个什么样面具才适合

他哩？

　　看完那些老屋和老屋里的字画出来，时间尚早。有人提议顺道上山走走，因为这是胡博士老家的山，九十年前的兰花草应是馨香如初。抬眼望去，远近都是重重叠叠的山，树色葱茏，云缭雾绕，南为竦岭，北面最高的是竹竿尖山。想当年，那个十三四岁的文弱少年离家赴沪求学，该要走多少天才能走出这些大山呵。

　　我们上了东南处一座稍平缓的矮山，春天的和风撩人衣角。沿着蜿蜒曲折的山道边走边看，茶树浓绿，竹海起伏，鸟鸣盈耳，漫山遍野的红杜鹃、野樱桃花，还有一嘟噜一嘟噜的紫藤花，开得让人心醉。

突然间，一阵似有似无的幽香飘来，是兰花……真的是兰花！但要追着这细细一缕香味找到真身并不容易。当地文化部门一位官员告诉我们：兰花草须"半日照"，隐身于溪流坎沿或茂林修竹下，喜阴却又离不开阳，多是长在东北或东南山坡。太阳初升，有晨雾阻挡，阳光柔和，长得才好，太暗或太多阳光直射的林地，则分布少。早先，兰花草、石斛和白芨随处可见，谁也不会挖去卖钱。兰花草结的蒴果成熟后，种子随风飘散，所以石缝岩壁甚至是树洞里也有兰叶披拂，有花莛伸出。每年的这个时候，山山岭岭都被兰草花香熏透了，大家连根带土挖回几蔸，养在院子里，有时干脆掐回整把的花莛插在罐头瓶中，满院满室浓香扑鼻……听了这些话，我忽然明白了为什么在徽派建筑的雕花栏板上，会有那么多平底浮雕的兰花草图案。

四月的山野，潮润湿滑，脚下并不好走。香气越来越浓郁，我们终于在一处灌木丛遮蔽的岩石边找到了兰花草，一共两株，都开着花，唇瓣上布满深色斑点，花莛高擎，飘逸而舒展……数十茎光滑深绿的叶，叶质滋润，细长而简练。众人皆曰是难得一遇的好兰，但谁也没提要将其掘为己有。兰是空谷幽物，或被誉为"空谷佳人"，得的是天地自然之气，一旦栽入盆中，变为玩物，就失去了山野的姿趣与灵性。

一年一度春风晓，一思一梦兰草香。还记得那年暮春，我们晚报副刊部在南陵小格里林场召开笔会期间，一大批人上了山，闻香寻兰……兰花多生长在其他植物很少涉足的地方，如沟坎、岩壁甚至是树洞里，这是为了减少竞争。仔细搜寻，石罅里倒真的有许多像兰叶的草，但那是野百合。结果，在挂着一线细流的陡峭岩壁下找到了一株兰花，是那样孤独而宁静，高洁而优雅，茎上的花已不再挺翘如翼，垂曳而下的风姿，让人想到初开时飘然仙子般的惊世美貌……大家怦然心动，行注目礼，说话都压低嗓子，生怕唐突了什么。

许多芜湖人偏爱"汀溪兰香"绿茶的品质，这跟产茶地优越的自然环境有直接的关系。皖南泾县一片次生林西侧，湿润，弱光，土肥，因为遍地兰花，香风熏染，所产茶叶才味厚鲜醇。冲泡时，水刚入杯，就有一股幽幽兰花香飘散开来。还有产自太平湖畔的"猴魁"茶，也是因为与兰伴生，才成就了卓越的品牌。一杯上好"猴魁"，冲泡五六次，喝完了，杯冷了，一缕冷香犹常驻不散。到产茶区访兰，很容易就有惊艳之遇，正所谓"深山有佳人，遗世而独立；一顾倾人城，再顾倾人国"……

"沅有芷兮澧有兰，思公子兮未敢言"，这是《九歌》中代湘夫人深情唱颂的。兰花姿色俊秀，吐芳清雅高洁，孔老夫子所谓"芝兰生于深谷，不以无人而不芳"，这与中国古代知识分子洁身自好、清逸流芳、甘于寂寞的心态正相吻合，所以只要提到兰，便成君子的化身。郑板桥笔下画得最多的，除了骨骼清奇的竹，就是春风兰草……"未有画兰闻鼻孔，满天浮动古馨香"，元时的宋遗民郑思肖，笔下兰花皆无土，以示不忘"还我大宋疆土"的心志。

然而，近年来，各种洋兰到来，已使人眼花缭乱，而在利益的驱使下，大量的国兰被乱挖滥刨，让山谷中自由绽放的野生兰花陷入绝境。每年春天，整筐整蛇皮袋出现在花市上的刚刚打苞的兰花草从何而来？花贩们直言从山上挖来的，并翻出根上宿土以证实。这确实都是从山上挖来的，但被移植暂养了一段时日，称作"下山草"，然后再起出来出售的。一株普通的兰，报价在十几元到几十元，好一点的要上百元，极品和珍品的价格就无法说了。只为清香远，求者遍山隅。为了能在山中找到一株稀有品相的兰，人们甚至卷地毯式搜索，挖兰不止。

幽谷已无野生兰，既是兰之殇，更是时之痛。

要是胡博士再去山上踏青，还能怡然自吟"我从山中来，带着兰花草"吗……

每一朵堇菜花都是很神的表达

走在原野之上，常有嗡嗡之声从远方传来，这声音和报春鸟的啼鸣一般，使人知道春已来临。

春天是堇菜最为活跃的季节。刚刚换完新叶的林子外面，盈眼的柔绿，水一样流动着……荒地里长满一丛丛圆叶或楔形叶的绿草，开出紫色、白色和黄色的小花。堇菜特殊之处，是花朵的形状有点像是巫师的帽子，下端尖筒状，朝上一端张开……当堇菜们准备接管一块空地或一片荒野，就成群结队戴着这些制作怪异的小花帽如潮水一样漫涌而来。

这里面，有我最熟悉的一个部落：紫花地丁。它们成片生长，很勤奋地开着花，每一株绿油油的叶子间，就有两三朵紫色小花被纤细的花梗高高挑起，略略弯下柄头，又努力地昂起，从花喉到花瓣尖由深渐浅，花兜微微翘起。那个贴着花梗回翘的小兜兜，实则是管状上弯的花瓣形成的卡柄，旋转翻飞的样子，仿佛就是一个正在表演着的钢管舞女……如果制成三维视图在显眼的地方挂出来，就是用野花的思维在做广告了。

紫花地丁应该是最为常见的一种堇菜科植物，箭头一样狭长的叶，几乎成了堇菜的典型制作。一直不解其义，为什么取名"地丁"哩？是说它们茎秆笔直、顶着未开的花苞就像一枚钉在地里的铁钉吗……但这种形容对它们来说太糙脸了，我倒觉得其开花的样子更像一只小雀轻盈地立在枝头，富有灵气，又那么安静。其实，"丁"亦可作人讲，这小小的花儿就是大地上的小不点，如果你从它们身边走过而没有多投一眼的话，也许就忽视了这卑微而又美丽的生命。

　　在我不太长的早年那段从医经历中，可没少同紫花地丁们打过交道。那是在"文革"中期，有个"六二六指示"延伸出了"六二六道路"，具体实施和操作，就是"一根针、一把草"……当时的"合作医疗"制度，是社员每年交五分钱人头费，打针吃药全包了。事实上这根本行不通，一开始还能对付，"干部吃好药，社员吃草药"，到后来就豁了边，几乎全靠针灸和草药当家了。我们做赤脚医生的，经常要采挖中草药。医者心，不了情，金银花、野菊花、车前草还有半边莲，等等，都在那时同我们结下了深厚情谊。紫花地丁解毒力超强，主治疮痈肿毒，如蛇头疗、红丝疗及多种外科阳症疾患，若是配伍蒲公英，对付黄疸、痢疾、腹泻效用更强，清热解毒之外，兼可疏肝散滞。有一种开小黄花的鹅尼菜，形状和荠菜差不多，白浆多，汁水足，杀菌抗炎也是超强。青黄不接的季节，把它用开水一氽，切碎，抓一把碎米煮成菜粥，黑乎乎的，吃嘴里苦涩，常听小孩子唱："鹅尼菜，一肚子水，家里摊个痨病鬼……"

此外，还有一种开白花的戟叶堇菜，我们叫白花地丁，长得跟紫花地丁一模一样，只是叶子略宽，在向阳的草地上会大片生长。它们佩戴着一样的族徽，却分成了两个阵营：紫花帮与白花帮。大家都在同一个社区、同一个朋友圈里混，但在有经验的乡医眼里，白花地丁是伪品，不具备真品的功效，不可代替使用，处方上写作"地丁草"的，都是紫花地丁。

在闸口这里，无论开白花开紫花的，统统被喊成另外一个名字：老牯牛花。孩子们乐此不疲地玩着一种游戏，各人掐来一朵花，套紧花兜，两边猛力一扯，谁的花兜给扯落就是输家。其实，遥远年代里的吴王和西施老早就这么玩过了，他们叫斗草博戏，双方各选一截车前草的穗茎，彼此交叉，摩娑拉拽，扯断者为输。刘禹锡有诗为证："若共吴王斗百草，不如应是欠西施。"

这些地丁花结籽后，就称"米布袋"，它们成熟的种子有三个或四个长角，每个长角里都排列十数粒淡棕色种子，若数排婴孩在躺睡着。有人撰文称它们是"花开一季，繁于四野，然不过立夏，皆倏忽凋亡"……释其"堇"义，连而通"谨"，再由"天谨"拉扯上"天灾"，揭出"兴也勃焉亡也忽焉"的短命特性。其实，闸口这里的地丁花长年都在开着，从仲春一直开进深秋，或紫或白的星星点点颜色缀在草丛里，和清晨的露珠一同闪烁。

五月里，风很软，天很蓝，一团一团的云彩飘浮着。因为夜里下过一场大雨，氧气充足，蚯蚓纷纷爬出地面进行相互拜访，阳光从林子隙缝里被筛下来，几只麻雀在那里啄来啄去。空气中有一种自然的清香，那是草木在呼吸的气味。其实，这也正是堇菜属花儿们的最佳怀孕季……蜜蜂和蝴蝶一点不嫌它们细小，飞来飞去地忙碌着。再过些日子，水塘边就开满了野蔷薇水红和月白的花。

世事变化，眼下，一种花瓣超大的紫花地丁已成功跻身栽培花卉行列。其中最知名的要数三色堇，乍看如传统戏剧里的大花脸，又名"鬼脸花""猫脸花"，它们承袭了巫师帽的欢悦与精彩，尽显造化之妙，每一张脸谱都是很神的表达！

隋炀帝到死都没看成的琼花

琼花翻译出去，被称为"中国独特的仙花"，这是从义而非从形了。植物学上定义琼花为忍冬科落叶或半常绿灌木，事实上，琼花在我们这里都是长成中等乔木，只是权丫特别多，故而开出的花也多。

在北京待了一月，四月上旬回到芜湖，发现小区里琼花已开得团团簇簇，好似隆冬瑞雪覆盖，流光溢彩，璀璨晶莹。数日后，又在邻近住宅区发现几处盛开的琼花，看

那花树规模也不小，肯定是一个春天又一个春天开过来，以前咋没注意到哩？真要感谢花们杰出表现，让人知晓了它们的身世，如果没有花开，不知有多少草木被我们轻易忽略了。

当我把琼花消息告诉给北京一位友人，并且专发了九宫格的朋友圈，他那边手指一动，就天际浮香，看到了琼花卓尔不群的风姿。连说喜欢这花，如此清雅，南方真好，不像北方只开雪花。

早先没见过琼花，只在寒冬雪积枝头时赞之"玉树琼花"，而并不知晓自然界真有一种花叫琼花。琼者，美玉也，大团绽开的琼花，的确如美玉琢成，晶莹，圆润，细腻，纯正，隐隐透着淡青的光泽……"东风万木竞纷华，天下无双独此花"，尤其是盛花时节，整棵树从上到下都缀满白花，清风吹拂，粉团颤摇，催动阵阵芳香，宛如花仙翩翩袅袅，美得透心透肺！

琼花之美，美在它那与众不同的花型。既可开满一树雪团般的无蕊白花，而在另一些枝头则又擎出盘状聚伞花序：外围八朵五瓣辐状花，环绕着中央数十玲珑花蕊——实则是尚未开放的两性小花，一起汇成一个大玉盘……轻裘沾酒笑红尘，若将中间平坦处当成桌面，就是"八位仙子"围坐把杯聚谈了，所以才又被喊作"聚八仙"。

"千点真珠擎素蕊，一环明月破香葩"，喜欢这花，除了不同时期有不同的特质和精彩外，更感觉它是有心有情之物。

十里春风，二分明月，琼花偏爱扬州，扬州琼花天下无双。琼花之名从扬州而来，烟花三月的扬州，就成了许多人流连忘返的地方。琼花开，春梦醇，好诗好文都飘浮在扬州。成了扬州市花的琼花，就是烟花吗？

作家、摄影家林仙儿告诉我，她专为拍琼花赶到扬州，是追梦，也是追诗……就像春天少不了花开一样，烟雨维扬，最是少不了诗文才华和绰约风姿。扬州看琼花，最好的去处莫过于万花园。大明寺内则有一棵清朝康熙年间的琼花，三百多年的光景，全都郁聚在现世的繁盛里，值得专门拜访。真要碰上飘雨的天气，就去瘦西湖边租一条小船，绕湖岸边，白花团簇……繁花似锦的烟雨江南，看不尽的清秀婉丽！

在民间话本里，当年隋炀帝为了能到扬州看琼花，专门开凿了京杭大运河。运河项目竣工，隋炀帝坐上龙船喜滋滋往扬州而去，无奈没有眼缘，将要抵达时，突然风雨大作，冰雹从天上狂降，把琼花都给砸烂了。接着，各地农民起义大爆发，隋朝立马崩溃，无限江山眨眼间就没了。可叹风流皇帝，倾尽奢华只为看花，花没看成，却把命葬送在扬州。

从那以后，扬州古城几盛几衰，又都是与琼花的起起落落几番销声匿迹紧密连在一起。"维扬一株花，四海无同类"——就说他们最负盛名那株聚花九朵的古琼，北宋时移去京城开封，水土不服被送回；至南宋，又被征招移栽到杭州皇宫里，不行，再度被送回……到了元时，终于枯死，可谓历尽悲欢离合。衰也由人，盛也由人，颇富传奇色彩的传说，无疑为琼花增添了别一分迷人风韵。

好花，好水，好故事。瘦西湖边的花影，一齐都倒映在水里……如梦如幻的景象，看久了，有一种迷离。

野百合也有春天

在大自然中，野百合永远是寂寞的。

暮春的时候，各种花朵高高低低前仆后继地开放。野百合却有意避开这份热闹，只生长在山坡杂草丛或荆棘丛中，细长的枝秆上，整齐有序地长着一排浓翠似竹的叶子，一两朵洁白无瑕的花儿，那么娴静地开放……喇叭状花筒翘着，绿色的花蕊像触须那样伸出，没有风来，它们就一动不动，仿佛停留在时光之外。有些少土的石缝里，野百合的鳞茎总是能深扎，开出完美无缺的花来，强韧的

生命力，令人称奇。

早先，山上野百合可真多。四十多年前，我在南陵县东乡一个叫石铺的地方当赤脚医生时，经常去泾县大山里采挖中草药。只要是在春天里进山，总能看到那些静静绽放着的野百合。玉白的花儿，被层层相叠的绿叶衬托得分外娇柔，不食人间烟火般的美丽而纯洁。

即使是过了野百合开花的季节，我们挖黄精挖何首乌时，刨出的泥土里偶尔也会带出野百合白嫩的根茎，整体形状像一枚皲裂的大蒜，有时不小心刨碎了，白瓣散落，犹如落英委地。百合本身就是一味清心润肺的滋补药材，底下须根扎得很深，挖出洗尽之后，鳞茎洁白如银，一瓣瓣，一圈圈，更似一朵初开的白莲。有时逢上干粮罄尽，就将它们投进火堆里烤出香味来，一瓣一瓣地掰开，舀一搪瓷缸山溪水，连嚼带饮，腹中虽只填个半饱，精气神却是大长。仰躺在坡间草地上，飘浮着朵朵白云的蓝天是那么远，又是那么近，仿佛伸手就能碰到！

"山丹丹开花红艳艳"，"山丹丹"就是陕北山野里一种朱红或橘红的野百合，别名红百合。据说，北方的野百合，花瓣多是细长反卷，色彩艳丽，春末夏初开放时，漫山遍野一片赤艳。而在江南山野里见到的百合，都是开纯白的花。

一般情况下，每株野百合只开一两朵花。然而，我游太平湖时，在一个小岛上用树枝掘起一株野百合，根茎俱在，扁扁的像一只大柿子，半人多高的绿叶青秆，挺翘着五个花苞，上船时不小心碰断了一个。那一年初夏，在石台牯牛降参加省里报纸副刊会，我们几个人瞅了个空钻进山林里寻兰花草，却找到一株野百合，修挺颀长的碧秆上，居然挂着七朵白花，一瓣瓣齐齐往后翻……可惜，最先开出的几朵，已半俯微垂，瓣尖黄卷，怕是一碰就掉了。

百合看似娇柔，却挺好养的，一点都不娇气。在花店里买的百合，花开败了，找处院角挖个深坑，连盆放入，上面再覆上土，平时记得补点水。秋冬老秆枯死，熬过休眠期，春天再萌新枝，至花苞成形又可刨出搬回家中。一个朋友从徽州老家带回两枚野百合的鳞茎，埋在小区的花坛里。半年后，有一对绿茎长出来，到夏天，便双双开花了。但如果是感染了病毒，地下球根就会烂没了影。

有一次，为了观察一只在高枝上啼鸣的黄鸟，我跳进一个废弃的大院，竟然在没膝的荒草中看到一片盛开的白花。不知道这里当年是有过一片花畦哩，还是有人将开过花的百合枯茎随手扔到这里而衍化出这一片凄美景色……高树鸟啼，幽幽远远。那地方很快就要开发，这些恬静地开着的花儿，肯定回不到它们该去的地方了。

省识春风二月兰

京城多二月兰，无论在天坛在燕园还是在朝阳公园，都能见到这种高过膝盖紫白相间的花儿，有种在花坛里的，有散落野生的。五环六环之外，水景渠边，静谧的林子里，二月兰更是开得淋漓尽致，紫莹莹的一片。还有高速路两边也有，虽然一晃而过，但那绵延相随的迷人紫色，真的是蔚为壮观……在我的印象里，盛开的二月兰就是北国的风景了。

朋友的女儿在南京理工大学读研，听她说起南理工水杉林中的二月兰，俨然已成南京民选的"十大春景"之一，学子们还给那片二月兰花海起了一个"梦幻地毯"的浪漫名字。两年前，这片盛妆的二月兰，甚至还登上了南京二〇一四青奥会"最南京"系列邮资明信片。

前年的三月下旬，我陪人去南京梅花山，在梅花谷园路两侧，还有明孝陵的墙根下，见到许多二月兰悄然绽放。东一簇，西一丛，乍一看，跟油菜长得好像，但它们细长的花梗上挑着紫色迷离的筒状的花萼，下端往上逐层开出的倒卵形四片花瓣，在风里摇荡着盈盈的欢悦。离开梅花山，又去了南京理工大学。从2号门进入校园，二月兰的倩影已经随处可见。不久，就看到高大的水杉林间，二月兰满满地簇拥在树下，仿佛是一片紫色花海，又像起了一层淡紫色的雾……南理工的二月兰，果然名不虚传。特别是在紫霞湖，路的两边都被二月兰罩满了，灿烂的春阳下，白蝶在紫色的花丛中扑闪，分不清哪是花，哪是蝶。赏花的，拍照的，都是女比男多，漫步其间，衣香人语，浓浓春意里，尽是现世繁华。

那年春天，我和妻子去朋友家吃饭，第一次认识了二月兰。当年我们在青弋江畔西河古镇教书时，朋友是镇上的广播员，也是镇上出了名的美人，大眼流波，胸部高挺，后来她走出来了，凭着优越的自身条件，做过工厂政工科长，又开过酒店。赋闲在家时，将一楼的花园和鱼池打理得生机盎然，花草生色，锦鳞悠游，让我们每次去都钦羡不已。就是在她家花园观景亭旁边，我初识一丛花草，盈尺绿叶之上开满紫白相间的小花，细长有残缺的花瓣成十字后披，中缀黄蕊，散发出淡淡清香……朋友告诉了我一个早就心仪的名字：二月兰。

二月兰，不仅仅是观赏植物，还是易获的野菜，嫩绿的茎叶，做汤和凉拌味道都不错。但凡野菜，通常是以一种草根阶层的姿态出现在人们的视野里，但只要听说了二月兰还另有一个响亮的名字"诸葛菜"，就知道与传奇续上了缘。相传，诸葛亮当年屯兵时，一度断了军粮，这可是要命的事……诸葛亮一边设法安抚军心，一边悄悄潜出寻找可以代食的东西，结果发现了一种既能填肚且又量多易获的野菜，危机渡过，"诸葛菜"的名字就流传开了。其实，春风一度的二月兰，深浅相宜，芳华自许，完全不必借别人的大名来让自己获得上位的机会。

今年春天去京城前，我在芜湖找到几处二月兰，虽只是很不起眼的几小丛，刚透出花苞，却也让人看着心动……想到数年前第一次在朋友家花园里认识二月兰的情景，心里竟是一阵黯然，因为朋友已在去年冬天去世了。她两年前就查出肿瘤，手术失败，当年明眸皓齿的佳人，熬到油尽灯残形容枯槁才撒手而去。出殡那天，我在省城参加一个会，打电话让妻子代我送她的。

　　一年一曲，拟尽形容无可祝……一个人走了，一个花园也落下了帷幕。

朱颜辞镜花辞树

　　一直以为，在那些古宅深院里，除了桂树，枝干敷苔的广玉兰一定是要有的。曲水春风，古木盘空，才子佳人坐在树下，品茗，拉呱，或是抚一支箫……花影斑驳，筛一缕阳光，斜照在老豁的砖墙上，意境，便都有了。

　　扬州个园，在宜雨轩与抱山楼之间的荷池东侧，就有一株数丈高的广玉兰，下有六角飞檐小亭，两边抱柱上书写着不知是什么人做的楹联：何处箫声醉倚春风弄明月，几痕波影斜撑老树护幽亭。借这样一株老树，抒人生之幽情……箫声波影，曲栏明月，倒是将个园声色风情演绎得无与伦比。

　　春夏之交的时候，即便是寻常的院落，也很安静，静的深处，几株广玉兰开着满树硕大的花，朵朵都有碗大，一圈六瓣，中有蕊座和紫色花丝，所以又被称作木莲或荷花玉兰。花朵们真是尽心尽力，不放过每一个开放的机会……那些纺锤形花苞，露着前面小半的白，然后，便像铆足了劲一般，在某一个早晨或是黄昏，突然绽开，过程之快，看了心惊。清早，从树下朝上望，树高，叶子一

层层，下面肥硕的白花能看周全，再往上，只有叶间露出的一片片白了。风过，花树摇动，有露珠或是宿雨点点落下……

　　上个世纪九十年代，我住在芜湖县县委宿舍，一墙之隔的县委党校那边院子里，有十多棵两层楼高的广玉兰，密密实实一片浓荫。五六月时，南风悠悠吹拂，便开满了大朵大朵的白花。双休日在家埋首案牍，偶一抬头，楼窗外树青花白，确令人耳目一新。在以后的日子里，白衣渐失，容颜暗转，有花瓣斜斜依附在花托上……夜阑人静时躺床上，会听花瓣离枝落地"啪嗒"一下，又"啪嗒"一下沉甸甸声响。早上起来看，在原来花朵挺立的枝梢处，突兀出一根笔直粗壮的花柱。

五年前一场不大不小的病，让我住进了市一院的干部内科病房，绿树掩映中一栋二层小洋楼。心脏代偿功能不全，感觉不到有多难受，难得几天清闲，只觉眼中风景是异常地好。病区里的木地板、百叶窗，还有那些带异国风味的券门檐廊，让人心里特别安宁。主教楼南边一溜十多棵广玉兰，快有百岁高龄了，枝繁叶茂，浓荫匝地，树上花苞陆续开放，清风徐来，尤是馨香沁人。我每天下午拔了吊水的针头，就要到那下面走走。

一个戴眼镜的有几分瘦弱的少年也到树下走动，他是对面病房的一个病友，即将参加高考，却患上肺炎。我们交谈过，感觉很投缘，那孩子禀赋不错，甚至同他清秀外貌一样染着点多愁善感的文艺并发症。他说校园里也有几棵绿荫深深的广玉兰，那天，班主任老师指着窗外对他们说，广玉兰开花时，你们就要毕业离开校园就要说再见了……今见花开，颇有所感，而他的同学正等着他回去召开最后一届班会齐唱《毕业歌》哩。

出院那天，下了一夜的雨，上午办完手续，我打着伞站在湿漉漉的树下，竟有着几分离别的不舍。清新的香气，盈满胸腔，粉白的花瓣被雨水冲刷了一夜，愈发净洁，风雨并没有摧残它们的美丽。

南陵县中学"郁青楼"旁，原有一方清水荷塘，塘沿边也长着两排高大的广玉兰，遮天蔽日，各种小鸟在浓密的枝叶间啁啾啼鸣，伴着琅琅书声，玉兰落尽莲花开。我妻子的姨母曾是这所中学首屈一指的元老，一辈子独身未婚，全部精力都献给了教育事业，学生分布海内外，有学者、教授、作家、翻译家，有"两弹一星"专家及清华大学领导层人物，她叫黄浣莲——浣洗莲花，这是一个江南女子最诗意动人的名字。南陵中学前身是"郁青中学"，据说，那批广玉兰树，就是黄老师那一代人在抗战胜利后学校由山区迁回时植下的。听别人描绘，那时的黄老师，穿着旗袍，常常捧着教科书和厚厚一叠作业簿还有粉笔盒，踩着铃声和满地落花，从那两排广玉兰树下走过。说来令人难以置信，她竟然是因为舍不下自己学生而割断了南去广州的一段恋情……花开花落，春去春又来，在美丽的校园里，她就这样无怨无悔目无旁及地走了好几十年，直到原先轻盈的步履一天天迟缓蹒跚起来。

妻子也是从南陵中学毕业的，每年广玉兰开花的时候，总会想起她的母校，她的老师，还有她同逝去的姨母共同住过的券门檐廊老宅。可是，数轮城镇建设，这所老校早已改造得面目全非，高中部迁往新区，仅留下初中部，那么多老建筑老景观都没有了。去年初夏的一个傍晚，妻子还让我陪她寻觅那些广玉兰原址。我不知道这能寻觅到什么？

没料到，站在曾经的"郁青楼"前，竟然出现了幻视——其时，云霞刚刚溶开一块蓝天的缺口，金红的光影散向无边的黄昏，我又一次看到了那些浓荫匝地的大树，开满白花，一个捧着教科书和厚厚一叠作业簿还有粉笔盒的旗袍身影，正从树下走过。岁月惊心……刹那间的怔忪里，从天上到水面，记忆中所有白莲花瓣一起朝她涌去，那么美丽，那么肃穆而圣洁。

鸢尾花的明月二三事

　　春天的日照渐强，也是野豌豆的小紫花开得正浓时。

　　那次，我到一处水边拍摄紫豌豆花，顺带看望在苇丛里安家的一对秧鸡夫妻，天气早已转暖，它们应该抓紧时机修理旧巢，准备生儿育女了。一个棒球帽舌反向朝后的黑衣男子坐在岸沿上画塘边石缝里的鸢尾花，他时而抬眼

瞅瞅，时而低头在画板上涂涂抹抹。远处，停着一辆白色小车。鸢尾花可能是最常被画家瞄上的花草，我不知道画家的凡·高当年是否也是这样坐在水边，画出了那幅著名的鸢尾花？五月初夏是属于鸢尾花的季节，那个幽静的水塘一角，飞满了梦一般的蓝蝴蝶……

其实，林子下面也能看到鸢尾花，在绿化景观地带，深宝蓝色鸢尾花和蓝黑相间的堇菜花交缠在一起，高低错杂，丰盈了情调。鸢尾是个大家族，人们所熟知的几种菖蒲，都是归于鸢尾属下，它们喜欢沼泽湿地，更喜欢排水良好的阳光旱地。鸢尾属的植物，都有粗壮侧歪的匍匐状根茎，扔在哪里都能发芽。据说，北海道的日本农人将切块的鸢尾根茎埋在屋草下，鸢尾长出后，不仅能观花，更能防止屋顶上草被大风吹走，这肯定是稀奇的东洋景观了。

我早年在青弋江边古镇西河当老师，居室的门外到窗下，就种着一丛肥绿的芭蕉和桌面大一块地的鸢尾。那时，我们将鸢尾喊作"蝴蝶花"。靠近路口一侧鸢尾总是被人踩得头歪肢断，嵌叠状的叶鞘成了一小截根桩。但每到春天，还是有三两枝花从残躯中冒出，虽然蹿不高，却也能吐出深蓝而蓬松的花序，如罗裙临风，在擦过墙根的风里招摇，衬着背景中的红砖墙，很是飘逸美丽。我那尚未及上幼儿园的小儿，用小手搬来砖头码在外面，挡住不让人踩踏，逢上飘雨的天气，就用纸盒子搭出遮盖的小屋，不让花儿给淋哭。

鸢尾叶形如剑，像菖蒲但不及菖蒲硬挺，扁扁的基部为鞘状叶片所包，层层嵌叠，这倒是跟射干难以分辨，不过射干花茎高，开出有麻点的橙红六瓣花会将身份暴露。鸢尾花茎不比竖起的筷子高多少，从叶中抽出，由两个苞片组成的佛焰苞，膜质，披针形，边缘红紫，着花一二朵，风姿伶伶。不过鸢尾花也有不尽如人意处，就是没有香味，其宽卵形花瓣软塌塌的，虽能在风里荡荡弯曲成优美的弧度，但遇上刮大风和下雨就惨了。

北边燕地那儿，野地里多见一种叫"马莲"又称"马兰"的植物，丛生，仅有脚背高，韭叶狭如剑，极坚韧，待开出三大三小六瓣紫蓝的花儿，哈，不就是缩微版的鸢尾吗？春末时，卢沟桥下干涸的河滩两边，一丛丛、一蓬蓬开着许多这样结构精致的小花。风吹花摇，若数不尽细小的罗裙在翻覆，别有意趣。如果附耳谛听，说不定真能听到渺杳的歌声哩……后来查阅资料，方知它们应该写作马蔺，果然是隶于鸢尾科鸢尾属的一种野花。

杭州林隐寺外种着许多开白花的鸢尾，花大，如白鸟群飞起舞……尤是那月华如银的晚上，与流沙般岁月相映照，清风习习，幻影婆娑。至于开黄花的鸢尾，我却一直未曾亲见，还是同住一小区曾做过园艺的林仙儿告诉说，小区的水塘里就有。那天黄昏散步时，我特意赶去探访，果然在栈桥边看到几处正开的黄花。那是一点不带虚构的挺水植物，绿叶修长，身形扁侧，尽管下半截浸在水中，还是比在岸上开蓝花的同类要超出好几倍，足有一米多高，每枝花茎上端都分出数小叉，各表黄花一朵。其六片灿黄花瓣中，只有裂大外弯的三片是真的，瓣根部隐约可见一圈散射状条纹或斑点，仿若飞鹰的尾翼；另外舌状硬羽片的三小瓣，只是花萼——生长时保护花蕾的，因为颜色及姿态都美丽，假戏真唱，也被当作花瓣了。或许是不堪重负，那些花枝包括孕穗都是垂弯的，多少有点影响了美观。

不过，这样的临水姿态，倒是很适合月亮升起的晚上来看，在一片楼台月影里，会有朦胧诗一样的感觉漫漶开来。

"我的忧伤因为你的照耀／升起一圈淡淡的光轮"——很自然地，就想起了舒婷的《会唱歌的鸢尾花》，这也是当年极受我们追捧的"朦胧诗"典范之作。我到现在还能背出开头部分："在你的胸前／我已变成会唱歌的鸢尾花／你呼吸的轻风吹动我／在一片叮当响的月光下／用你宽宽的手掌／暂时／覆盖我吧……"诗中，鸢尾花轻吟浅唱，情人气息吹动，月光叮当作响，构成一幅婉转流动的优美画面。

　　但为什么是鸢尾花哩，而不是别的混得眼熟的常见花卉？对于1981年的舒婷来说，这也是历史选择了她，让她挺身而出，细腻而深刻地体悟爱情与苦难，用浸润在温婉中淡淡的忧伤，来区别于顾城、北岛们那种先锋性的叛逆……我那时也是写朦胧诗的，对光明世界有着强烈渴求，作品打入过《诗歌报》和《星星》诗刊。我们善于通过一系列琐碎的意象来含蓄而坚定地表达自己的意志，开拓了现代意象诗的新天地、新空间……若干年后，当我守在收音机旁，听完丁建华和乔榛激情朗诵《会唱歌的鸢尾花》，竟然有一种要流泪的冲动：

　　"和鸽子一起来找我吧／在早晨来找我／你会从人们的爱情里／找到我／找到你的／会唱歌的鸢尾花……"

油菜花　乡野上最华丽的落幕

三月三，桃花红梨花白，油菜花也开了。

早先，圩野上的油菜花可真多。明媚的春阳下，齐腰高的花儿，朵朵齐聚，簇簇成枝……村子都被淹没在金黄色海洋里，成了一个个孤岛。浓郁的花香渗入空气，随风飘散在旷野间，引来蜜蜂嘤嘤嗡嗡地忙碌，大大小小的蝴蝶飞来飞去。有的狗看见这铺天盖地的油菜花，都会发疯。

油菜，这两个字反过来读，便是菜油，可知为我们最普通一种食用油的来源。十字花科芸薹属的油菜花，四片小小的黄色花瓣，以几何学上所谓"中心对称"的规则排列，是标准的四瓣花，层层叠叠由下往上开出来，极具繁复之美。其所以能扬名，靠的就是那根薹。薹是安身立命的茎，也是输送营养的通道，植物学上把这个部位叫薹，承载开花结果、延续子孙的重任。油菜花的特点是气场大，人多势众汇聚一起，一望无际的金黄像海洋一样壮阔，令人叹为观止。除了放蜂人，摄影爱好者也喜欢它们铺天盖地、汹涌澎湃的黄……每到花期，你看那徽州的山

山岭岭，聚集了从全国各地蜂拥而至的赏花人。

十多年前第一次上齐云山，别人看道教胜迹，看丹霞地貌，我却立身山巅俯瞰那层层梯田上盛放的油菜花。一道道华丽的金线，一块块明艳艳的黄毡，间杂着郁郁青葱的麦苗，让你觉得自己仿佛是停留在时光之外！极目朝下看，山脚下的花田连成一片，又被弯曲的河流切割成奇妙的图形……村落点点，水塘棋布，衬托得远山近岭愈发青翠。

人们说，最美丽的油菜花在婺源。清明前后走进婺源，漫山遍野的红杜鹃，传入耳中是杜鹃鸟悠长啼鸣。盛开的油菜花铺在一块块错落有致的农田上，有几何状的，有随意成形的，显得异常斑斓。斜阳炊烟，老房古树，石桥流水，再加上山区任何时候都少不了的蓝天白云，真是无地不成景，无处不成画……徒步其间，感觉人在画中游。

近来人们又发现，看油菜花，山区梯田让人着迷，水乡更有韵味。

芜湖市峨桥镇的浮山东麓，有一条山涧，雨季汇成瀑布，咚锵作响，像无数面金鼓擂响，山鸣谷应，故名"响水涧"。山脚下，水网密布，埂坝、小岛，还有掩映在稀树林里的白墙黛瓦的屋舍，皆似镶嵌在明镜般闪亮的水面上。春光催发数万亩油菜花开放，间杂着一块块青翠的麦苗田，就像一片片奇妙的彩绸漂浮在水上，美得让人窒息……到响水涧去看油菜花、拍油菜花，也就成了许多人追逐春天的梦想。有人说，"响水涧"就是安徽的婺源，其实，它和婺源是有本质区别的，因为婺源压根不具备这种水乡的灵动和韵味。

骤雨初歇的夜晚，池塘水泽里所有的蛙都在放声高歌，许多两栖类动物和昆虫也会加入其中，上演一场夜间音乐会。

此间，水乡"菜花鲇鱼"传说的真实版亦将上演。鲇鱼头部扁阔，巨口半圆，两侧有须，闸口人又称"鲇胡狼子"，专以水中昆虫和小鱼虾填腹。这些日子，被风雨打落的花瓣，会随着遍地流水漂入沟塘河汊，鲇鱼守在水缺边，饱食田沟里淌下来的花瓣而醺醉，肚皮朝上漂浮水面……若是正好有月亮从云层里出来，人们手持捞网，围着油菜花田边水域睃巡，看到水面白光一闪，眼疾手快，伸网就捞了上来。不仅是人，就连圩乡的猫也深谙个中秘诀，油菜开花，所有人家的猫都去水塘边蹲守抓醉鬼去了。

拜金黄醇香的油菜花所赐，这些鲇鱼体内腥浊之气尽去，经农家的板酱和水磨大椒调理烹出来，香喷喷，辣呵呵，肉味特别细腻鲜美！每每想起，都令我食指大动……

但是，"菜花黄，癫子忙"，这又是一个令人容易伤感的季节……邻村有个叫亮度的人，早先上过学，但家里成分高，是地主后代，三十五六岁了讨不到老婆。亮度平时一袭青灰色中山装，穿身上没有褶皱，脸皮也刮得干干净净，只是菜花开时就犯病，躲在连天扯地的金黄里，瞅着路过的女人傻笑。恰好对河那边也有个叫九莲的女花癫，一到这季节就掐来菜花插到头上，手里拈一条花手绢，伊伊呀呀唱……

那扯天连地又撩心的油菜花啊，总是金灿灿地向天边恣意地铺展开去，风秧子一漾，浓香吸进肺腑里！

一片紫云繁花都付与春泥

闸口乡下，紫云英被喊作红花草，顾名思义，就是"开红花的草"。暮春时开花的植物很多，但谁也没有紫云英那种花潮蔓延的气势。

盛也由人，衰也由人，现今的农民早就放弃传统绿肥，改用高效化肥，紫云英在广袤田野上大片盛开的壮观景象再也看不到了。偶尔见到野生的深紫而韧瘦的红花零星散布田间地头，或是羊群啃草的埂坡上，仿佛老农们忽然絮叨起那时土壤如何肥沃松爽的怀旧话题。

上世纪六七十年代，农村还是集体经济，早春，没有哪一块田不是青绿的。鲜碧肥嫩的草儿茎茎相缠，叶叶相连，长到小腿肚子高了，每个节上都有细茎擎起一枝雪青色花蕾，淡淡地绽出，慢慢地变红变紫。到了四月中下旬，紫云英盛开之际，正是春光绚烂之时，满田畈一片红潮翻涌……你不知道有多少紫红花儿密密麻麻地挨着挤着，宛如一望无际的花毯，围绕着村林和水塘，直铺到遥远的山脚下……那时放学回来，常常是书包一扔，纵身跃起，跌落在这无边的花毯上，翻滚，闹腾！

紫云英虽说开的是豆花，花朵却不是排列成串，而是由数朵紫红与淡白相间的小花弯着身子围成一圈，形成风车状花序，被一枝碧梗挑着，高出绿叶间。微风吹拂，无数朵弥眼的花儿齐齐地摇曳着，难怪还得名叫"翘摇"，古色古香，别致生动，美艳而又清纯……在这样一片紫色花海里，村庄像一艘远行的船。傍晚，荷锄而归的农人牵牛走在花海间弯弯曲曲的小路上，有一种属于他们的确定的期盼和温暖。

花好看，连细叶也可爱，羽状，圆溜溜的，一片一片整齐地排在叶梗两边，显得从容安宁。未起花苞时的嫩茎，即蜀人所称"巢菜"，炒吃味美，且能疗饥。当年陆游被困蜀中，凭此野菜度日，曾留下《巢菜》诗："冷落无人佐客庖，庾郎三九困饥嘲。此行忽似蟆津路，自候风炉煮小巢。"我炒此菜，一定要旺油旺火，放上蒜茸，喷一些烧酒或略洒点醋，既去除涩味又能保住那种鲜湿的青翠。过火时间不能长，炒得太熟，颜色不行，菜叶也缩得很小。陆游若能对着这样一盘青翠欲滴的酒香巢菜，小酌三杯，心情大好之下，当会挥笔写就另一种风味的《巢菜》诗。

早饭过后，天空明净瓦蓝，阳光照在繁花盛开的田野上，蒸起薄纱一样的绛紫水汽。蝴蝶曼舞，蜜蜂嗡嗡，透明的翅翼闪着迷幻的光彩。养蜂人运来的蜂箱堆码在路边或平坦地头，还有帐篷也搭在那里，他们在蜜箱边忙碌着，把那些密密麻麻的长方形木格子倒来倒去，摇出花蜜，一点儿都不怕被蜂蜇到。孩子们放学后，一窝蜂地拥到田里，仰面朝天躺成一排，打滚，翻跟头，或是练摔跤。女孩们折来一拃长带花的梗，从中间掐出一道缝，再将另一枝花梗穿进去……一节连一节，穿出长长的花链子，编成花冠戴头上，或绕颈数圈再挂坠胸前，跑起来风里荡荡的。

这种热闹，这种美艳，宛如故事高潮到来时的谢幕……因为紫云英花开灿烂，也就意味着生命走到了终点。在最辉煌时陨落，是紫云英的使命，也是所有绿肥的宿命。淙淙水流由沟渠挖开的缺口欢畅地奔向田里，紫云英被冲得左右摇摆，很快水就淹没了腰。扛着犁的农人们牵来牛，开始了春天里的第一场耕耘。一天下来，大片大片缤纷的紫云英已被犁翻在泥水中⋯⋯有几簇紫红的花在被掀起的泥块上努力抬起头，望着蓝莹莹的天空，像是作最后的告别。相邻的田块依然繁花似锦，衬着这厢里散乱零落，却也浑然和谐。有休憩放缰的牛儿在繁花间随意啃食，空气中溢满泥土微苦的清香⋯⋯

紫云英的种子甚小，腰子形，光滑，黄绿色。每年深秋，这些细扁的种子被撒进泥土，等到晚稻收割后，潮润的田野里就茸茸浅绿。熬过了冬霜雨雪，细叶渐渐肥绿亮润起来，把一块一块的田地盖严实。那种不在编的体制外野生紫云英，贴地生长，瘦小韧细却生命力极强，在荒坡堤脚或水湄湿地，撑着一把把紫赤嫣红的小伞，就像是一片烁亮流星雨洒落在草间。

我在一九七七年深秋参加恢复高考后的首次考试，那时，对一切都懵然无知，仗着写过长篇小说和电影剧本，一心只想上北大中文系，想着未名湖边的那些红楼⋯⋯谁知造化弄人，直到次年紫云英开花如织锦的四月天，才作为数学几近零分的"大学漏子"接到芜湖师专补录的入学通知书。那个傍晚，早早收工的我没有回知青屋，而是仰面躺倒在一片炫目花海中。西天暮云燃烧，亦如花海红潮，四野异常安静，那些嗡嗡的蜜蜂都不见了，我却要做出艰难抉择：北大的梦，做还是不做？天，一点点黑透了，夜鸟在看不见的地方锐叫了两声，仿佛是一种启示，我撑起身对自己说，先接受现实吧……决心下定，顿时就有泥土微苦的清香从四面拢来，被我深深吸入肺腑中。

豌豆花的曼舞与轻歌

麦苗快要孕穗时，豌豆那些曲曲弯弯的柔蔓活泛开来，生出许多晶亮的触须，微微卷，轻轻摇，满田垄铺展蔓延，寻找一切可以纠缠的东西。阳光慢慢温热起来，树荫深浓，有了暮春的味道。一些花苞从叶腋下冒了出来，三两日工夫，就从下往上渐次开满玉白色的小花，星星点点，像无数扇动翅翼的小蝴蝶，又似闪亮的眼睛。

招摇在风里的豌豆花，都是以姿势取胜。每朵只有两大两小四片素白的瓣，简单、清晰而明丽。两片小瓣朝下，似掩肌肤胜雪的娇羞；两片大瓣朝上，若罗裙翻飞，俏丽撩人。它们三五朵一起，被一截总梗挑着，娉娉婷婷，显得异常轻盈。与豌豆档期相同的蚕豆也在开花，蚕豆花舞不起来，只能紧贴在茎秆上直条条地开放。蚕豆花大得多，是另一类蝶形，白底上起黑斑，尤其花心里有一块黑，像是卧着一条虫。早年乡人唱的民歌里有一句"蚕豆开花黑良心"，虽为比兴，却别出心裁，反复品哑，颇觉有趣。

杨柳依依，青山绿水，仿佛置身画中，满眼都是生命绽放的青葱繁茂。阳光照耀下，鸟叫声变得急促起来，处处花香四溢，许多蝴蝶在飞……这是江南常见的蝴蝶，或白或黄，学名叫菜粉蝶，翩翩飞舞在豌豆花丛中，你分不清哪是蝶哪是花，花是歇落的蝶，蝶是飞动的花。有时，能在路边意外地邂逅一小片紫红的豌豆花。过去以为豌豆花都是玉白色，都是荆钗布裙婉致清丽，却不知，竟有这般若洒了玫瑰血的绯红迷离……它们带着旖旎情怀，任意舒展，花姿飘忽，轻歌曼舞，仿佛是一群裙摆飘摇的少女，那样引人惊喜。

有一首这样唱的："山喜鹊，胖墩墩，我到家婆家住一春。家婆看见怪喜欢，舅母看见瞅两眼。舅母舅母你别瞅，豌豆开花我就走……"豌豆花儿开过不久，底部钻出弯弯绿针，这就是最初的豌豆角。豌豆角逐渐变大伸长，扁扁嫩嫩，顶端沾附褪色的花衣，碧绿莹润，在春风里笑，在春风里长。扁长的绿荚宛如一叶轻舟，闪动幽静的光。等到荚壳略略鼓起，就可以摘来吃了。咬在嘴里，齿间轻轻一叩，满口的汁水，淡淡的腥甜，淡淡的清凉……

有一种带麻点的野豌豆，专门缠附在麦棵上，虽被喊作"猫屎豆"，却能开出妩媚好看的紫花。它们只有正常豌豆的一半大，和麦子一道成长，麦收时被一起割下，成熟的豆荚早已晒干，一触即裂。孩子们会抢在藤蔓还是鲜青时就钻进麦垄里将它们扯出来，在野地里架火烤熟，捏着豆荚一捋，一排小豆粒全进了嘴，又甜又糯。如果再早一点，豆粒刚坐窝饱鼓时，挑个形态好看的荚摘下，挤出里面豆粒，剪去根柄这一端的三分之一，掉过头将尖梢那一端含入口中，就会吹出呜啦呜啦的声音。

　　还有一种身形更纤细的超微版野豌豆，极细小的椭圆叶，丛丛对生，绵密平静，也是开紫红迷离的小碎花，结实比菜籽粒大不了多少，李时珍说"粒小不堪"，一点没错。清明时节，柔柔的嫩苗簇生而起，叶做羽状，细茎蜿蜒，田径上有，沟沿下有，河滩上也有，是最易入眼的野菜。采回来后，洗净易招蚜虫的嫩梢，投热油锅中爆炒，加点盐和蒜茸，有股子动人的清香。食府里菜单上写作"野豌豆尖"或"龙须菜"，其实都是大豌豆苗，哪有那么多野生的哩。《诗经·采薇》中戍卒们吟叹的"采薇采薇，薇亦作止，曰归曰归，岁亦莫止"，那个"薇"，就是蔓卷攀爬的野豌豆苗。正向空山赋采薇，东风幽草自成丛……这可是记载在《史记》中喂养过伯夷、叔齐的薇呀，许多女子都以它作了养眼的名字。但是，已有专家撰文指出，此薇应该浅尝辄止，多食致人昏睡体衰，造成中毒可不是闹着玩的！

　　近年来出现的一种大花豌豆，一簇簇，一丛丛，摇曳婀娜的身姿，作为观赏花卉，在园林里、花店里常能碰见。有粉红、榴红、大红、蓝紫及深褐色，亦有带斑点或镶边等复色的，它们年轻，漂亮，似有大把的青春和大好前程。至于那些重瓣及半重瓣的，开若粉团蔷薇，花光灼灼，太过丰美华丽，早已偏离蝶形花的主题了。

　　我当中学老师时，有一个性十足的同事，育一双儿女，分别叫作麦子和豌豆。每到归家吃饭时分，他老婆就把如歌如吟的呼唤声飘散在暮色四合的晚风里，不用多久，你就听到应答"豌豆"的是个女孩子，细细嗓音拖得长长，收尾时一个折转顿住，有股天然的韵味……

东风识得蔷薇妆

别看花光灼灼的月季在今日城市街心公园里如何姹紫嫣红，占尽风流，可是你只须听到至今仍有人喊她那个乡土气十足的"月月红"乳名，就知道她有着太多的乡村穷亲戚。"月月红"，过去闸口这里多用其作菜园篱笆，唯三五年一过，花形变小，花色趋向沉寂平庸，刺条倒是更繁密了，挡住猪和鸡不敢钻空子。月季的一个变种，古称"买笑"，据说是汉武帝赐的名，嫩茎红，细瘦，小叶薄而带紫，花深红热烈。

在花店里，月季与限量版玫瑰的叶缘都有锯齿，且柄杆上密布的皮刺已被人刮净，让我很难将它们区分开来。其实，这两姐妹花，你中有我，我中有你，很难三言两语扯清。但两姐妹身份落差却很大：玫瑰洋气大气，本就不从草部、木部，而以玉为部首，近年来又成了身价大涨的情人节花；月季虽在十大名花之列，奈何却有个庞大家族拖累而更具风尘世俗味。

月季与玫瑰都出自蔷薇科，真正的玫瑰很难见着，蔷薇却是一个势力很大的家族。许多我们耳熟能详的植物都

是这个五片花瓣族群的，如桃李杏、樱花、碧桃、海棠、榆叶梅、木本、草本和牵藤子的都有。而蔷薇本身就是一种观赏花，很容易与月季撞脸搞混了。地头沟坎下，还有荒山野岭常见的野蔷薇，长长的藤条很容易就把一些低矮灌木欺到了身下，在高处开满粉红淡白的花，甚是迷人。

　　五月蔷薇处处花，尽是东风女儿魂。蔷薇同月季的区别在于：月季花大，单花顶生，重瓣华丽，更有金黄花蕊，光华闪烁，犹似那些成功进入上流社会的讲究保养的优雅女士。蔷薇花小，多花簇生，芳香清冽，繁枝能攀缘，所以古人才能将花儿种得满架满墙头，开放时犹似一堆锦被彤云。特别是那种一蓓多花、娇小而别致的"十姊妹"，盛开时必然是花团锦簇，一朵压着一朵，令你怦然心动。"袅袅婷婷倚粉墙，花花叶叶映斜阳。谁家姊妹天生就，嫁得东风一样妆。"可惜，桃雨飘脂，梨云坠粉，这些昔日相依相偎又呼为"粉团蔷薇"的姐妹们，今天都已洗去铅华嫁作民妇了，犹如一吟三叹之章台柳——纵使长条似旧时，亦应攀折他人手。

我小时候见过一种"七姊妹"，花开七瓣，盏状，颜色粉红，也没有重重叠叠聚伞花序，犹似淡扫蛾眉，显得很清宁。听大人们说，女孩子不能玩这种花，不然以后要连生七个女儿。我的外婆没能为我生养舅舅，要不是有两个早早夭折，膝下刚好就是七个女儿，她在篱边种了一辈子"七姊妹"花。

"有情芍药含春泪，无力蔷薇卧晓枝。"古人诗词中难觅月季，频频能见着的只有蔷薇，如杨万里那句"水晶帘动微风起，满架蔷薇一院香"，还有"百丈蔷薇枝，缭绕成洞房。香云落衣袂，一月留余香"。

庭院之外的野蔷薇花——我们喊"蔷玫刺花"，学名大约也叫"粉团蔷薇"，或者是"多花蔷薇"，单瓣上稍带一抹轻红，飘英委地时一片纯白，不知道"七姊妹"是否就是它们的变种？更有一种叫"十里香"的野蔷薇，花甚小，却芳香浓烈，熏透山野，可以浸酒窨茶。野蔷薇刚从土里钻出的嫩茎能吃，童年春天里的我们，在原野上见到尺多长的"蔷玫刺薹"，会高兴地掐下，剥去鲜嫩的刺皮，翡翠样秆儿嚼在嘴里，丝丝沁凉的甜……即使现在于野外见到叶梢微红的嫩茎，也仍然像孩子一样兴致盎然地掐下来，撕皮吃掉，让它到心底去重拾童年的记忆。那时，我们也常挖回这种野花栽在墙院旁，相信可以变成家花，听人说，只要大年三十晚上浇一勺肉汤在根下，慢慢地，它就会开出浓烈红花来。

读过巴乌斯托夫斯基的《金蔷薇》，一本文学论著，却写成了隽永的散文：巴黎清洁工人沙梅小时听老人说，谁有了金蔷薇谁就有了幸福。于是他积几十年光阴，从首饰作坊扫出的尘土里筛出沙金，打成一朵小小的金蔷薇，献给心爱的少女苏珊娜。其实，巴氏还写过一篇小说《野蔷薇》，说的是大学刚毕业的少女玛莎听从奶奶的话，怀着对不确定的未来的淡淡愁绪，坐船去伏尔加一个农场工作。途中，一位飞行员和她一同下船采摘野蔷薇。美丽的朝霞刚刚升起，草地上开满带露的野花，晨风轻拂，生机无限……自然之美谱成生命之诗，生活原来是如此美好！

然而，日本女诗人金子美铃笔下的野蔷薇，却让人愀然："白色的花瓣／开在刺丛"，对应着生命中的寂寞和死亡。还有《遗忘的歌》和《阿婆的故事》，野蔷薇总是与荒山相伴，映照着人生的倥偬和心境的苍凉。

歌德也写过一首《野蔷薇》："少年看到一朵蔷薇／荒野的蔷薇／那样娇嫩而鲜艳……少年说我要采你／蔷薇说我要刺你／让你永不会忘记／我不愿被你采折……"正处于贫穷、孤独中的舒伯特看到这首诗，感慨之下，灵感大发，将之谱写为千古传诵的名曲。若干年后，台湾歌手赵传唱响一支歌，倾情怀念逝去的美好夏日时光里的蜜甜爱情，这支歌就叫《男孩看见野玫瑰》，歌里除了让生命停留的深沉的酒红色，已不再有荒凉和孤寂的身影。需要说明的是，自然界里并无野玫瑰的名分，这里的野玫瑰应该就是野蔷薇。

听业内人说，市场上玫瑰鲜花，其真身大都是月季。而在西方，已不再区分开这些姐妹花了，英语里的蔷薇、月季和玫瑰统称为Rose。但我还是记住了一位老花工的话：长钩刺的是月季和蔷薇，玫瑰茎上密生锐刺，大，但无钩，其数量令蔷薇和月季皆望尘莫及。

一向看不惯文坛小白脸的鲁迅，写过戟刺徐志摩等人的杂文名篇《无花的蔷薇》……蔷薇无花，只剩下刺，即为风骨耶？

金樱子　开白花

　　金樱子与开白花的野蔷薇非常像，花期也差不多。金樱子繁茂的枝条更粗壮劲韧，形似长藤，高出其他灌木许多，我们喊作"刺蓬子"，花就被喊成"刺花"。

　　四月末，河滩林子里已是一片新绿。牛大黄、牛筋草、白刺苋、婆婆纳、细米菜、尖叶苦菜、含巴叶子草，铺满地面。早晨的阳光星星点点散落下来，周围很静，只有小鸟唱着歌在头顶欢快地穿梭，跳跃。清新的空气里，

弥漫着一股鲜嫩而纯真的草木的芬芳。小路边盛开着一簇簇、一蓬蓬金樱子花，白色纤巧的花朵，被茂盛浓绿的野草和灌木簇拥着……翻过大埂，在远离林子的水塘岸边，也垂挂下一丛丛缀满白花的枝条，飘散着若有若无的阵阵清香，蜂吟蝶飞，一派祥和。

金樱子花比野蔷薇花大，结构非常精巧，金黄的雄蕊在花心外密密排列，呵护着中间浅绿的雌蕊，有着不尽的浓情蜜意……风吹枝摇，白绫般的花瓣一片一片飘下，落在长满绿草和泛着潮润水汽的小路上，让你感觉那就是生命最真实质朴的美。金樱子花期不长，前后只有十来天。

像所有的野蔷薇一样，金樱子的枝条，特别是四向披散的小枝以及花柄上，全都长满扁而弯的皮刺，让你不敢贸然下手。野蔷薇到秋天结红豆一样的果，簇簇挺立在枝叶间。金樱子的果夏末就成熟了，微红或黄里带着红晕，有普通红枣大，外面包着毛茸茸的刺，小孩子们自然就称它为"刺果子"或"刺梨子"了，也有喊"糖罐子"的。

有蜂蜜味的"刺果子"，一直是我们夏天里的最爱。吃"刺果子"得有几分勇气，首先要不怕被刺剐，摘下一把"刺果子"，手臂上肯定给拉出横一道竖一道的血痕。"刺果子"柄托萼片上有刺，小心翼翼地用指甲从中间剥开，抠去里面的籽，剩下厚厚的果皮，就是美味，吃在嘴里酸甜酸甜的。要是有人对你说："一个坛子，装着麦子，吃了坛子，剩下麦子……"谜底嘛，就是"刺果子"了。大批"刺果子"红透时，老远就闻到一股醇浓的香甜味，会引来鸟雀和成阵的昆虫。将它们采下晒干，可拿到药材公司卖钱。性酸的东西大多都有收涩作用，"刺果子"入药，治女人崩漏带下，让男人固精缩尿，还能止咳平喘，止久泻久痢。我的中医老师邱步高先生，曾根据《明医指掌》熬制出金樱子膏，让一个腰酸体冷的中年人长年饮服，收效不错。

飞驰的白驹踏过平沙，落蹄生花……一蓬蓬一簇簇的金樱子，究竟活了多少年？没有人关注过。只晓得它们极其能活耐活，冬天衰竭了，春风一吹便又是一季蔓生疯长，将一大片白花摇曳在荒野上。要是那地方肥沃而湿润，又是临着水，人迹少至，金樱子花盛开时，简直是咄咄逼人，你会误以为那是一棵白花树，一堵白花墙！

由于有了这些掩护，阴沉沉的黑鱼在你不敢走近的地方安心生长。看到水面起了一团滚动的"黑鱼花子"，就晓得下面肯定有一大一小两只老黑鱼看护。老鳖会在夜幕下结伴爬到刺蓬子下面，留下几行细腻的脚印，表明它们来探过路了。在今后的月夜里，它们会在这里扒开泥土产下一窝光溜白净的蛋……那将是一场夏日惊喜的开端。

我总是忘不了另一处开满金樱子白花的山坡。那是县城外一个叫五里岗的地方，早先是知青林场，后来知青散了，这地方就荒了。南端有一大片坟地，葬了十多个"文革"武斗时打死的学生，称作过"烈士陵园"。早几年还能看到立的碑石，后来就歪了倒了，连同几棵青松翠柏和万年青一齐都没有了，只剩一蓬蓬金樱子，年年清明时节开出白花，伤悼人生的沉重、岁月的无情……夜晚的山冈上，有时会有飘浮不定的磷火，显得惨淡而朦胧。

　　那时，岳父一家就住在近旁一所中学里，所以我常会带了一本书去那里消磨时光。临水的山坡下，金樱子的花，白得像夜晚薄凉的月亮……地上也落满瘦白的瓣，一片一片。地上有几根醒目的飞羽，它们本是长在鸟的翅膀或是尾巴上的大羽，怎么会遗失在这里呢？我有时会拾起干净的羽毛和花瓣一起夹入书页中，感觉白色的羽毛和花瓣上依附着什么，或者就是一些灵魂转化的。灵魂很轻，羽毛和花瓣比灵魂更轻，都是无声无息。

　　稀疏的松树，在风里轻晃，阳光温暖，明亮。有时一恍惚，你觉得自己的灵魂也在某一丛白花下飘荡，瞌睡。

　　那些坟窟中，还躺着一个女学生，据说是在一幢大楼里广播"战斗檄文"时，被攻上来的对方一阵乱枪打死……要是她还鲜活地存在这个世上，她会怎样哩，已退了休在家买菜做饭，跳广场舞，儿孙满堂？然而，惨淡的命运却将她留在永远的十八岁，成了一蓬开满白花的金樱子，在黑暗与光明之间，以苦涩而清丽的心思映照人间……

　　金樱子，开白花，向着明亮的那个方向，一直在等待有人走近。

杜鹃是花也是鸟

杜鹃花在杜鹃鸟啼鸣时开放，故名。可以说，杜鹃花是跟着杜鹃鸟后面喊响的。

闸口往东去数里路，过了水波澹澹的青弋江，便是珂琅山和被称作"小山尾子"的一串余脉。春风吹拂，鸟鸣清丽，在那些贫瘠的山岭上，沉寂了整整一个冬季的杜鹃花都开了，一蓬蓬，一簇簇，似燃烧的火焰，映红了山山岭岭。一部样板戏《杜鹃山》，加上后来的电影《闪闪的红星》着力渲染，使得此花成了红色基因代代相传的革命花。"若要盼得哟，红军来，岭上开遍哟，映山红，岭上开遍哟，映山红……"那时，我们口中喊得最顺溜的名字，就是"映山红"。

四月江南山村，错落有致的水田亮如镜面，天空高远而湛蓝，时有燕子轻轻掠过。潮润的空气里是新翻的泥土气息，平时不起眼的那些根根桩桩，似乎一夜间绽出了殷红，在青山绿水的背景下特别醒目。上个世纪六十年代早中期，读小学时，每年这季节，老师就要带领我们进山踏春……那真是让我们兴奋的日子，早早准备了干粮，打着火炬标识的队旗，到了一处山头，老师吹响哨子讲过注意事项，大家散开，奔跑着去采集那些红艳照眼的映山红。

映山红花低至一二尺，高则二三米，都是枝梢头着花。若是开放在石涧崖头上，再蓬勃鲜艳，也只能可望不可触。听说，黄山和天目山中有长成数丈高的巨树。映山红花蕊细长密集，同花瓣一色，新绿的叶子上面有一层绒毛，枝条脆，特别易折断。正因为算不得娇艳邀宠的花，才最有人缘，常被人采回家养在罐头瓶中，置于窗台上，简陋的屋子，立马有了映照生命静美的画意。那些花，像是敞口小钟，瓣厚，水分足，抽掉花蕊放入嘴里品咂，甜中带有点脆……有人相信吃多了会流鼻血，不敢多吃。我

小时候经常会流鼻血，即便这样我还是喜欢吃。

就如同从农家走出的女孩，在城市里出息了，华衣美食调养，已非旧时容颜声息，是不作兴再喊乡土岁月时那个俚俗的小名了。在花店或苗圃里，映山红一律称杜鹃。而在日本人那里，却称踯躅，即行走中接连开花意，并培育出久留米踯躅、皋月踯躅和莲华踯躅等名品。

因为花店和苗圃的合力运作，杜鹃又派生出春鹃、夏鹃、春夏鹃、西洋鹃四大类。这些经人好生护养的新种杜鹃，花繁叶茂，绮丽多姿，有的甚至一枝花开几种颜色，投眼望去，盈盈笑语可闻。我们平时从花鸟市场买回的都是西洋鹃，又称法国杜鹃，多重瓣和半重瓣，花开密密层层，如锦绣堆一般，香雾浓，秀帏垂，因而看上去就有一种风尘气。

我在外地参观过不少极具个性的杜鹃专类园，像在德国黑森林那些人工创设的礁岩谷间，有大红粉红黄者千叶者，繁复无际，一片秾丽热烈。在我们城市的镜湖风景区，沿湖一圈的林缘、水边、池畔及假山岩石旁，都有成丛成片栽植，还有散植在疏林下……从春到夏，绯云红衣直是舞到百花残零。至于山野林露下的原生映山红，根干苍劲古朴，叶片细小稠密，萌发力强，耐剪修造型。尤为自崖隙间寻得的百年老根，仿佛揣了一肚皮化外学问，点化尘心，创意盆景，可遇而不可求。

在汉语词汇中，杜鹃是花，也是鸟，更是中国古诗中含义幽邃的意象。源于一说，蜀王杜宇失国而亡，灵魂化为杜鹃鸟，日夜啼悲，口中血出，滴落土中长出杜鹃花。李白诗："蜀国曾闻子规鸟，宣城还见杜鹃花。一叫一回肠一断，三春三月忆三巴！"作为鸟名，杜鹃就是布谷鸟，古色古香的名字是子规、杜宇、子鹃，我们家乡喊作"发棵鸟"。

"发棵发棵！""发棵发棵！"春夏时分的乡村，杜鹃的鸣唱声总是从云端里传来，在田野中飘绕不绝。还有一种"米贵阳——""米贵阳——"叫着的三声杜鹃，我曾长时误以为就是西洋文学书中的夜莺，因为它总是彻夜啼鸣，如歌如吟，如泣如诉，午夜听入耳中，尤有悲凉清越之感。

一为植物，一为鸣禽，共用一个学名，且又各有这么多逸闻旧事，颇值一记。

适合女孩故事的三叶草花

　　静静的河滩，天空水晶般湛蓝，好像一眼就可以看到天尽头有许多小仙女在微笑。

　　潮润润的风里含着大自然奇异香气，众多开着小黄花的三叶草聚集在这里，绵密平静而又生动真实，留下金子一般闪亮的印记。白天，大家一起品尝阳光的味道，到了夜晚，就闭合了花瓣，听星星唱歌，唱那些杳渺的催眠一样的歌……直到有一颗流星划过天穹，划过三叶草的梦境。

　　因为要仰面向天，三叶草总是斜撑着身子，如同爬行动物一样贴地而行。它们由三片心形小叶组成的掌状复叶，由于分而不开，看上去就像是六片，都长在茎的顶部，像直升飞机的旋翼，又像我们从前玩过的竹蜻蜓。它们叶柄短，花柄却不短，只有豆大的五瓣黄色小花，从匍匐的细茎上升起，被高高挑出叶丛。每年清明过后，这些小黄花就一朵接一朵开出来了，花朵小小，随风摇曳，直教人心生怜爱。

　　清早，河滩边一个人也没有。斜坡上，三叶草叶尖

挂着晶亮水珠，踩过后会留下一行行鲜青的脚印。不远处湾梢里，有群鬼头鬼脑的鸭子正钻来钻去埋头呷呷啜水觅食……经过一个夏天，直到秋深菊花黄，那些小黄花仍在陆陆续续开着。我常把三叶草放入口中咀嚼，喜欢那种酸酸的味道，带着春水未干的气息，似乎很能慰勉唾液腺。刚升起的太阳，圆圆的，红红的，像个在水汽里沉浮的鸭蛋黄。

从前，我们称三叶草叫酸酸草，其实，它们更标准的名字应该是酢浆草。这个"酢"字与"醋"通，《本草纲目》就说它"其味如醋"。酢浆草酸酸的茎叶，有清热解毒、消肿散疾的效用。孩子们被毒虫蜇了，水火烫了，或是害了疖子，大人就揪一把酸酸草在嘴里嚼，嚼烂后敷上去，多少能管用的。

酢浆草是酢浆草科的代表植物，一般人不会知道，南方的水果阳桃也为这一科的，可它们的相貌差异实在太大。我在澜沧江边景洪市市委党校一朋友家住过一段时日，他家院子里有棵阳桃树。阳桃长在高枝上，花却细小而繁红，果五棱，样子奇特……难怪鲁迅曾说它是"火星上来的果子"。

酢浆草是普通到不能再普通了，道地的草根阶层。它们同肉乎乎的马齿苋一样，都是茎部沿着地面爬行生长，被称为葡匐茎。长在潮湿处的，茎上叶子鲜绿，或许会引来鸡鹅啄食，而在晒谷场边或家门前墙脚下看到的，颜色暗紫，贴紧地面像是一块块补丁，开花也干巴瘦小。有时，在尘土飞扬的大路的裂缝中，也会见到它们倔强地举着饱受磨炼的小黄花，真是脚印踩到哪里，就能生长到哪里。它们与被称作"蛤蟆叶子草"的车前草一样，一茬一茬地被践踏被摧残，又一茬一茬地冒出来，在挣扎中相互告慰和拥抱……这两种草也确实有缘，若是二便不通，以此二草捣汁内服，人生苦恼，润心润肠，多可收效。鸡眼草有时也会陪伴酢浆草在一起，而且它们长得有几分相像，但鸡眼草叶子上分布着许多斜纹，仿佛是绿色的鸟羽。有经验的老农要在孤峰河边开垦一块荒滩，想知道地力如何，就得辨识上面长了些什么？瘦地长三叶草，三叶草索取少，而鸡眼草哩，多是长在肥地里。

近年来，在公园花畦和街头绿化带里常能看到一种营养良好、长得十分强势的开紫红花的酢浆草——这是本地三叶草来自美国的富豪亲戚。那繁红小花，倒是透露了一点它们与阳桃的亲缘关系。若是挑上一朵尚未全部盛开的花，将它连茎折断，再小心地从茎的中部撕成对开两半，绑到中指或无名指上系牢，就成了好玩的三叶草戒指了。只是，紫花酢浆草虽然开花漂亮，却结不出种子，不能生育，要靠主根上的鳞茎发芽繁衍。

酢浆草三片小叶，传说一片代表祈求，一片代表希望，一片代表爱情，要是谁能找着四枚小叶组合的"幸运草"，就找到了幸福，就能许愿成真……这都是特别适合女孩的故事，像许多梦的碎片。其实，所谓"幸运草"，只是一种突变现象，这和有些人基因突变长出了第六根手指是一样的道理。当这类童话大行其道并成为商机的时候，我的一个朋友的女儿，网购了一瓶"幸运草"，并在微博上写下自己的愿望：希望在一个仙境般的地方，有一个人能陪我，和我做朋友。

那天我去她家，刚好有机会看到——这哪是什么"幸运草"？分明是俗称"破铜钱"的田字草，天生就长了四片叶子哦！

但是，不管是以什么方式，人们都会为寻求幸福而努力。洁白的云，一直在飘，悠悠地，不疾不徐……飘过树梢，飘过河滩，飘得无影无踪。

双花开时与谁来

　　蚕豆收荚的小满时节，阴湿的草丛中，蛇莓结出一枚又一枚矮胖的红果。在"割麦插禾"的杜鹃声声啼鸣里，那些很随意地攀缘在篱墙上、窗檐外、树梢头的金银花，细茎绿叶间花骨朵争相绽放了。

　　它们先是在枝头结出一丛青色的蓓蕾，或成双成对由叶腋间朝外探头，蓓蕾慢慢变长，向两边伸张，三五日便

现出浅白的光泽。等到快有小指头长的时候，青色褪尽，最顶端部分饱胀起来，便是将开的模样。细长的白蕊，终于划开薄薄的萼，从花蕾里伸出来。一丛丛，一簇簇，银色的，金色的唇形花瓣，全都朝后微微卷起，将长长的花蕊衬托得分外细腻洁白，老远就能闻到浓浓香味……簇拥满枝金银色，花香染尽五月风。金银花终以它独特的生命历程，回赠乡村一季的美丽与芬芳。

直接以花入药，我印象较深的是菊花和二宝花。中药处方上杭菊、滁菊乃分别产于浙江杭州和安徽滁州的一种白菊花，清肝明目，还有杀菌超强的野菊花，既是中药，也是草药。二宝花，清热解毒，临床使用率较高，感冒发烧、肺痈脓疡都用得上，老中医们多写作"双花"或"二花"。其藤坚韧，专向左扭，寒天不凋，故曰"忍冬"，亦是老中医们爱开出的一味中药。说穿了，二宝花就是花开唇形的金银花，也叫姐妹花。

金银花是真正的民间花，恐怕没有一本花卉书会宣传介绍它们。虽论不及美人香草，但它们清香自许，初开时洁白如雪，清姿丽质，数日后转黄而芳香沉郁。

和学名为络石的卍字金银花不同，卍字金银花生有气根，属直来直去的爬墙虎一类，而忍冬科金银花则左缠右绕，与那些青枝绿秆纠结一起，让沉毅的大树也有了*丝丝*

柔情。闸口这里水塘多，竹林多，金银花就盛开在那些人迹难至的水塘边的树梢上，临水照影，风姿独具，颇有点芝兰生于深林的味道，让你只可远观而不可亵玩。有时，你走过某一处竹林茅舍，闻有一股暗香浮动，四处张望，却什么也不见，唯染得一襟幽香。

我早年教过的学生中，有一对叫金花和银花的姐妹，左侧眉间长有豆大朱砂胎记的妹妹成绩尤好。可惜因为父亲突然病故，姐姐金花初三时就辍学跟人去南方，到养鸡场当饲养员，在小酒店当服务员。读了高中的妹妹，出落得高挑姣美，恳求我帮她改了个谐音的名叫"应华"，后来也去了南方。几年过去，姐姐带着一个外地小伙回家创业，妹妹却留在了那边，听说是被人包养做了金丝鸟。

姐姐两口子承包山场，养鸡，种雷竹，种樟树和桂树。我去看过，山间小溪旁一个院落，修建得很有几分创意。仿古院门上挂着铃铛，一推门就叮当作响，很喜庆。溪水被引进院内，缓缓回流，水底躺着卵石，游鱼嬉乐其间，充满情趣。长长院篱上爬满了金银花，像是一堵长长花墙，喝着花茶时，蜜蜂和蝴蝶就在身边绕飞……那是我见过的最宜人的香花流水院落，真的教人好生羡慕。

凭着残断的记忆，终于在网上将东坡先生那首《定风波》词完整找了出来：

"两两轻红半晕腮，依依独为使君回。若道使君无此意，何为，双花不向别人开？　　但看低昂烟雨里，不已，劝君休诉十分杯。更问尊前狂副使，来岁，花开时节与谁来？"苏轼"双花不向别人开"表达的是自己对国家对君王的坚贞情感……

年华的深处，觉醒的灵魂，如那弯明月，花香年年，好风如水，清景无限！

风吹卍字金银花

还有一种叫卍字金银花的，知道的人可能不多。

"你不晓得这种花？——是很好玩的一种花。一朵朵的都是卍字形。春天开一次，六月开一次，九月开一次。这时候正开得好看。"

"十多年前我采了满手卍字金银花，欣跃地向'笔峰墨沼'门走，以及从那里又酸着鼻子拿着花回家时的心绪，此刻也还依稀记得。我眼里晃动着那个可爱小姑娘的影子，我的耳里塞满了那小棚子里女人的惨痛的呻吟……"

——以上这些，是从我早年读过的《卍字金银花》中

抄来的字句。一个儿时曾向"我"索要过卍字金银花的漂亮小女孩，成年后却不幸早早寡居，因为怀上了不该怀的孩子，便遭惩罚，被无情地抛弃在荒凉山野……在临盆生产的惨痛里孤独地死去。作者吴组缃，当年的"清华四剑客"之一，也是我们的皖南老乡，由于从小耳闻目睹了太多女子的悲惨命运，虽然身为男性作家，却将笔触对准了女性命运，代表作有《官官的补品》和《一千八百担》等。

我去吴组缃先生故里泾县太平湖畔的茂林时，还特意在那些老民居的墙角院落留心搜找过卍字金银花。

其实，对于此花，我并不陌生，闸口这里就多得很，只是我们一直喊它为风车花。风车花喜欢阴凉湿润，攀爬本领高超，因为它们是爬墙虎的一种，藤节长有气根，砖墙、老树、岩石都能爬，连围栏和篱笆上也满是它们翠绿色的身影。春深时开出清香韧瘦的小白花，朵朵小花，形似"卍"字，又如转动的风车。

此花自生自长，从来没有人种养，但它们长相脱俗，多含隐喻。就说这"卍"字便颇有来历，是从古印度舶来的佛教专用字，读作"万"，据说还是女皇帝武则天定的字音，意谓集拢天下一切吉祥功德。这个古怪雷人的字，有右旋和左旋两种写法，在电脑上用拼音打，都能出来。佛教里以右旋为吉祥，佛家举行各种仪式都是右旋进行的。左旋的"卐"，有点触目惊心，让人胆寒，因为那是希特勒纳粹党旗和臂章上标识……纳粹"国家社会党"，德文"国家"和"社会"字头都是"S"，两个"S"字头交错一起，就成"卐"字形状。佛家"卍"显现金光，如来佛胸前便是，而纳粹"卐"是恐惧的黑色。过去乡村妇女却区分得很清楚，她们纳鞋底或袜底，选用的图案都是"卍"，请弹花匠弹新棉絮，也要用红纱铺一个大大的"卍"字，以图吉祥。

浸润在草木气息中的童年生活片段，常常从时间深处浮现而出。那时，外祖父家被一大片竹林包围着，通往外面的长长的甬道两边，必须用篱笆约束住那些肆意生长的枝杈。一到杜鹃啼鸣时，竹篱间，还有遮天蔽日的大树上，就爬满卍字金银花。暗绿的叶片中，花开得既不茂盛也不零落，一枝细藤上有数十朵，许多细藤汇聚一起，花就繁密了。五瓣小白花，呈螺旋形卷筒状，仿佛一阵风吹来就会转动起来，将淡淡的香味散发在潮润的空气里。要是掐断花蒂，会有丝丝乳汁渗出来。按说，既然称作"金银花"，必有黄、白两种，但我却从未见过黄色的卍字金银花。

上世纪的七十年代中期，我下放当赤脚医生前先在公社卫生院做了一年中医学徒。我最初的师傅，是一位姓伍的伤科老中医，没有多少文化，但经验丰富，那时X光机还不多见，跌打损伤接骨头全凭手上摸索。那次，伍老中医开的中药里有一味"络石"断了货，就叫我临时去卫生院外一片断墙废墟上现采。待他一说出"风车花"的名，我口里就"哦"了出来，原来风车花就是中草药"络石"呵！

三年前的初夏，父亲生病住入南京鼓楼医院，我随侍在侧。梅雨季节如期来临，如丝的细雨连绵不断地飘拂在六朝古都迷蒙的雾气里。医院几幢民国老屋，外墙爬满绿叶，可惜是那种叶上有二裂的爬墙虎，而非卍字金银花。墙院里葱茏的草木在雨季里透出翡翠般的碧绿，一些饱含汁液的花朵，尽情绽放着娇艳的笑容。繁茂的枝叶，经雨水的冲刷洗涤，显得更加青翠欲滴。

那天，因事路过玄武湖边，在一段凋敝的古城墙上，见到连片附生的这种植物，密匝匝的风车状白色小花，在雨天里有一种恍若遗世的凄美。旁有一片观赏竹，几枝苗挺的新笋，尖叶上垂着亮的雨珠，微风轻拂，摇摇欲坠。伫立片刻，得联二句：

瘦花藏雨梦，
肥笋诉风灵。

牡丹花雨动诗情

　　春深时节，芜湖市作家协会组织一批人到丫山采风看牡丹花。

　　丫山位于南陵县城西南四十公里处，主峰呈"丫"形而得名。经南陵开发区上了南丫路，绿意便扑眼而来。道两旁野草鲜碧，层层叠叠的树木，无一不苍翠欲滴……有

小雨点断断续续打在车窗玻璃上。一路烟雨朦胧，远山近水，犹如一幅幅水墨淋漓的画图。

车子过了景区大门，一路盘旋上了山头，继续朝里开了一程，我们下车踏上步道。但见漫山遍野的牡丹竞相怒放，夹着连片成畦的油菜花，白一道黄一道，层次鲜明。浮云时隐时现，雨时有时无，涌动的流岚簇拥着绵延的山脊，浓淡参差，错落有致。近旁林间也有一团团雾岚升起，几经旋转，淡了，散了……微风阵阵，花草和泥土湿润的芳香，由怪石嶙峋的丛林间扑面袭来。路边，大朵大朵娇媚的花，粉瓣和金色花蕊沾着雨珠，漂亮得有些失真。有那开得早的，花瓣被雨水泡软，整朵斜支，若少妇支颐，美人横笛……不见有落英飘零，但地上有整朵整朵的坠落，如同奉上祭坛，低吟着悱恻的悲歌离去，着实叫人动容！

丫山这地方我来过多次，做中医学徒时跟着医院会计来此采购过丹皮。丹皮是牡丹花根刮去外皮、抽掉木心加工出来的，与白芍、菊花、茯苓合称"四大皖药"，具有凉血活血之效，安五脏，治中风、痛经、血淤。那时统购统销，药农都是将成品药材卖到供销社，我们因为计划配备的不够用，且质量也不尽如人意，才让熟人领着偷偷摸摸上人家收购一点皮薄肉厚粉足的上品。那种成捆的两三尺长称作"凤丹"的根皮，可是扬名立万的响当当国药，我们买回去自己用铡刀切碎。

牡丹的望郡虽出洛阳，但丫山牡丹属于江南牡丹一个品种，生在温柔乡，自有一份灵慧。这地方群山环抱，清泉长流，遍地奇花异草，好名声渐渐传了出去……特别是南陵与青阳交界处西山、龙山、铁山，一直往西连绵到"凤丹"原出处的铜陵凤凰山，每年四五月间，遍野的牡丹花依山层叠而上，望不尽白和粉白的花美不胜收，就有城里人相邀结伴跑来看花。那些种在田间地头的原生丹皮花，应该是牡丹最原始的品种，单瓣，色白，每一朵都有茶杯盖甚至小碗那般大，顶托在枝头，成片连畦开放，千朵万朵，袅袅临风，如云如霞……

那时还不知道有观赏花的概念，种牡丹只为收获药材卖钱，所以都是不择地形……许多开花的牡丹见缝插针种在陡崖头或巨石的罅隙处，哪怕只有脸盆大一块地，四周固土的石片却垒了数尺高，种出植株三五。牡丹长得慢，"长一尺退八寸"，从育苗到刨出根皮卖钱，起码要在地里侍弄五六年才行。常见条桌宽的一溜地，外坡一侧码着高高石片，一叠叠，一圈圈，层次分明地沿山而上，一直将那些繁白的花递往抬头要掉帽的绝顶峰梁。荒山野岭之间，一二白布裹腿的山民，埋身在半人高白花丛中，锄草，松土，整饬石片。目睹这几乎与世隔绝的苍凉沉郁的劳作图景，你会深深感喟人世的艰辛是何其沉重！

如今，丫山这里不仅成了中国丹皮原产保护区域，而且早已圈出数十里范围的景区。经过多年开发，观赏型和药用型两路花各行其道，除紫玉、墨玉、粉青、豆绿外，又从洛阳、菏泽引进名贵品种，五颜六色的多重瓣，每朵开出来都有碗大……在大面积石林衬托下，愈发雍容华丽，引得蜂飞蝶绕，游人如织。景区内一株原生丹皮，据说有一百多岁了，高过人头，几十朵白花一齐绽放，风姿摇摇，缥缥缈缈暗送天香。

想起在那个遥远的年代，李白曾被召唤到沉香亭写下三首《清平调》，最后一首："名花倾国两相欢，常得君王带笑看。解释春风无限恨，沉香亭北倚栏杆。"就是借艳丽的牡丹和倾国倾城的杨贵妃说事的。民间相传，写时诗仙已是醉态，着贵妃磨墨，高力士为他脱靴，方得有如此挥洒！

牡丹园里也杂种了不少芍药，牡丹谢了芍药开……单观花型和姿容，很少有人能将这两种花区分开来，它们一样的妖娆美丽，连叶子都相像。但只要看一下它们的茎秆就能划清界线了，小木棍状的是牡丹，草秆子的是芍药，木本牡丹的老枝能长到一人多高，而草本芍药地面茎叶冬天枯萎，春天再冒出来，显几分细伶柔弱……故民间称呼芍药为"草牡丹"，并以"花王""花后"之位分列。

雨中的丫山，分外清越。空空泠泠的雨滴打在伞上，打在林叶间，脚下石阶渐滑，黑亮亮像抹了层油。我们走进一处山坡花畦间的草亭里躲避。四周弥漫着丰厚的水汽，岚霭飘流，雾迷山林，前方的路和对面的山，都渐渐虚幻起来。石缝岩隙里溪泉的淙淙潺潺与雨点的飒飒沙沙相交相融，声如琴韵，灵逸悠远……有爱美的女士不惧细雨，蹲踞花畦间摄下人与花相偎的倩影。有几只不怕雨的地蜂飞来，嗡嗡绕了数圈，又一溜烟飞走了。

丫山是鲜花相约之地，药用丹皮与观赏牡丹并存，加上多情芍药，世俗而妍艳丰润。丫山又是一部石头史书，满山满坡奇形怪状的石群，静立着，横亘着，从蛮荒穿越到文明，让你参悟岁月。

感慨所系，回家后随涂杂诗二首，以证悠游：

　　嗟丫裂兮势崔嵬，粉丹开兮乱红飞。
　　灵石披离兮莫可状，陟崇冈兮望四围！

　　丫山好，最好作悠游。
　　花海云蒸霞外气，石林浪止史前幽。一望数峰收！

多情芍药殿春风

看到勺药开花，就能闻到夏天的气息了。

那天，我收到的报纸副刊版上，登载了身在南京的一个朋友写的文章《落红无畏》，描摹了芍药落花的景致，感叹花时已尽，人世很长……这类文字，总是很容易打动人。

记得《红楼梦》第六十二回，是《憨湘云醉眠芍药裀》，芍药本为情的信物，湘云满身芍药，正是一身至情的隐喻。早年看过改琦本的《红楼梦》（一九五九年作家出版社出版），扉页后面的人物图，画的是史湘云醉卧在芍药丛中的石凳上，纷纷扬扬的花瓣飞落一身，连掉在地上的团扇也被埋没了。那种清香流溢、袅袅娴娴的美人落英的情致和场景，一直存留脑海里。

二十多年前，我刚调来报社，租住在张家山一中后门旁。一位友人知道我喜欢花花草草，于秋末赠我一埋有芍药肉质根块的紫砂花盆，被我随手摆放在房东家阳台上。一年春回，便有两茎玫瑰色幼芽从那花盆里破土相拥而出。不数日即蹿至尺把高，舒展开深绿色羽状复叶。那

一天晨间，房东家读中学的女儿惊喜地叫我：谈老师快来看……芍药现蕾了！我嘴里咬着牙刷跑过去一看，果然有两粒豆蕾分别顶生于一枝花茎的顶端。那蕾粒日渐膨大，几番风摇雨润，便红唇初现。不久的一个午后，两朵并枝芍药花终于含娇带羞双双绽放了，密而繁叠的每一片粉瓣，外圈都镶一道紫红边，衬着金黄金明艳的花蕊，优雅而圣洁，微风轻过，暗香浮动，端的是袅袅婷婷一对东风女儿的芳魂！

初识芍药，我还在西河古镇上当中学语文老师。学校近旁住有一位姓丁的木匠，此人虽短身陋貌，却极是灵慧，种花养鱼扎风筝制盆景，门门俱精，拿现在话说，是很有文化品位。从谷雨到立夏前后的每天下晚，我都抱着刚刚出生不久的儿子在那个蜂吟蝶飞的小园里消磨宜人的时光，陪着莳草弄花的丁木匠穷聊海吹。丁木匠教会了我区分芍药和牡丹这两姐妹，牡丹先开，芍药花期要晚半月。芍药归草本，地面茎秆每年新生，光鲜稚嫩，一掐就断；而牡丹的骨架是小木棍，虽细，却生长多年很显暗黑沧桑。芍药叶完整，颜墨绿；牡丹叶有裂，状似鸭脚，背面有粉……牡丹都是一梢一花独朵顶生，只有芍药，才有一蒂双花相背而开。

牡丹与芍药，着实是一对比肩走在春天里的绝世佳丽，她们吹笛，漫舞，轻歌……世人皆知牡丹既可观赏又可药用，芍药亦是丝毫不输。跟生在阳面坡地的丹皮稍有不同，芍药喜湿，爱将那些深深浅浅的白花宁静地开放在山脚洼地。常用中药材赤芍、白芍，即为刮去外皮的芍根。其区别，前者野生，或为栽培瘦细的根，置太阳下直接晒制而成，有凉血散瘀之功；后者白芍系人工栽培的肥大根，入沸水煮熟晒干，有调肝脾和营血之效——而不是像有些书上错误解释的那样：开红花的是赤芍，开白花的是白芍……这都是我研习中医时从熟读的《汤头歌》《药性赋》及《常用中草药手册》里得知的。据说，闻名遐迩的亳州的药材市场，最初就是靠经营芍药而成气候。

芍药追着牡丹开放，是暮春的压阵之花。五六年前，我陪外地来的一对朋友去丫山看牡丹花。迟过了季节，山上的那些药用丹皮，白花已谢，结出一个个五爪撑开的小蓇葖果……可是观赏园中仍是红紫纷呈，花光灼灼，原来都是芍药在为牡丹顶包站岗。朋友那位讲究养颜的夫人在山脚药农家中买下一袋干花，据称是采集凝露的芍药花放栗炭火上烘焙而成，类似手工做茶，只是少了一道"杀青"工序，一小袋干品得用去几大篮鲜花。我们当即各沏上一杯，端手里摇一摇，半沉半浮的花瓣，在水中恢复了洁白的容颜，展开身姿，轻灵如梦……啜饮一口茶水，虽不是多么齿颊余香，神清气爽倒是一点不含糊。

细论起来，芍药当为我国最古老的本土花卉，也是记录在《诗经》里的最早定情之花：维士与女，伊其相谑，赠之以勺药。周代的男女交往，相赠芍药结情，而分离时也以互赠芍药表示惜别。隋唐以后，扬州芍药最盛，苏东坡说"扬州芍药为天下冠"，故芍药又名"扬花"。苏学士有诗《题赵昌芍药》："倚竹佳人翠袖长，天寒犹著薄罗裳。扬州近日红千叶，自是风流时世妆。"至宋代，扬州每年举办万花会，展出芍药数万盆，无论豪门贵族还是市井宵小，皆以种芍药、赏芍药为时尚，正是"扬城"无处不飞花，不惜千金买繁华！

美花如美人，为容颜所累，易致损折。芍药花大，花瓣如锦似缎，故最怕下雨天，一淋了雨，就会沉重地垂下来，再无力气执着于生之纯华，分外楚楚可怜。还有刮风，亦使柔瓣支离，飘英委地，教人不忍卒看。芍药之取名，除了"邀""约"之义，还谐音"绰约"，乃喻其花容娇丽，风姿万端。就连一向绷着脸写字的韩愈，都把持不住自己而作诗赞美："浩态狂香昔未逢，红灯灼灼绿盘龙；觉来独对情景好，身在仙宫第几重？"

但我以为触景写情最入深处，端的是花不负诗、诗不负花，当数塞尔赫的《白芍药》最好："珠帘入夜卷琼钩，谢女怀香倚玉楼。风暖月明娇欲堕，依稀残梦在扬州。"皓月临空，香雾凄迷，由花事而及人事，诗人无限缱绻，不胜依依。扬州，大概因为凋殒过太多的名花和美人，所以才有那么多殇情之处。塞尔赫与纳兰性德同宗，都是满族文苑中宿将，俱被情伤。纳兰性德有"墙阴不种断肠花"之叹，塞尔赫哩，"有情芍药含春泪"，他自是不能无语睇对……

五月槐花香

　　耀眼的阳光，郁郁葱葱的林木，夏季是充分感受大自然之美的时刻。走在常走的一条街上，路两旁槐树上缀满一簇一簇白花，空气中弥散着淡雅清凉的芳香。

　　这都是国槐，二十多年前芜湖进行城市改造时栽下的，早已枝丫繁复如伞如盖，为行人罩下一路浓荫。挤在绿叶中的小花，不失豆科血统的风范，戴着黄绿色围兜，

卷曲微紫的白瓣张开，伸出短爪一样的蕊柱，挂在细小的花梗下，像一串串风铃摇曳在阳光里。午后风簌簌吹来，花瓣纷扬飘落，奢侈地铺了一地……许多豆科家族都喜欢开串串花，槐树也染此习性，上面的花还在开着，下面已结出黄绿色肉质荚果，串珠状，最后能长到手指长短。到了深秋，常见张恒春药店女店员拿棍子打下，除去杂质，放街沿边簸箕中晒干。民间亦以其煎水代茶饮，治头晕目眩、肠风下血及喉舌疮疡，口碑颇好。

指桑骂槐，让槐树沾了一身唾沫星子，这代人受过的肯定是国槐。国槐广于中原，广于北地，"问我老家在何处，山西洪洞大槐树"，"问我老家在哪里，大槐树下老鸹窝"，这大概就是背井离乡的源头了。许多人不明白，为何北京街头有那么多干如黑铁容颜苍桑的国槐，从东交民巷、灯市口大街，再到国子监和土城公园那里，哪儿都有挂了标牌以示保护的老槐树；一处围墙后，只要有虬枝森然挺耸，就知是个上年纪的老院落……这些大树，都是最早的"念家槐"吗？"行吟秋老处，槐古阅今人"，曾经看过一部反映老北京生活的电视剧《五月槐花香》，其实这片名有点问题，国槐都是到七八月才开花，五月开花的，肯定不是北京地头上的国槐，而是刺槐了。

不由得便要说到闸口这里五月的槐花……村里村外，

田边地头，一树树洁白晶莹的花朵在风里招摇，老远就能闻到那醉人的清香。每年四五月里，对于乡村来说是一串忙碌的日子，布谷叫，柳梢长，沟渠里流水淙淙，犁田插秧，种瓜种豆这类事总是忙个没完。在这样的气氛里，大片大片的槐花，似乎一个早晨就忙乎着全开了出来。

那些是刺槐，又称洋槐。同为槐，却有不同的花期。"槐花落尽桐荫薄，时有残蝉一两声"，这是陆游的诗句，咏的当是国槐，乡人喊作"家槐"或是"秋槐"，数量不多。国槐的叶墨绿，先端是尖的，开花比刺槐晚，花期长，花也略小上一号。而刺槐多生南方，树型高大明快，枝上有刺，羽状复叶浅绿而略显透明，花尤丰繁，清香袭人，结扁平的荚果。刺槐不像国槐那样易长一种叫槐尺蠖的小虫，还不怕水淹，所以河滩上栽得多。这种树根系发达但不愿钻深，每年夏天大水退去后，河滩上总要歪倒一两棵树，却也不会让烈日晒蔫，枝叶仍旧浓绿，而身干正好可供调皮的孩子们练走独木桥。

如果要问为董永和七仙女做媒的那棵老槐树是国槐还是刺槐？当然是国槐了，刺槐由北美引入国内，才一百五十来年的时间……但因为速生，长得快，高树浓荫，香花繁复，便后来者居上了。

记得上小学时，校园总是被包围在刺槐的浓荫里。

鸟歌清丽，抬头却难找见它们身影，那些槐树长得太繁密茂盛，阳光难照透，树下总是潮润润的，布满细小洞窟和蚯蚓粪。最动人心魄的，当数孤峰河大坝上游一段三四里路的"槐花长廊"。每到春夏之交，一段白云就要从天上飘落下来……连绵数里满树飞白，晃得人眼都睁不开。无数的蜜蜂在头顶振翅飞舞，大坝上堆满蜂箱，蜂农们刚刚"放"完菜花蜜，就又赶到这里来，槐花蜜声誉太好了，谁会错过每年一次的好机遇哩。

南方人一般不将槐花当作进口之物，那些烙槐花饼、蒸槐花糕的事，只会发生在食材相对紧缺的北方灶头，是疗饥的基础上敷设了抒情色彩。但我的一相交多年文友，老家是淮北那边的，曾不止一次听他讲起吃槐花的事，似乎那就是大自然给予他们的最慷慨的恩赐。他赞称老家的槐花为"槐米"，不仅美、香，而且甜。只要有槐树花在枝上挂出，日子就畅亮起来，每天上学和放学的路上，三两伙伴一起，总会撸下一串串"槐米"，塞进嘴里边走边品哑……多年以后，依然甜在心头。

城市里当然也有刺槐。我们报社没拆迁前还在老址的时候，紧邻一片散漫居民区，办公室窗口对着一个不成形院落，总能看见两棵容颜沧桑的老槐树，静静地立在那里。每到脱下春装换T恤的时候，它们突然就绽出生命活力，满枝梢飞花，像一只只白蝴蝶，纷纷起落绿叶间。如果你走近树下，会看到数个挂在枝干上的淡黄蝉壳，肢体俱全，恰恰少了飞行的翅膀。

　　一周多一点的时日转过，白花落尽，绿意深浓，阳光开始热烈，夏天就到了。

悠韵长长叫卖白兰花

这些年，夏天总是来得早。杏子黄熟，江南入梅之后，空气里便有了夏天的味道。但天气却总是湿漉漉的，时阴时晴。

在那些大街小巷里，走着走着，就有"卖——白兰花哎——""白兰花——卖——哎！"一声声软糯的叫卖，一种江南独有的记忆，微风吹过，熟悉的清甜幽香便袭满心头……白发老婆婆坐在巷子口的小矮凳上，面前摆一只小竹篮，篮底，铺一块吸水蓝花布，上面整整齐齐地摆放着一层用细细的铅丝穿起的花坠子或花链子。那些寸来长的花儿，颜色是超凡脱俗的白，像玉一般温润，给人几分乖巧的凉意，虽是一身淡雅素净，却是花香也热烈，浓郁也持久，很容易让人联想起那类枕着"银床梦醒香何处，只在钗横髻发边"诗句午后小睡的古典美人。

一个身姿绰约、黑发柔长的女子，踏一路青石板上泠泠有韵的足音走来，被花香吸引，停下了脚步，弯腰放下两枚硬币，从老婆婆的竹篮里拣出一对连缀的白兰花，放鼻尖下嗅一嗅，然后灵巧地佩在胸前。她是先把花上的小

勾吊在纽扣上，再扣上扣子，把花朵藏起来……被一股动人的清香缭绕着，她那张秀丽的瓜子脸上，便多了一分江南女子的温婉缱绻。

氤氲不肯去，还来阶上香。江南五月天气里，最自然最诗意的饰物，就数白兰花了。

在我教过书的那个古镇上，余师母常是和白兰花一同被人提起。余师母的老头子，新中国成立前在太湖那边的乡下当过什么农桑劝导先生，所以身形瘦高、说一口吴侬软语的余师母身上总是有一股清凉的桑园气息。六十多岁的人，脸上清清爽爽，腰板竟然一点不塌，胸襟前别一串白兰花，走到哪就把一股幽香带到哪。她家小院子里，养着一对守门的白鹅，地上却连一片草叶、一点鹅屎也没有。正对院门砌有一块草席大花畦，里面种着太阳花，整个夏天，那些花仿佛都在开着，红红黄黄白白的，一大缸的颜色，满得要溢出来。窗下，则并排放着两口雅致的宜兴紫砂花盆，种着一对齐屋檐高的白兰花，夏秋两季，飘浮着袭人的清芬。有时，风起树摇，弯细的花瓣簌簌坠落，铺了一地，像铺了一地的芳魂。

白兰花虽难登上花卉杂志的头条，却是最经典的南国之花，也是庭院常客。它枝干秀丽，树姿优美，长椭圆形的叶灵润光泽，清翠鲜绿。忆昔曲桥时共聚，重重碧叶望中亭……白兰花细长嫩绿的花蕾是从枝梢叶腋间抽出的，每一片嫩叶长成，下面跟着就萌出一个玲珑可爱的小小的翡翠簪头。花蕾日渐长大，由青绿转成象牙白，在某一个晨间或傍晚绽开裂口，静悄悄开放，长瓣前端略略纷披，如处子低首，娇羞不可名状。尤其是在月洗高梧、桐荫冉冉的夜色里，微风轻拂，清新的叶子怡然飘摇，映衬得那些长瓣玲珑的花儿，分外有一种骨骼清奇的薄凉之感……

虽然白兰花在江南可露地庭院栽培，但是许多人家更喜欢将它栽在很大很雅致的宜兴紫砂缸里。就像余师母那样，冬天严寒，便把花缸搬进室内，装饰客厅、书房。

一年中，白兰花共有三次吐馥扬芬，第一次在清明到谷雨，第二次在梅雨期，第三次在立秋前后。前前后后，花期长达小半年，以草木葳蕤的六月夏季开花最盛。冬天如侍养得法，加之温度适宜，也会有花持续开放，只是芳香不如夏时浓郁。

摘下来的白兰花，最好的保鲜法子，就是用湿毛巾包起来，放一夜，第二天拿出来照样水灵灵的，幽香四溢。在我早年的记忆里，卖白兰花的都是些挎着元宝型腰子篮四处走动的灵秀女孩，她们穿着白底细花衣衫，腰身软软，声音清清，仿佛就是汲着茉莉花的精魂长成的……但她们走着走着，就成了安静地坐在小凳上叫卖的白发老婆婆。

独在乡村夏已深，几多心事付瑶筝。永远的白兰花，总是飘在那样悠悠的南风里，总是袅娜绰约着清丽的身影，总是听到那悠韵长长的叫卖声……

被记工员写错名的"栀子"花

麦收时节的乡村，水汽氤氲，绿荫蓊郁。端午节来临，栀子花开了，"竹篱新结度浓香，香处盈盈雪色装"……梅雨季的花，大都有一种沉静之美。

保姆二姐早上去邻村兑换新麦粉，顺便带回了一把栀子花。我从野外回家，刚一进门，一股浓郁的芳香扑鼻而至。十来朵栀子花，养在盛满清水的碗中，白色的花瓣，层次鲜明地斜嵌在淡黄色花蕊的四周，片片柔和，丝丝明润。所以，栀子又被喊成"水栀子"。

我一直认为，水软风轻的江南，才是栀子花的故乡。栀子花就是那些寻常人家六月里眼波盈盈的女儿，她们就站在窗檐外，站在庭院里，站在水影清浅的塘梢……她们都很素静，很传统，一点也不时尚，有了心事，也只藏在心底。就像是午夜里轻轻飘起的那首《栀子花开》，过去了多少年，依然是心中最熟悉的旋律："栀子花开啊开，栀子花开啊开，是淡淡的青春纯纯的爱……"

其实，我自家的后院里，就有一株开花稍晚点的栀子树，贴着墙檐长得苍苍翠翠，形如半边伞盖，主枝上敷生绿苔，那是外祖父在世时栽下的。栀子树喜欢阴凉潮湿，雨水淋在肥厚叶子上，分外光亮，我喜欢站在窗边观看它们在雨中一洗浮尘舒展身姿的模样。栀子树叶腋下早已结苞了，像是一枝枝翠绿的短簪，三两日一过，簪的一头悄悄地起了几道螺旋的缝，缝绽开了，如女孩子悄悄地表白着纯洁的心思。等到那些花开得大了，开得多了，绿叶中层层叠叠的白，整个院落都萦绕着浓得化不开的芳香。

　　栀子花实在是太普通了，几乎哪村哪户都有，以致城市的园艺师都不太把她们瞧在眼中。步行街上许多处花坛里栽了栀子花，她们倒很像在城市展示那么一点风景的打工妹。其实，栀子花并不缺少高雅，栀子花就有一个很文化味的藏在古籍中的名字，叫水波横。"一钩新月风牵影，暗送娇香入画庭"，水波横这名字肯定是一位文坛

俊彦给取的，才子村姑，无论当时是一见动心，还是倾爱深深，或者这其中还稍带了那么点文酸气，但你不能不承认，水波横这名字真的很精彩。

许多年前，我在青弋江和资福河环绕的小镇上教书，铺着青石板的街心其实就是圩堤埂面，两边店铺的门楣和住户的窗棂就落在与街心平齐的下面。站在高高的街头或街尾望去，一大片白墙黑瓦的老旧徽派风格的街屋两边，波光潋滟的是外河，一口口水塘清清亮亮的是圩内。小街长长的青石板路面一年四季湿漉漉的，尤其是到了初夏，水涨上来了，鸟的叫声琐碎而缠绵。抓一把河滩上林子里的绿荫都能攥出水来，女孩子的腰肢更显款软，黑亮黑亮的眼眸就像两汪深潭……那些老屋宅院和天井里的栀子花开了。

栀子六瓣，清芬六出水栀子，满街都浸在栀子花的沁人芬芳里。班上那些扎着马尾辫的十五六岁的小姑娘，常常用手帕包了栀子花放到我批改作业的办公桌上，瞅着没人时，还帮我找杯子盛水养起来——那大多是一些裂开青白螺旋纹将放的丰满花苞。如果说到放飞人生的梦幻，十五六岁的年龄显然还早了点……但那氤氲的馨香，却让我心存感激，我发誓要把最好的知识传输给她们。

更早些年，许多乡村女儿名叫枝子。那是识字不多的生产队会计和计工员写错了字，应该写作那个婉香清丽的"栀子"才对。

相比白兰花，栀子花稍许能抵抗一点寒冷，但霜雪严酷时叶尖会冻焦变黑。它们若是生于山野，少了水的滋润，叶细瘦，花小而密，喊作"山栀子"，也是单瓣六片，开如小轮，故又称小轮栀子。珩琅山那里，遍山都是。

秋天栀果成熟，大小如金樱子果，色橙黄而边缘有棱，炒焦后即为常用中药焦山栀，清热凉血，消炎去毒，治黄疸肝炎很有效果。目赤或咽喉肿痛了，去找中医开方子，打头就是此药。不过，老中医多半会写成"焦栀子"，并强调这比焦山栀好……实际上它们是同一种药，可能是制作时选材有点区别吧。

该去T台上走一回的端午锦

另一个为端午节捧场的花，是端午锦。跛老表国政家门前场地边缘就有很多，高低不等地站立着。

端午锦倒是有一个学名叫蜀葵，但怎么也不如喊三个字俗名上口。端午锦性子活泼开朗，很是讨喜，自阳光里有了初夏的味道，就旁若无人地一溜烟疯长，一人多高的枝秆上，从下往上，噼噼啪啪就把一串茶盏大的花开了出去，还有数不清的扁圆花苞等不及要绽放。它们还有一个俗名，叫龙船花。因为开起花来密密匝匝一长串，差不多就是一条装扮漂亮的龙船，十多棵立一排，你不让我我不让你抢着开花，不就跟赛龙船一样吗?

淘气的孩子会摘下花朵，轻轻一撕蒂儿，把带有黏性的花瓣往鼻子上一贴，大家都成红鼻子了……喧嚷着，追闹着，烘托出一片欢悦的喜气。

端午锦叶面粗糙多皱，有点像黄瓜和向日葵的叶，叶子背面，颜色浅浅如桑麻，开花却似锦如缎有光度有质感，比月季和玫瑰都大，色彩也繁多，白的，水红的，大红的，浅紫的，墨紫的，都有。不管是单瓣还是重瓣，绿

的染心黑的染心，一律都是金色花蕊黄的穗，而且花粉很重，动不动就沾你一手一身。那些一朵接一朵的花，一点不会含蓄，也没有曲里拐弯的心思，全都你挤我拥地紧贴杆上，下面已经结实了，上面犹在洋洋洒洒开着。这倒很像是芝麻，"芝麻开花节节高"，端午锦开花也是节节攀高，此花开罢彼花开，从麦子黄熟一直开到夏末，开进秋天，花期真长，让栀子花不能比。白兰花也能从初夏开到秋，但那是分段开的，中间要歇伏。

端午锦实在是一种草根花，裂了缝的墙檐下，鸡刨狗吠的篱边院口，还有杂草丛中，都是立身安家的地方。当你看着那些大红的花朵缀满绿色的枝杆，感觉就是一个红衫绿裙的女子挺着饱满的胸站在眼前，要是有一个T台让她眼波流转地走一回，肯定很出彩的……草本的花，立身长到你须仰视的高度，恐怕也仅此一例了。

看过一本叫《西墅杂记》的书，记述了一件事：明成化甲午年间有东瀛使者渡海来中国，见艳花而不识，问后始知芳名，遂题诗云："花如木槿花相似，叶比芙蓉叶一般。五尺栏杆遮不尽，尚留一半与人看。"栏杆有五尺高，花枝犹伸出一半在外，是以，又有别名喊作"一丈红"……这么挺拔的好身段，不做模特儿实在可惜了！

端午锦虽然个头那么高，但和栀子花、洗澡花、指甲花一样，终归还是乡村女孩，生命力旺旺的，不娇贵，不用谁来打理调教，到了各自的时令花季，想怎么开就怎么开，愿开成什么颜色就开成什么颜色。无论是在舒爽的晨曦中还是微凉的夜色里，或者是午后艳艳的阳光下，都是开得那般无拘无束，蓬勃向上，酣畅淋漓，以致看的人也心生昂扬。

我住市区时，夏天的每一个傍晚，都要穿越一片树林去防洪墙上散步。江面上连绵不尽泊着许多船，有的船一泊就不走了，把临时码头当成长住之地，甚至在江滩上种菜种花。其间，有一大丛端午锦十分惹眼，端午节前就开出瑰红和水红两种颜色的花，涨高的浑黄江水几乎快要淹到它们脚下。在梅雨季节看到这些花儿仍一如往常地活泼着，心中的烦闷便会纾解不少。江水时涨时退，一些船走了，另一些船很快补进空当。立秋都好多天了，水际线早已退下去很远，常见几只小狗在花丛到水边的空地上追逐嬉闹。层层叠叠的花瓣依然兀自绽放，更有那些如纯真少女的花蕾，青衫绿袄包裹得紧紧……你不知道它们究竟还能再开多久？

喜欢端午锦开花时那种活泼，那种单纯而欢愉的美丽，即使在晚风依依的静默中，也宣示了对平凡生活热切的爱。

人生过客丁香花

　　上世纪七十年代末八十年代初，我们上大学时，特别沉迷于戴望舒的《雨巷》。诗中那个行走在梅雨江南小巷里"丁香一样的姑娘"，既有丁香的美丽姿色和高洁芬芳，又有着从古诗中承袭来的忧愁与哀怨……自然就成了我们精神的寄托与苦恋。

　　不仅仅是我，有着共同"伤痕"的我们那一代人，几乎都在寻找一条通往理想的雨巷。一个撑着雨伞的姑娘，就像是一朵在寂寞中静静地绽放的丁香花，她是我们心底的某处向往，美丽又忧伤的圣地。无奈现实总是冷漠的，不久，我就给分配到青弋江边偏远闭塞的古镇上当中学语文老师，一次次努力，桅杆一次次断裂，也不曾见到哪一扇窗下坐着捧读诗集的眼如秋水的女孩。我在自己宿舍的门外栽下一丛芭蕉，肥绿的芭蕉高过了屋檐，我就吟起李商隐的诗"芭蕉不展丁香结，同向春风各自愁"……意念中，一朵一朵的丁香花，朵朵皆美；一寸一寸的柔肠，寸寸皆伤。

　　到我真正见识丁香花，已是二十年后，人生的大半光

景都过去，不再有迷惘而又期待的情怀，所有如雨似烟的寥落彷徨都看淡。但文学致幻的丁香气息，那种朦胧而又幽深的美感，却在心中留下永难抹去的印记……那是青春底色的回忆。丁香花开在仲春，或白或紫，纯洁而易凋，仿佛就是我们流去的似水年华。

第一次见到丁香花，是在北京的植物园，心头如被轻叩了一下，这样十字相交的风车状小花，就是心目中久久渴念的丁香？准确地说来，丁香大约应该算作北方的花，但在意识里，总觉得它应该情属江南。

合肥一个朋友家院子里生长着一棵紫丁香树，每到初夏，柔枝交抱，紫花繁盛，浓香拂面……而我们总是在花开的时候赶去小酌一番，午间不胜酒力，只要给流经树下的风一吹，立即酒醒神清，然后接着把杯，能扯多远就扯多远。然而，数年前朋友家庭解体后独自去了南方。昔日香花怡人的小院，也在拆迁中给夷平，浇注起了绕城高架的桥墩。

为什么叫"丁香"，是因萼筒细长如钉且香吧？许多人不知道，还有一种作为食用香料和传统南药使用的丁香，原产南洋，上世纪五十年代引入国内，其干燥的花蕾亦如钉，更似鸡舌，为了和庭院花木丁香花区别，称它们为"鸡舌丁香"或"鸡舌香"。在中药房里，又被细分为"公丁香"和"母丁香"，实际上并无性别之分，前者就是干燥的淡黄管状花蕾，后者为接近成熟的卵圆形干燥果实，紫黑色，上端可见四瓣宿萼裂片。具有抑菌驱虫和镇痉祛风疗效，能治胃寒腹痛，民间亦见含一根公丁香在舌下者，乃是止呕或止牙痛。

草木的灵魂，都是充盈而温暖的，丁香花虽小，但萼筒部确实硬邦邦的，它们有一些是紫褐的，有一些是淡白的，全都长不盈寸，精美绝伦。我曾把小区里花冠如钟又似漏斗的红花锦带当成紫丁香，红花锦带也好看，繁花满树，紫气蒸腾，但它没有香味，气质上明显输给丁香了。紫丁香有四片朝内弯曲的紫瓣，就像小小的工艺品风车，花蕊插在细深的漏斗里，一股幽香就从这深管漏斗里飘出。精灵剔透的白丁香也开四瓣的小花，花心是黄色的，淡雅朴素，仿佛一群白衣小姑娘打着一把把有黄缀的小伞……不论白的还是紫的，它们都是一丛丛、一簇簇地开，无数的花骨朵紧随在身后，似乎并不显寂寞。

"撑着油纸伞，独自／彷徨在悠长、悠长／又寂寥的雨巷／我希望逢着一个／丁香一样地／结着愁怨的姑娘……"这样的诗，放在尽享网络的今天，是谁也打动不了的，那些年轻的眼神，只会落在智能手机屏幕上。想找一个姑娘吗？微信，视频聊天，不就得了，干吗这样唧唧歪歪酸倒牙喔？

那些被春夏秋冬埋葬了的寻常日子不复再来，一个时代，有一个时代的影像与向往。从长远来看，我们都是过客，匆匆而行，无枝无蔓，不带走一片云彩。然而，若是机缘巧合哩……在一个不经意的时间里，想起一段细雨幽芳的往事，会彳亍了身下的脚步吗？

南瓜花的流金岁月

南瓜，闸口这里上年纪人喊作"饭瓜"，早先一律是那种遍身疙瘩的磨盘形品种，花也开得大。

初夏，南瓜藤蔓疯长。它们伸出长长卷须，见什么抓什么，有的攀缘到水塘边的瓜架或是矮墙长篱上，有的借助树枝或竹竿的引领，会蹿上有烟囱的披厦屋顶，牵牵绕绕，不断分支，仿佛浑身有使不完的劲儿。

南瓜花开的夜晚，星空下流萤闪烁，暗夜的微风吹送阵阵花香。孩子们举着放有鲜嫩南瓜花瓣的玻璃瓶，追着一闪一闪的流萤喊："油炸糕，油炒饭，萤火虫，嘎（家）来吃晚饭……"其实，萤火虫可口的美味佳肴是蜗牛，萤火虫并不吃那鲜嫩的南瓜花，只有孩子们自己才爱吃南瓜花。

清晨，来到菜地里，四周都是蔬菜植物的清香，碧绿的南瓜藤上又一路逶迤开出好多黄花。那些花，每一朵都是独一无二的艺术品，那可不是一般的黄，而是一种明亮耀眼、热烈奔放的金黄，连花蕊也是黄澄澄的。它们就像自绿意荡漾的密匝匝心形叶片中伸出的一支支小号，迎着刚升高的太阳，恣意吹奏……小园菜蔬，四季风物，总是那么接地气。但瓜墩周边的蟋蟀草、鸡眼草和灯笼泡草却无法除尽，这些菜地杂草无论是拔是锄，都能活下去，让你感叹它们生命力之强韧。有时，草丛里能看清一条蛇侧滑时留下的弯曲迹痕，顺着这迹痕往前找，会找到一只长筒袜一样干燥发白的蛇皮。

保姆二姐夫妇俩已在父母这里干了多年，地里的菜都是二姐夫莳弄。清晨，他担着桶走进菜园子，把地浇了个透，又摘了一抱茄子辣椒和空心菜。当他走到菜园旮旯

那一大片筋骨粗壮的南瓜藤蔓前，停下来，将一些爬到了路口或伸向不该去的方向的瓜头轻轻牵回，再小心地走进藤蔓中，掐下一些南瓜花。出来时，露水已打湿了他的裤腿。

南瓜花有公母之分，掐来做菜的都是公花，又叫"谎花"，母花不能动，母花是要结小南瓜的。公花花冠裂片大，先端长而尖，由一根细长的柄托举着，一开一溜线，此开彼伏，能持续好久，随时都可传粉。而母花的花柄粗壮，与藤蔓不相上下，粗壮的花柄上托着绿色的南瓜宝宝，宝宝头上顶着一朵金黄灿灿母花，像是戴着皇冠，看上去是那么喜人。但有时候，这个小小的绿色南瓜宝宝会僵成浅黄色，那多半是因为授粉不成功，已经停止生长。大人们说，那是气死的……孩子听了，半懂不懂，不知南瓜宝宝为何要被"气死"？却又信以为真。

南瓜花的柄和托，还有花冠都能吃。我插队三年，生产队一直没给划过菜地，因此也没正经种过菜，各家的菜园都对我敞开，想吃什么蔬菜也就是举手之劳的事。有时为采摘那些开在篱边的南瓜花，胳膊上会给拉出一道道红印子，汗水一腌，火辣辣痛。因为要很多朵南瓜花才能做一小碟菜，所以，每次都不会仅仅单炒南瓜花，总是连那花柄一并炒入锅里，那花就只是配角。花柄若是单炒，撕去有许多细刺的表皮，再捏碎成窄窄的片，青润润的，加上一点青辣椒丝，清炒出来，润滑怡口，实在好吃。在我眼中，南瓜花是不能抵事的菜，吃南瓜花，纯粹只是调胃口……新麦登场，挖一碗刚碾的面粉，加水加盐，和揪碎的南瓜花一起搅拌，在锅里摊成红红黄黄的面饼粑粑，偶尔打入一个鸡蛋，就是那时的人间美味了。

夏日午后，热浪高温，群蝉高歌，南瓜花黄得晃眼……

到了傍晚，电闪雷鸣，雨滴像密集的箭头，从阴霾的低空射下来，平地里腾起白色烟岚。房檐倾倒下无数条水龙，像小孩子憋狠的尿，起劲往下浇……有时还夹杂着冰雹。

但雷暴来得快也去得快，等雨过天晴，空气像水洗过一样清新宜人，许多蜻蜓在飞。经过雨水的洗涤，那些盘子大的绿叶，朝上一面布满了许多凸起的掌纹和灰白色血管，片片相拥，密密匝匝……初放的花儿，撑开五角形花瓣，惬意地随风舞动，闪着丝绒一样的灿黄光泽，这是它们最嘹亮最艳丽辉煌的时候。

清凉茉莉夜生香

下午赶回闸口。父亲住了半个月医院回来，他走前栽在院子里一畦茉莉，顶头枝丫间都现蕾了，有些大的蕾，珠圆玉润，看来迟不过今晚就要绽开。微风起时，整个小院里都有暗香在浮动。

父亲对我说：打电话叫你回来，就是让你守着今晚的新月等待花开。我点着头，心中溢满温情。

在古人眼中，茉莉为众花之冠，谓"能掩众花也，至暮尤香"。形似超微莲花的茉莉，有着典型的小家碧玉的鲜灵清纯和乖巧。夏日的傍晚，它们悄悄开放，吐露幽香。繁密时，先在聚伞花序顶层绽放一二朵，余下陆陆续续要开到次日。江南小镇，一般人家通常都养上一盆两盆，或置于阳台上，或摆放在天井里。清新的叶子自然伸展，指尖般大的芬芳玲珑的白花次第绽开。她们就像相识多年的邻家小妹，亲切可人，娇憨淳朴。

茉莉枝条细长，初夏由叶腋抽出新梢，翠绿的椭圆形叶，曼妙地托衬着花儿与蕾的婀娜仙姿。盆栽的通常为三朵一簇，每朵七片白瓣，中间羞答答探出一根玛瑙绿的蕊，轻盈而素洁。茉莉嗜肥，且喜阳光，故花谚有所谓"清兰花，浊茉莉"和"晒不死的茉莉，阴不死的珠兰"。茉莉初夏至晚秋开花不绝，栽入紫砂盆里，用来点缀客厅，很是清雅怡人。

茉莉花，驻满心头，绿叶脉，一丝一缕……走过长长的缀满白花的路，喜欢这世上所有的靥笑，却一直很安静，一如那一缕幽香，萦绕在心底最柔软的地方。

那回，上网找电影，见到《茉莉花开》，喜欢这名字，就点开来看了。

影片根据苏童小说改编，共有三集，分别讲了三十年代的"茉"，五十年代的"莉"，八十年代的"花"。

一家三代人，三个苦命年华的年轻女子，都是章子怡一个人演的，陈冲也分演了另两个角色。仿佛在看一座空城，所有情节都围绕着三代独身女人的情感波折进行，无关外界风月。三代女人都有过情窦初开时的甜美，都坚守着自己对生命的判断，结局却一律悲剧……不过，章子怡穿着三十年代旗袍的那样子，真的很有几分蚀骨的隽永，倒也不枉了《茉莉花开》这片名。

小巧素白的花瓣，缀满丁香的情愫，气韵萦绕，就像氤氲在夏夜里的薄薄的梦，或梦的翅膀上一抹久远的心思。

悠长的小巷，依稀走来清秀的女孩，乌黑的长辫，如湖水般清澈的双眸，有着令人心颤的美："好一朵茉莉花／好一朵茉莉花／满园花草／香也香不过它／我有心采一朵戴／看花的人儿要将我骂……"一曲茉莉花，芬芳飘四方，民歌小调《茉莉花》，流行于江南，旋律委婉，淳朴柔美。一朵朵洁白的茉莉花，是纯真无邪、洁白无瑕的象征，拒绝着嘈杂与华丽，拒绝着矫情与轻浮。

据说，茉莉花最初的故乡在印度。四十多年前，父亲就把泰戈尔那轮柔和的《新月集》传授给了我。沿着茉莉花开出的悠远的香径，我读到了泰戈尔《第一次的茉莉》。泰戈尔的诗歌，是那么恬淡，清新，自然，多像新月下幽然开放的茉莉花。再以后，一个年轻的夜晚，如轻风吻过百合……我人生初识的姑娘将一首清芬缠绵的歌拂过我的心头。但仅仅是一年之后，翰墨凋零，帘幕重重，漳河边，新月下，那首似淡似烟的《茉莉花》歌声苍凉响起，已是花自飘零水自流。"好一朵茉莉花／芬芳美丽满枝丫／又香又白人人夸／我有心采一朵戴／又怕来年不发芽……"

曾经的相遇相知，成了彼此生命中路过的风景。所以，又时隔多年后，在电视剧《人间四月天》里，手捧洁白茉莉花的徐志摩深夜叩开林徽音的门扉……彼时，他心目中的女神已经选择离他而去，让海角隔了天涯，让一念成了云烟。当茉莉花雨飘落的瞬间，音乐声起，我的心头却是一片止水般平静。

今夜，我做了点变动，让保姆二姐和母亲帮我简单布置了一下，仍睡回多年前属于我的老屋的西边房间里。

这是一个美丽的夜晚。窗外的小院里，茉莉花静悄悄地绽放，把阵阵幽香送到我的书页间，落在我所读的地方："我要悄悄地开放花瓣儿，看着你工作……"夜空微茫，星星高远。今夜的茉莉花，就是泰戈尔柔和平静的目光。这是一种父亲般的注视。

茉莉花，开白瓣，开在绿叶之间，开在宁谧的星光下。

初夏的夜晚，如此清芬，润凉。

摇摇桂楫　采采芙蓉

　　读了季羡林的《清塘荷韵》，不禁痴想：如果自己也拥有一片方塘，碧水娇荷，清香远溢，该是何等的奢侈！

　　其实，后院的菜地外面就是一个荷塘，然而叶多花稀，难成阵势。闸口人嘴里只有"藕塘"，从来不说荷塘，更不希望塘里花繁，花少了藕就多，收获藕才是正道。若是只在近岸处长着稀稀朗朗的瘦荷，便知这塘里草鱼太多，嫩荷刚一出来就被啃食了。草鱼和藕不可兼得，菱藕也难共存，有藕无菱，有菱无藕。

　　为了奢侈地看一回荷，选了一个难得凉爽的周末午后，和几位朋友驱车来到水韵荷香的陶辛。在我一个做派出所所长的学生的安排下，坐上那种"梦入芙蓉浦"的小楫轻舟，长沟悠悠，木桨击水有声……望不尽的莲塘里，朵朵粉妆，倩影照水，让人眼花心悦。

　　行舟观荷一圈，上了香湖岛。岛方圆两三公里，有莲塘，有山石树木，回廊相绕，人行阡陌中，荷香袭人衣。被无边的凉意包容，暑气早就没有了。满眼的碧盖挤挤轧轧地撑开，荷涌动，水亦涌动，至于被绿叶遮掩着

的莲蓬，鼓鼓的莲子快要从里面蹦出来。而莲的初蕾，更像一管管饱蘸了朱砂的大头羊毫，似乎正要书写王昌龄的《采莲曲》："荷叶罗裙一色裁，芙蓉向脸两边开……"那些亭亭的花，或初绽，或盛放，尽皆张扬着自己青春的美丽。

"红白莲花开共塘，两般颜色一般香。"以我多年生活在圩区的经验，肥硕的家藕开白花，瘦小的野藕开红花，但此处观莲不能类推。在这里，虽同为红花，却有粉红、水红、大红、绛红区分，设色之迷繁，都是人工挪移的杰作。应该说，白，乃莲特有之品性颜色。出污泥而不染，且不论泥水下藕肥藕瘦，当大片白莲跃入眼帘，尘心为之一净。看这朵，粉瓣初开，纯洁无邪，婉转轻盈，宛如少女飘逸的裙裾；观那朵，丰润舒展，清婉隽秀，小巧精致的莲座拥一圈金流苏，仿佛轻摇在玉碗中的翡翠酒盅，正叮咚奏响高山流水之音。难怪在著名的《簪花仕女图》中，我们看到那些宫女们将大朵的白莲花戴在头上作花饰……后来流行到宋，就被称为"莲花冠"。

熟读诗词的人知道，莲、芙蓉、芙蕖，还有菡萏和藕花，都是荷的别称。荷是本名，佛教传入中国后，莲的使用才盛行起来，在唐宋以后诗词中，荷、莲出现的次数已大致相等。

约在四时多一点，突然乌风黑暴，噼里啪啦的雨点将游客一起逼入长廊。没想到，雨中观荷别有情趣，长风阵阵袭来，绿的叶、红白的花你推我挤……急骤的雨点打来时，一片呼呼声响里，万千翠盖迷失于水雾里。但夏天的雨来得快去得也快，只一支烟工夫，头顶上就清亮了。雨点零星飘落于荷盖上，一点一点地晶莹滑动着，蝉声断续响起，有一种说不出的清新宁静。许多黄颜色蜻蜓，从荷下点水而过。"快看！那边起了虹……还是双虹哩！"有人喊了起来。正对斜阳的方向，果然有两道内外套叠的彩虹横卧在青山碧水的上空，映得荷塘如在油画中，景致难见，真是机缘不如眼缘。

我们走出长廊，折道湖边，一座曲桥逶迤连接湖心的八角亭。绿叶洗过暴雨，脉线灵动，微风摇曳，红莲飞衣，许多咬着尾巴打成箍的蜻蜓穿插飞行其间。一位同行的女伴，感此景致，不禁幽幽地说，自己的前世或许就是这碧叶间的一枝莲……"此花此叶长相映，翠减红衰愁煞人"，飞花曼舞，江南缱绻，立身长桥之上，所有的心事，都是那么杳远而又切近。我笑她好生多情，视野中的景物如此频变，流水携着落花，微风拥着轻絮，自一个个季节徐徐流过，又何必在乎一次云起雨止的穿越？

在香湖岛餐厅吃了晚饭，菱角菜、鸡头菜、佘汤莲子、醋拌花香藕、炖鱼头和纯农家风味的烧子鸡，加深了我们的田园记忆。当我们又坐上回程的小舟，一轮将圆的月亮早从树梢那边升上来。桂楫摇摇，穿行在清新的荷风里，荷叶在缓移，水流在缓移……宁静的夜色中，有一种清纯之美，近乎禅意。

说来也巧，从陶辛回来的次日，打开十多年前就挂在报头上一直不曾更改的邮箱，看到一封信。

尊敬的谈老师：您好！

……莲的裙裾款款落入水面

如梦手指轻弹

你河蚌一样徐徐张开的心思

而我的灵魂温柔无语地重叠

只为等待

你一次清清浅浅的回眸……

谈老师，这些您写的句子，不知您还有没有印象？当我第一次拜读这些清丽典雅的句子时，还是一名在校生，时光荏苒，现在我已工作好几年了。前几日看报上一篇文章，里面谈到文化散文，看似闲闲几笔，却像放在案几的吸饱了墨的狼毫笔，有举重若轻的分量，让人肃然起敬。我不由看了一下作者的名字，却觉得这个名字在记忆中若隐若现，忽然闪念之间，灵光乍现。令我突然想起很久很久以前，我曾背过的一首诗《莲之濯》，当年它是以诗配画的形式出现在报纸上的。这些句子清扬婉转，宛若佳人，过目难忘。

当年记下的诗句，现在忽然又见到谈老师的名字，呵呵，有如故人相逢，只是对谈老师来讲，肯定是读者相见不相识，笑问客从何处来吧……年少读书时有幸读到您的曼妙华章，后来，迷上写作的我，自然也喜欢上这种清新淡雅的风格。而今又看到您的名字，……我将自己两篇的习作寄给您，不知您看后，可否看到几丝浸润您当年风格的笔风在其间？

——因了莲，一首往日的旧作，被人重提，提起来也就想起来。心里真要感谢这位当年的女孩。

野芹的伞形花族徽

　　菜地与藕塘之间，有一片长年汪着水的湿地，栽在上面的那些水杉一直长不好，五六年过去，才只一握粗，还以为水杉能耐水哩。倒是林下的野芹很得势，一大片一大片地翠绿，无论是蛙蛇还是水鸟，只要一钻进去就不见影了。

　　每年四五月的初夏时节，这里便成了我的另一片菜地。和人一样，野芹也是逐水而居，喜欢湿脚的地方。

　　有好几回我在徽州游玩时，看完了主要民居景点，就到村外瞎转。山区的天空，一年四季都是清澈明净的。无论水沟山坑或是小溪没脚深的浅水里，都能看到旺生旺长的野芹，在春阳下散透着浓郁生命气息，映对着残垣断壁，有一种落魄而丰韵的美。野芹地下根茎肥美白嫩，很容易扯断，须耐着性子慢慢拔，才能拔出完整的植株。每一回，或多或少都能弄一些带回家，和干丝、红椒丝同炒，颜色搭配十分养眼，让你吃出很不错的心情来。野芹凉拌了，有一种稍带淡淡苦味的芳香甘洌，不由自主便想起杜甫"香芹碧涧羹"和陆游"盘蔬临水采芹芽"的诗句来。

　　野芹茎秆中空有棱，生长快速，只要有清风有阳光，就开心地呼朋引伴漫布一整片水边湿地。古代的云梦泽，大得不得了，但水不深，长着许多挺水或浮水的草本植物。估计那时园菜极少，多是野蔬野味，颇有点寒门名士根基的野芹，便跻身其间。《吕氏春秋》点评说："菜之美者……云梦之芹。"在《诗经》年代，它们更被看作高洁之物，制为菹，以款待君子。芹之得名，或曰"芹""祈"相通，芹作祭品，献于神明，祈求佑庇，有一个叫"芹献"的谦词，一直保留至今。

眼下，云梦大泽早已蒸发干涸，沧海桑田，野芹被迫四处迁徙，大部分仍逐水而居，另有一批则洗脚上岸另谋生计，只为能延续那一脉安谧静远的清香。

入秋，野芹开花，再美味的野菜，到了这个档口都老得不能进嘴了。一大片聚族而居的野芹，绿茎顶梢皆擎一枝伞状花，白花花的一片，看起来近乎全是一个模子刻出来的。有时走在山道上，沿途也有它们的踪迹，只不过稀稀疏疏，是少许落单的野芹在齐腰深的草丛里努力举着伞花，那种清明、清透的白，衬托着荒野异常岑寂。让人特别容易想起那些为躲避倾轧总是在路上行走的古代消瘦文人，也是打着伞，湿衣愁雨，一枕山水半枕黄粱，若是向晚时能小酒两杯苍茫，便留下一段跑路的诗词文章。

这些从岁月深处开出的伞形花，要是移步过去凑近细看，会闻到一股微酸的类似话梅糖的味道。顶生或腋生的茶碗大的白花，由无数朵细碎小白花组合而成。每花有瓣五枚，花蕊如昆虫触须那样伸出，细到勉强可辨识……它们会自同一个基本点往上展开，形成一个圆弧面，像一把小雨伞，这便是伞形花序。但是野芹的那些小白花并不想就此罢休，除了十数朵小花一起联手聚成一个伞形花序之外，各个伞形花序之间，似乎又更有默契，齐心合力，自一个壮大了的基准点，往上再展开一个更大、更壮观的圆弧面，构成了蘑菇伞一样的大花团，这就是植物学上"复伞形花序"。

我们童年岁月里十分熟悉的胡萝卜花，就是"复伞形花序"的模范生。荒地里到处可见的野胡萝卜花，更是将"复伞形花序"演绎到完美，几乎看过一次就再难忘记：数不清的细白的小花从中心分几层向四周迸开，就像夜空里放射细芒的焰火……凭借这个鲜明的族徽，即使是刚开始接触植物分类的人，也能轻松报出它们的科名。

其实，伞形花科这个家族中，除了屈原在《离骚》中反复歌咏的香草白芷为常用中药材外，有许多种类都和我们的饮食有关。盘馐珍味当含香，像菜地里的芫荽和茴香等，它们体内分布许多油腺，散发出特别的香味，烹鱼烧肉，作为灶头调料，更能升华口舌之欢。只是它们的族徽标识伞形花，开得太随意散乱，一点也不圆，不规范。

须当心的是，除了一般人皆知的毒芹外，还有另一种具大毒的叫石龙芮的毛茛科植物，用心模拟了野芹的长相，几乎可以乱真，我们喊作"假芹菜"，只是到最后开出的五瓣黄花泄露了真容。能在伞形科扬名立万的，终归还是能入口的东西……除了营养大师胡萝卜外，像当归、柴胡、藁本等，则都是重磅级中药材。

野芹受此熏染，除了讨欢口舌之外，也常被用来辅助治疗一些病症，比如解热、益气、降血压等，都有不错表现。若是没有这个"野"来限制，今天通常所称之芹，乃旱芹，明初由中亚和欧洲传入。

飞往故园方向的鸭跖草花

　　有人的地方就有江湖，有林子的地方，就有开出深蓝小花的鸭跖草。鸭跖草的比指甲盖还小的花，只短暂开在林下或荒野阴湿处，故很少有人注意到。就算偶尔见上一面，也叫不出它们的名字，或者照着名字念却混淆了手足错唤成"鸭拓草"。然而，对于我来说，发现和辨识植物，会让内心伫满欣喜。

　　夏季露珠闪闪的早晨，无人的林子里，远处淙淙的水声仿若空谷足音。鸭跖草从叶腋下静静抽出长柄小蓝花，三片花瓣，两大一小，上方两片颜色深蓝，像刚从染缸里浸出来，下方花瓣浅白，花蕊金黄……粗看就是两片朝一个方向挺翘的瓣，另一小片在呼应着，如同美丽的蓝精灵，似乎一不留神就从眼前飘走消失。未开的花，被包在一个小巧的荚里，露出顶着十字状黄药粉的白蕊丝，也是十分轻灵别致，穿着晚礼服一样玲珑可人。鸭跖草的叶，似竹叶而软厚，茎秆上依稀有节，嫩梢头则能当野菜食用，故又被喊成"竹叶菜"。鸭跖草也是我们赤脚医生草药花名册上常客，药用全草，主要功能是解毒，利水消肿，有肾病的人用的较多。若为毒虫所螫，可拔来此草揉出汁水反复搓揉伤处。

鸭跖草的花，能从夏天一直开入秋天，可惜每朵花的寿命太匆匆，只有半天的时光。据说，在日语中，称鸭跖草叫"露草"，意味着像露水一样短暂，太阳出来就消失不见了。我们现在已经知道，鸭跖草的花确实是在夜间和清晨带着露珠开放，至中午凋谢。如果是诗意地表达，这些花不是萎蔫凋谢，而是翩翩飞走了。在李时珍的眼里，此花"如蛾形，两叶如翅，碧色可爱"，故古人呼作"碧蝉花"。但是，蝉与蛾，还是有点差别的，唯薄翅相似罢了。

南宋杨巽斋曾写过一首《碧蝉花》诗："扬葩簌簌傍疏篱，薄翅舒青势欲飞。几误佳人将扇扑，始知错认枉心机。"人家"轻罗小扇扑流萤"，此处篱落边，一位明眸流波的佳人却是挥扇对着轻盈幽蓝的小花作势欲扑，其旖旎柔情，岂不更惹人遐思！在那个男男女女都爱簪花的风流南宋，文人和美女，似乎都特别惦念鸭跖草花，姿容清绝的女孩子更愿掐来此花饰于发间："鬓边斜插碧蝉儿，不嫁东风苏小恨，未圆明月柳娘悲……"

同为南宋诗人的董嗣杲，他的缠绵悱恻的《碧蝉儿花》，结尾两句却提供了一个相关民生的信息："……分外一般天水色，此方独许染家知。"原来，和蓼蓝一样，鸭跖草参与染就了那时几乎一统天下的粗布衣衫，包括贵贱通戴的幞头方巾。

想起五十年前我上小学时，写字用的蓝墨水，都是在商店里买来墨晶稀释出来的，有人连这二分钱一支的墨晶也买不起，就在早晨踩着露水去野外采集来一小堆鸭跖草花，挤捏出一滴滴蓝汁灌入墨水瓶里，竟也能在纸上留下浓淡相宜的字迹。不过很少有人知道，鸭跖草花也是能吃的，入口丝丝的甜、微微的酸，类似桑树果子味道。

我们很多人见过或亲手养过的紫鸭跖草（也称紫竹梅），和性喜阴湿的鸭跖草是同科不同属的近亲。这些舶来洋品，都是匍匐茎，聚花序顶生或腋生，花苞呈佛焰苞状。区别是：紫鸭跖草横阔肥壮，茎叶全紫，有的变种叶上有白色条纹，鲜紫红色小花成双成对生于茎顶端，晨开暮合，跟鸭跖草一样，三片花瓣两大一小，也有沾着黄药粉的细蕊伸出来。紫鸭跖草好养，我曾在别人那里掐来两段茎秆插在阳台上花盆湿土里，半个月就成活了。茎紫初始直立，伸长后就垂倒分枝，节处生根，匍匐长了月余，悬挂盆外时便开出花来。一对小花在前面开放，紧跟身后就有一对花蕾待字闺中了……花落花开，传递不息。

一些花草以全身红紫而被赏识，如紫露草、紫鹅绒、紫花菜，还有红叶李、红枫、雁来红，等等。它们有的红于三秋，有的春秋两头红，唯有紫鸭跖草一年四季皆红，永不变色。可笑我不知受谁误导，好长时间都把它叫成"紫罗兰"——其实，真身紫罗兰是一种直立的、花和叶都很有模样的植物。

这世界上所有的花草，不论美艳还是朴实，身世显赫也好，默默无闻也好，都是大自然的杰作。没有一朵小花是卑微的，再简单细碎的花儿，也有信念，也闪耀着自由的光芒。你越是俯下身子察看它们，亲近它们，越是觉得它们精美迷人。

总是忘不了儿时的梅雨天，水一点点涨上来，野地里鱼腥草、通泉草、附地菜，还有也是开着极小花的铜锤玉带草都被淹没下去。最后，水际线渐渐爬到林子边……再过了一个时辰，鸭跖草细长的身子便随波逐流漂浮在浊水上，附在茎叶间幽蓝的小花和露着黄药粉的佛焰苞，被细浪冲击得左摇右摆，逗引来小鱼跟着啄来啄去。

……鸭跖草的夏天，那种感觉，如今是那么清晰而遥远。

凤眼莲的繁华旧梦

　　一月前，不知谁在荷塘东端湾梢处放进了几棵水生植物凤眼莲，眼下已连绵成床铺大一片了。如果不用竹竿拦一拦，让风一吹开，满塘水面都要被盖严……我太知道它们脾性了。

　　在植物分类学上，凤眼莲属于一个怪怪的科，叫雨久花科。如果知道它原产南美，似乎立刻就闻到了亚马孙雨林蓄出的那片庞大沼泽的浓烈水汽。

　　凤眼莲因为开花好看，最初作为观赏植物被好事者引入，上个世纪五六十年代又被作为猪饲料推广……谁也没想到它会反客为主，繁殖速度太快，除了怕冷的北方不能侵入，在中国南部水域广为扩张，几乎不可收拾，成为外来物种侵害的典范之一。有的地方，凤眼莲堵塞了河道，密到都能在上面走路，鱼死船歇，让人抓狂！

　　凤眼莲又是个充满文人气质的名字。其浮生水面，叫水浮莲是恰如其分的，如根据叶柄有泡囊而称作水葫芦，则是民间的形象处理了。凤眼莲叶卵圆形，直立，顶端微凹，翠绿光滑有质感，看到就想伸手摸一下。生于水底节间的黑乎乎毛根，既能吸收养分，又能快速分蘖。母株发芽后长齐了叶片，就在水下伸出一段脐带根茎，萌发下代新苗。小苗长齐两片叶，接着生出根须，随着叶片增多，分蘖也越来越快，时间不长就把一块水面全部覆满，往往只剩洗衣洗菜的水跳处因为不停扒捞，才留有一片照得见天空的白水。

　　凤眼莲在上个世纪初就被预言为"美化世界的淡紫色花冠"，花开起来一派喧闹好看，美得令人炫目那是一点不假。高出叶面的花茎，举着硕大穗状花序，聚花十

数朵，花被六裂，呈多棱喇叭状，花瓣有浅蓝、紫蓝或粉紫……正上方的一片花瓣较大，瓣中位置那个奇特的鲜黄斑点，形如凤眼，又像极孔雀羽翎尾端的花点，有着一种诡异的妖艳，要是科幻片看多了，感觉它会跳上岸满地行走……凤眼莲精力无比旺盛，整个夏天到秋天都在开累累硕硕的花。在稍安静的水域，那些花开得很猛，远远望去，就像一块绿毯上倾满紫蓝颜料，又像飘着一层紫蓝的雾，招来无数的红蜻蜓，漫天飞舞。

　　"文革"早期，和"鸡血疗法""盐卤疗法"一同时兴，凤眼莲也被当作典模对待。生产队长从公社开会回来，挑回水淋淋的两箩筐碧叶水草，说是叫"水葫芦"，有了这宝贝东西，养猪饲料就不烦神了。被投到水塘里，先还用竹竿拦起来，怕漂散了……岂知这东西有着超强的无性繁殖本领，身体不断裂成许多小块，哪怕是一块"断肢"，都能迅速长成完整的个体。在风和水流的作用下，它们不断扩大着自己的领地。不多日，一个水塘就给铺满。队长又分了一些给各户拿到小塘养，但这东西猪并不爱吃。冬天时，还要专门挖窖贮藏，不然露天就要冻死。因为长得太快，渐渐地就无人过问了，任其自由扩散霸占水面，好在下霜天就死光光。但总有一棵两棵漏网的挺了过来，于是来年再发，长满一塘，到了冬天又没有了……

如此反复。一到梅雨天发大水，孤峰河里就不断有大片大片开着花的凤眼莲给冲下来，有时就是一座盘根错节的流动"岛屿"，紫色的花在风里摇曳，终随流水漂往不知处。

一九八九年夏，我想往自身价值的另一方向突击一下，就打了报告停薪保职，仗着当过几年人医、兽医的功底，回到乡下养猪。五十头金坛猪，架子拉起来后特别能吃，装来一三轮车饲料，三天不到晚就没有了。节骨眼上，城里饲料厂竟然因调不来北方的玉米而停产，真是要人命的事……幸亏附近一处塘湾里长满凤眼莲，帮我撑过了一星期，猪虽然没精打采都掉了膘，但好歹没有饿死。

那回在市里，我陪人去花店选花，竟然看到作为示范摆出的插花中有一枝是凤眼莲——那无比熟悉的身影，我闭着眼睛也能说出它们的模样：穗状花序，每花六瓣。最大的瓣也是最美的，它的奇特斑点外层淡粉，往里是玫瑰红，然后是紫色，中间一圈明黄，像凤的眼，又像孔雀的翎羽，更像是漂浮的梦……

往日里的好女儿花

许多花取名，与肖形有关。如凤仙花，就形若飞凤，首尾翘足，皆翘然生动。

凤仙花落地生根，什么地方都能活命，甚至在村东一处屋顶坍塌的废弃老宅里，也能从窗洞见得着几丛灵动的红白花形……它们就扎根在昔日厅堂前石板缝里，高可及膝，花开叶腋间，被细长的花梗托着，似一只只心怀喜悦要飞的小蝴蝶。

荒凉的墙檐下也长着几丛花茎，我摘下一片边缘有齿的细叶，很薄，举起来对着树枝间的光线，阳光能均匀地透过背面。还有一些凤仙花不知被谁种在破脸盆和几个破瓦罐里，随随便便摆放在不远处一堵带着窗台的断墙上，居然也能开出一小片飞翅翘然、深红浅白的风景。后来我在吃饭时讲出此事，保姆二姐笑称是她两年前种的，并说若是在夏天来临之前做两三次掐尖，就能让植株矮矮胖胖的，开出来花更好看。

大凡这类肖形花，都是很俚俗的民间贱花。然而，凤仙花又确实做过宫廷花，出身似乎不俗，证据之一，便是

其别称"好女儿花"。名之由来，乃宋光宗时，避皇后李凤娘讳，宫女们遂有此改唤。李凤娘姿色艳丽，却是历史上有名的妒妇，一生征服三代皇帝，在两宋历史上可谓绝无仅有。

一直饱受争议的女作家虹影，写过一本比较出位的《好女儿花》。因为被冠以"自传小说"或"半自传小说"，肯定会泄出自身的某些信息密码。"我"母亲的小名叫小桃红，母亲的命运也如同此花，卑微，却能尽情释放着美丽……也正因此，人间的苦难，一桩桩地，都被母亲柔弱的肩膀扛过去。虹影的文字是漂亮的，但是人们似乎更关注"二女共侍一夫"的不伦情节，虹影于是便永难修成正果。

不过，无论是呼作凤仙花还是"好女儿花"，明媚少女们倒也真的深爱此花，除了悦目赏心之外，更因为它能染指甲，所以又称"指甲花""女儿红"。"指甲花"，乡下的方言发音作"直胳花"，吐气急切而短促，很合女孩子的那种快舌快语却又不失一种亲昵韵味。

我岳母李芙初的曾祖父叫李成谋，曾国藩麾下的湘军悍将，至今采石矶上那块"燃犀亭"碑题以及太白楼匾额"千载独步"四个大字，便是出自这位长江水师提督之手。算是名门之后的我的岳母，少女时代是在南陵县城徐家大屋度过的。听她说，每到夏秋的傍晚，一大帮女孩子们便呼朋引伴采来凤仙花瓣，剔除白络，拌上少许明矾放入特制专用的钵内捣作猩红花泥，敷在指甲上，再用碎绸或叶片包扎好。隔夜至晨，除去花泥，争比谁的纤纤十指蔻丹鲜艳娇丽。尤为"乞巧"（七夕）之夕，几乎每一个女孩都要采凤仙花染红指甲……眷此良夜，月华露冷，若有曲栏幽水，当是能倒映出一群婉致清丽的身影。

染指甲的风气，自唐代始即由宫内传至民间，至南宋末最为盛行。文人尤多联想附会，爱将丹指比作颗颗红豆。诗学李贺、有"文妖"之称的元人杨维桢就曾纷驰异想，广遣奇词："金盘和露捣仙葩，解使纤纤玉有瑕。一点愁疑鹦鹉啄，十分春上牡丹芽。娇弹粉泪抛红豆，戏掐花枝搂绛霞。女伴相逢频借问，几番错认守宫砂。"别的不比，单单比作"守宫砂"。"守宫砂"是什么？是点在少女藕臂上的一颗鲜艳红痣，验证贞操的身份牌，可见此花确实同女孩子有缘。

凤仙花谢后，结实如小毛桃，故凤仙花才又唤作小桃红，这倒像是一个风尘艺名。种子熟后，靠蒴果外皮炸裂翻卷弹射而出，以是趣称"急性子"。我们小时候手痒，没得玩，就专寻那些黄褐色荚果，伸指头一碰，机关触动，看谁弹得最远，黄褐色越深，爆发力越大。有时摘了蒴果放进裤兜里，走着走着，动静一大，就啪啪在身上炸开了。后来我做赤脚医生时，曾用"急性子"加威灵仙治愈一因鱼骨刺喉而几成瘰块的老年病人。其根茎有活血止痛祛风之功，入药呼为"凤仙透骨草"，仿佛就是金庸随口诌出的名。

凤仙花家族庞大，据说共有五百多户头。人工着意栽培的，多见深红或纯白重瓣，花大而繁，粉团锦簇，有一种丝绒般艳丽的质感。在我教过书的那个西河中学，一水之隔，是分属另一县的东河中学。有一对从上海来的姐妹花，姐姐叫蓉仙，能歌善舞，为追随自己的学生来到小镇而成了我的同事；妹妹则又随姐姐而来，与自己的丈夫还有姐夫一起落户在对岸的东河中学，两个男人都有着浓烈的艺术气质，值得追慕到天涯……记得东河中学教师宿舍外面空地上长着不少凤仙花，都是妹妹种的。妹妹的名字，就唤作凤仙。

那年秋天，在一新贵的豪华客厅，我见识一株名贵的植于宜兴紫砂钵内的五色品种，是由新贵的那位看上去相当冷艳的年轻夫人从卧室飘窗上捧出的。同一植株，花开红紫黄白，尤其是那洒金瓣——又称"喷砂"瓣，粉白质溅点点嫣红，色如凝血，高洁娇艳……真个是回眸轻一瞥，刹那直倾城！时近中秋，倏忽忆起，竟于眼前挥之不去。

洗澡花的流年碎影

　　夏日午后，刚刚过去的一场雷雨涤尽了令人心烦的暑闷。

　　雨后的斜阳挥洒着令人诧异的奔放色彩，路旁的一蓬蓬洗澡花，水碧浓绿的叶子上也映射着流苏一般的闪光，一些细长花蕾已迫不及待绽开，似带着些许激动，些许羞涩。那些半开和全开的长筒五星形小花，各种朝向的都有，或逆光，或在阴影中，因色彩的纯度和明度不同，而

呈现不同的变化。即使在最不起眼的地方，美也是不会落寞的。

多年前，我曾在东郊路旁张家山居住过。那闹市一角的石坡旁，重重叠叠地衍生着一大片无主的洗澡花，每到暑气收降、凉意新生的傍晚，就有无数细碎嫣红的长喇叭状花朵，争相从那些繁茂的绿叶间朝外开放。或许因为它是一种上不了画谱的很低贱的花，所以那么多男男女女、老老少少或骑车或散步经过它旁边时，谁也没有驻下足认真投去一眼。然而，洗澡花却自管开着，没有人浇水、施肥或设一方呵护的藩篱，它是为自己开放的……它没有红颜薄命之叹，谁也不会将它挖去移入盆中或折断插进花瓶。

我不知道，洗澡花是否也是城市的移民？但我相信，洗澡花的确更属于那片远天远地的乡村。

在我的印象中，洗澡花从不侵占正经的田园沃地，它只是随意而安静地生长在村头、篱边、檐下。晚蝉声里，洗过澡的孩子躺在场院里的竹凉床上，泼出的洗澡水在洗澡花的根边留下渍印。蝙蝠不断在头顶穿飞，萤火虫出来了，还没有黑透的天边，拖曳着微弱的亮光……仰面数着薄蓝天幕上初现星星的孩子，常常一伸手便能将来几茎或红或黄的花，合着幽幽的暗香放手里把玩着，如果将去细喇叭底托，抽出一束细长白嫩的蕊丝，含在唇间吹奏，会发出呜哑之声。女孩们则另有玩法，她们会摘下花倒挂于耳际，晃动着脖颈，"耳环"摆动起来，一串笑声随之而起。

其实，洗澡花是由黄昏到翌晨通宵开放着的，夜色愈深，香气愈浓烈，太阳出来，它的花就凋萎了。喇叭形（或曰漏斗状）的花，像牵牛花、打碗花，还有别的一些开在林中幽暗处的蓝颜色、紫颜色的花，含花青素的细胞液多呈碱性，故经受不了阳光的灼晒……它们如同那类只待在僻静中的婉约女子。

旧时乡下女人，白天在田里干完活，回到家，做饭，喂猪，侍候完了孩子侍奉大人，待到一家人都吃好饭，才于黑地里边收拾饭碗边抢着朝嘴中扒上几口，再摸着黑洗完澡。把洗澡水泼到了洗澡花根下后，还有一家子人的汗衣堆在那等着拿到水塘去洗……这一切全是在暗地里进行，陪伴着她们的，就是那些悄悄开放在身边的洗澡花。我的一个叫小凤子的表舅母，干活特别麻利，真的是嘴一张手一张，当年由姑娘嫁过来时，唇红腮红很是美健动人。老人们说，她的五个小把戏（孩子）都是摸着黑带大的，个个都像洗澡花那般泼皮。

夜晚在乡村走路，闻到一阵浓郁的清香，那一定是洗澡花了。清晨，洗澡花每一朵细长的花苞上都悬垂着一滴晶莹珠露。那些已开了一夜的花，深红姹紫，色近胭脂，故称"胭脂花"。因其花香酷似茉莉，又赚来一个"紫茉莉"的学名。

洗澡花不仅花繁，而且花期长，可以从初夏一直开到晚秋甚至初冬。其花可治下痢，以白色者为佳。种子较大，色黑，有棱，极像老蚕拉出的粪；除去粗黑麻糙外皮，滤出的淀粉可食，往昔贫家美妇将其研细掺上香料作化妆粉扑脸。精心研读过《红楼梦》的人，不会漏过一个细节，宝玉为安抚受了委屈的平儿，赠其自用化妆品，乃是一宣窑瓷盒，打开来，里面盛着一排十根玉簪花棒。宝玉拈了一根递与平儿，让她自挑妆粉，并笑道："这不是铅粉，这是紫茉莉花种，研碎了，对上料制的。"

我曾在日本京都祇园看过一场传统表演，那些艺伎们脸上和颈脖处都搽着厚厚一层粉，煞白煞白的，据说都是紫茉莉种子研出的粉。

洗澡花枝干有节，突兀若鸡腿拐骨，朝阳一面多紫红色。地下的根，膨生多年而造化有势者，稍加研修可制盆景……至于一些若马铃薯大小的块状茎，则常常被奸诈之徒刨出加明矾蒸透晾干，冒充治头晕的名贵药材天麻。其区别，仅在于天麻纵向皱褶集中处有一带钩的鹰嘴状尖端，且切片透明，故称"明天麻"，而紫茉莉根此二者皆无，但罪不在物而在人。

　　汪曾祺一直称洗澡花为"晚饭花"，按他的描述，晚饭花是"使劲地往外开，发疯一样，喊叫着，把自己开在傍晚的空气里。浓绿的，多得不得了的绿叶子；殷红的，胭脂一样的，多得不得了的红花；非常热闹，但又很凄清……"这个可爱有趣的老头，著有《晚饭花集》，深绿的封面上墨绘一蓬花叶，是很脍炙人口的一本书。行文叙事，极醇浓的味道，情美，景美，人美，如桥边自在的流水，一切都是那么叫人神往。说来好笑，此书我前前后后共买了三本：第一本逢人说项"哥们义气"推荐给了一位并不真正读书后来入了仕途的朋友，很是后悔不已；第二本插入架上不翼而飞，不知花开谁家宅边地头去了；第三本，是三年前夏天大汗淋漓地在老新华书店大楼下一旧书摊上偶尔觅得，掏了10元钱，真是如获至宝。

玉簪娇莹"江南第一花"

土地流转，承包给大户，乡村人家种田少了，种花莳草的却是渐多了。

夏夜，顺着流水淙淙的渠道边平展的水泥路散步，走过带附院的那些二层小楼，草木的芬芳飘入鼻孔。你会停下脚步，转动颈脖，捕捉并识别空气中弥漫的植物的香气。看到簇簇白花开放在夜色中，感觉很是清宁宜人。

玉簪是百合科多年生宿根草本植物，开花也像百合。李时珍说，玉簪花"本小末大，未开时正如白玉搔头簪形"，是以得名。通常而言，开白花和蓝花的都能耐阴，在景观地带，三两成丛栽在篱边林缘作地被植物。《长物志》就是这样建议，栽种时"宜墙边连种一带，花时一望成雪"。

"玉簪香好在，墙角几枝开"，这样的花，似乎更应出现在古典庭园及庙宇殿堂边，勾栏近水，钟鼓梵音，环簇的白花，分外给人以清凉澄澈之感。若是将它放置窗前案几，那洁白的花儿芳香渺渺，夜晚开放，过午半合，禅意无限。相传，王母宴客瑶池，众仙女赶赴，几巡玉液琼浆过后，不胜酒力的仙子们皆飘然欲醉，云鬓散乱，发间银簪落地而化为玉簪花。此即黄庭坚诗云："宴罢瑶池阿母家，嫩琼飞上紫云车。玉簪落地无人拾，化作江南第一花。""第一"者，无可比拟也。

玉簪花苞打开时，总是有几只蜜蜂不知从什么角落飞来，钻到白瓷一样精致的漏斗状花底寻找甜点。玉簪的根状茎粗壮，叶片宽大，具长柄，叶脉弧形，花筒上部六裂，下部细长，像个长喇叭。花梗由叶丛中抽出，能长到齐膝盖高，由下往上，一朵一朵的花依次开出，顶上青绿的花苞紧紧挤在一起。那些已经长成的白苞，一头丰满，一头细长，水灵有神，美丽高洁……旧时妇女如何盘头别

发插上簪子，现代人已不复能见。其实，古人不分男女，皆绾发插簪，由杜甫诗中那句"浑欲不胜簪"即可知晓。

玉簪花是否当得起"江南第一花"并不重要，玉簪的美妙，只有斜插在窈窕女子的青丝发髻上才能得以体现。有时，眼前就会幻现出一个云鬟间钗横簪绾的曼妙女子，手执团扇倚坐窗下，温婉，恬静，那份轻盈动人的雅致，难以言喻。上官婉儿是司玉簪花神，传说这位深宫才女最喜花前读书，尤爱在夏日的傍晚，伴着玉簪花的幽香，或吟诗作文或研习水墨丹青。流年伤情，宫花寂寞，她的人生里，不可避免也落满孤芳沉影。

在乡下，玉簪花又名催生草，过去女人生小孩要用此花催生。因此，凡是家里有育龄女人的，都要在墙边栽几棵玉簪花。玉簪花生命力极强，孩子们从别处拔来几棵幼苗，放进墙根下剜出的小洞里，随便填上土浇点水就能活。几场春雨夏风，翠绿的叶裹拥着白花，那就是一种母性的色彩，一种充满了内在力量的孕育的色彩。听老辈人讲，房前屋后栽玉簪花，还可以避蛇，蛇怕一切白色晃眼的东西。因为花和叶太丰茂，根茎下的土总是格外潮润，蚯蚓在下面开挖了许多地道，水分和空气便更容易进入土壤。

闸口上面的塘南村，有一女裁缝，很早死了男人，一个女儿师范毕业后因为家庭成分不好被分配在山区当老师。女裁缝带了一个腿有残疾的姑娘做学徒，住在一幢徽式老屋靠北的偏房里。冬天里光线不好，师徒俩就把缝纫机和一张老式梳妆桌抬到屋外来，边晒太阳边做活。女裁缝人在中年，腰身款软，肤色白净，与一般胖手胝足的农妇有着很大差异，却盘着一个俗称"粑粑头"的老太婆发髻，斜插一根闪亮的银簪。夏天到来，她们的屋檐下就开出一丛丛玉簪白花，总是有几只白粉蝶黄粉蝶在那些花间翻来绕去地飞，像是寻找什么，又像是要见证一个长长的思念……

跟裁缝跑得近的多是女人，女知青弄来军装，就拿过去改成收腰的，还能顺道学一点盘布纽扣和用白纱线钩衣领的小技巧。有一次听她们道出一条惊人消息：女裁缝卧室暗处偷偷供着佛像，还手指刺血抄了一本佛经……但谁也没将这事告发上去。我恢复高考上学时又听到后续故事，原来女裁缝的男人并没死，两岸通联，先是辗转到香港见了面。再后来，男人回大陆探亲，悲欢离合彩云归，让人好不唏嘘！

一花一世界，一叶一菩提。每个女人都是一朵花，一朵属于自己的花……她的精魂，可以化作一只蝴蝶，回来找寻自己，在每一朵花间飞来飞去，不舍不弃。所以，佛祖拈花而迦叶微笑……这一笑，便是整个世界。

古有教坊曲，名《玉簪》。明人胡应麟诗云："不因赵氏连城在，那得尊前听玉簪。"

夜空下，幽修开处，月色微茫……躁动的心，得以平静。

白花黄蕊的"慈姑"情怀

村子东边靠近大埂旁，有一处带假山亭台的宅院，主人是我的兽医表兄。他的儿孙和老太婆都在城里，虽只一人在家，却将园艺做到极致，屋前屋后遍植花草和果树，一处大塘养鱼，一处心形水景池里长着睡莲，也长着几丛极有风致的茨菇。

整个夏季里，睡莲都在开花，红的、黄的、白的，纷繁而静美。茨菇长在池塘边假山的石缝和栈桥栏杆旁，有的延伸到深水区，长长的叶柄挑着箭头形的叶片。眼下，

它们从水底根茎抽出的花梗上，正开着许多纽扣一般大的小白花。每一朵花，都有三枚圆形花瓣和杏黄的蕊，模样与水仙有几分相似，并不是很漂亮，而且什么香味也没有，却干净玲珑，冲淡宁和，有身腰纤纤的小野蜂萦绕飞于其上采蜜。花底叶下，附着一些螺蛳清晰可见，许多红鲫鱼和锦鲤来回悠游，闲适而惬意。

一花一世界，一虫一天国……一朵微花，一只蜂虫，一螺一鱼，都是圆满俱足的生命里的诗意。

我经常散步过去。有时主人不在家，但院门却给我留着。

其实，闸口这里河港塘汊的浅水处，哪里都旺旺地长满野茭白、野荸子草、蓑衣草、水菖蒲、红蓼和茨菰。茨菰最显眼了，因为它那与众不同的箭头形叶片和白花，老远就落入你的眼帘。"茨菰叶子两头尖"，到了深秋，茨菇的根部就能长出许多乒乓球大的椭圆球茎。球茎浅紫或土黄色，有两三道环节，我们喊"茨菰嘴子"——也就是顶芽，弯弯的样子，就是一个放大的蝌蚪形逗号。

所以，才有那么多画家都喜欢画茨菰绿的叶子白的花，还有它弯嘴顶芽的可爱球茎。齐白石有《茨菰虾群》，笔底的穿插和聚散，你不知道谁是谁的补景？李苦禅的《茨菰鱼鹰图》看上去更经典：鱼鹰立于岩上回首远眺，映衬着脚底的犁尖燕尾般茨菰的绿叶，还有浅浅一点的小白花，显得那么朴素静谧，水汽氤氲……原来，画家巨匠们也曾留意过这些微不足道的、看似贫贱的闲花野草，一点一珠光，淡简的笔触里，寄存着一份浓得化不开的俗世情缘。

茨菰为泽泻科水生或半水生植物，也有写作"慈姑"的，意味着有慈悲心怀，可慰人间冷暖。

在我小时，每当到了冬天，水塘干枯，大人和小孩子就会扛着锹到处挖茨菰。谁出力气多谁的收获就多，一般来说，一个十来岁的孩子，一上午挖满一篮子不成问题。挖茨菰时，常能捎带挖到那种瘦精精的铁锈色野藕，还能挖到黄鳝、泥鳅什么的，若是刨出了一只砂锅大的肥硕老鳖，那就是中大奖了，一声欢喜的叫喊，引来许多人围观。

挖出的茨菰，直抵灶头烟火，烧五花肉最好，吃到嘴里酥酥的，粉粉的，是那种很有咬嚼的、浸透了油香而又带有淡淡苦涩的粉，粉得极有个性，有独立品位和格调，让你过口难忘。沈从文喜欢吃茨菰，他给茨菰的评价是比土豆"有格"，真是非常精妙，大家就是大家，说什么都能切中要义。

住在市里时，同在一个小区的林仙儿送来两棵睡莲，被我养在一口青花缸里，从五月到八月都有花开。前年冬天，我从乡下带回一小袋茨菰，断断续续吃了很长时间，最后清理厨房时，还找到两个遗漏的，顺手就插进阳台上养睡莲的缸里。冬去春来，睡莲新长出的叶丛里，居然冒出数茎高挺的犁尖叶。或许是缸里泥沃水肥，几片高叶长得特别滋润，看上去竟有点像龟背竹，有爽快的清香气自叶脉里逸出。入夏后，叶底抽出两枝花梗，各开出一串浅浅小碟一样的白花。花瓣像绸缎一样厚实，花蕊杏黄色。

后来，因为我要出远门，就把那睡莲和茨菰一起带泥移植到三潭公园那片水泽里。数月后的春节边，我从旅住的三亚赶回，水塘里已不见绿。到了来年清明谷雨附近，终于看到有新绿的嫩尖钻出近岸水面，我确信那就是自己要等待的犁尖叶。至于睡莲哩，因为同种类的太多，交织纠缠一起，我也分不出究竟。但我想，它们不会认不出我来吧？

因为尘世有它们放不下的牵扯……花开一季，蔚郁藏在心里，便是一场不舍散去的约会！

云朵，风和雨水，我们与大自然，注定将是一个漫长的故事。

"鸡头"上开出潜水的花

开花的植物，在春天里多得不得了，直教人看花眼，到夏天就少多了。鸡头菜勉强算是一例，可是见过它开花的人真不多。

早年，鸡头菜遍布大小池塘，圆盾形绿叶大如荷叶但不似荷叶那样挺水，浮生水面更似南美那种边缘上折如盆的王莲。其实，性喜夏日阳光的鸡头菜，同睡莲、王莲正是一科的。只是这鸡头菜却绝不似让人观赏的睡莲那般妩媚和厚道，满塘的叶子像被擀面杖擀开的一般，看似挤挤挨挨亲密无间，实则叶、梗、苞无一处不满布尖刺。

逢上夏秋无雨，地里的茄子辣椒青豆多奄奄一息而无暇他顾，筷子只好向水塘里伸。两个半大孩子弄一张腰子盆，下到水塘里，看准那一张张大浮叶，先用绑在竹竿上的锯镰刀贴水面割掉浮叶，再将刀伸向水底齐根割断叶柄。一人割一人收，运气好，一刀同时割断几根叶柄、花柄还有苞柄。因为都是中空的秆，底下一割断，立马横着浮上水面，捡到盆里就行了。

但这东西遍身是刺，怎么抓都会扎手的。弄回家一根根撕皮，待撕出一堆光滑清润的"鸡头苞梗子"，一双手——尤其是拇指和食指，密麻麻地扎满暗黑的小刺，挑也挑不尽。好在都是软刺，并不阴险，你不去管它，任它在肉里埋藏着，十天半月后就一点感觉也没有了。

将鸡头菜梗折成寸段，用刀拍扁拍裂，与红辣椒丝一起爆炒出来，十分可口下饭。鸡头菜梗如藕茎肠子那般有许多中通小孔，生吃甜津津脆生生的，能咂出一股来自水域野泽的清新气息。但我们那时却喜欢把它衔在嘴里潜到水底换气，还能拿它作电话线，牵起一端塞进耳孔，另一人将那一端握在拳心贴紧嘴边"喂……喂……喂"喊话，声音通过气孔传输，还真有点打电话的感觉。

鸡头菜的花开在悠长夏日里，挺出水面，紫幽幽的。布满尖刺的粗壮花梗，也是紫红色，顶着绿色花苞，从众多浮叶隙缝里挺出，或从厚叶下撑破一个洞升上来，水淋淋的样子。有多少荒僻的水面，就有多少鸡头菜花，蜻蜓喜欢绕着花苞飞，累了就停歇在刚打开的瓣尖上。白脸秧鸡踩着满是尖刺的叶盘子跑来跑去，被踩过的一角会在瞬间塌陷下去，但很快又从水下浮上来……居然有翠绿的小青蛙一直伏在叶盘子上一动不动。近岸处，茂盛的茨菰禾子上，开满一朵一朵小碟子样黄花。

每年这个时候，圩野里到处飘荡着阵阵清香。一场雷暴雨后，一颗颗晶亮水珠在叶盘的尖刺间滚来滚去，像顽皮的小孩，一刻也不肯停歇下来……花苞上也挂着雨珠，就像挂着夏日的梦幻。

紫梗鸡头菜开紫花，如果是白梗，就开白花。它们花苞都有四枚萼片，萼筒和花托基部愈合。花冠通常由数轮啮合状排列的花瓣组成，每轮花瓣四片，自外向内依次缩小。花瓣像彩纸那么薄，外面是紫的，往里渐渐晕染出霞红，明黄的蕊柱头呈辐射状排列，汇合成一个小小的圆盘。说不上是金屋藏娇，更不是红袖夜添香，富贵和风雅都离得很遥远……它们的花瓣很务实，不会像睡莲那般全部撑开，而是始终由萼片包着，不会脱落。其实，鸡头菜的花只开一个上午，开完后就从戳破的叶子洞窟原路缩回，沉到水底孕育刺包里的鸡头米去了。

鸡头菜在水下都是一窝一窝的，一棵根茎上先后能长出十多个花苞，花谢苞沉，水底坐果。孕实的"鸡头苞"，海绵泡里包满石榴籽一般的果实，嫩时鲜红，可以连壳嚼，是乡间小儿专享的零食。老了，剥掉黑壳，里面的白米就是芡实，炒着吃，甘而香。要是舂出来洗成粉，用沸水冲了再撒上糖桂花，比藕粉更稠更香郁。我们平常烧菜时勾的"芡"，就是这东西。现在，许多淀粉是豆粉、玉米粉、马铃薯粉加工出来的，若再说"勾芡"，就不正宗了。

严格地说来，"芡"是植株全称，花苞叫"鸡头"，果米"芡实"是中药柜里药材的称谓，做菜用的是"芡粉"。诗词中则多以"鸡头"称之，本名芡反而少见，如郑板桥诗里的"最是江南秋八月，鸡头米实蚌珠圆"，还有唐代诗人王建《宫词》中的"如今池底休铺锦，菱角鸡头积渐多"。

芡有南芡和北芡之分，北芡茎叶果皮上遍布尖刺，花白色，果小。产于太湖流域一带的芡，无刺或少刺，也有人把它当睡莲栽培以供观赏，一朵一朵的花，像漂在绿叶水面上的幽幽紫焰，有着姹紫嫣红都已开遍的阅世清凉……

无论是珍珠粒苞头米还是芡实粉，都可卖到供销社去。收获鸡头苞的季节里，常见一些老头老太聚在一起，边拉家常扯九经，边用一把鱼形钳剪鸡头米，飞珠溅玉，手法极是灵泛。他们脚边分别是两个筐箩，一个装黑溜溜的果，一个装莹白的米仁，地上留一堆空洞的壳……仿佛就是那些盈满水泽气息的紫花们遗落的梦。

秋天水还不太冷的时候，便有一个满脸胡楂的瘦老头到南小坝来收割鸡头苞。南小坝水深塘大，但近岸一圈全是浅水池沼，对挺水和浮水的植物来讲真是得天独厚了。

老头沉默无语，几乎从来没同别人说过一句话。从水下割出一堆鸡头苞，就坐在塘埂边剥刺，他用脚踏住一只，拿镰刀对着外壳轻轻一拖，脚一碾，皮就脱掉。将一个个白色紫色海绵泡包裹着的石榴状果实摊在埂坡上晒，到晚上就半干了，收入两只麻袋里一肩担走。

老头的扁担上有暗槽，内藏一截钓竿，随身携带着一个小酒壶和一个小罐。每到近午时，就地找处坎沿，用镰刀掘个灶洞，再从掘出的土里捡几条蚯蚓，往塘口撒一小把米，钓竿一伸就有鱼上钩。太大和太小的鱼一律放回不要，只留下巴掌大鲫鱼，收拾到罐里，灶洞塞进干草点燃，一会儿工夫便有香气飘出。老头掏出小酒壶就着云淡风轻，慢慢抿着……

夜色茫茫　花儿幽香

居然在路边一户人家院子里看到了夜来香。

一丛小枝柔弱的绿藤植物，缠绕在黑漆有光泽的金属铁栅栏上，因为天还没黑，白色的长柄小花似乎都没打开……正好屋主人站在院门边树篱下，我们便聊了一会儿。主人称此花为"夜丁香"，说是他家在外打工女儿三四年前带回来的，香气能驱赶蚊子，但是人闻久了也头晕。夜丁香？嗯，跟丁香花确实很像哩。

我在昆明也待过不少时间，昆明老城区有条篆塘河，河道两边连同那个临水的篆塘公园里便栽着不少夜来香。而在马路的另一边总是有许多单门独院老屋，墙上爬满绿萝或是金银花藤蔓，很是清凉宁谧。傍晚外出散步，晚蝉长鸣，许多蝙蝠在头顶上空飞来飞去……闻到了一股扑鼻的花香，比茉莉和白兰花都要浓烈，这多半是哪个院落里的夜来香开了。

要是能抬脚走进小院，你会看到苔痕斑驳的墙角下有一两丛小半人高的藤状灌木，白色的长柄小花缀满了枝头，形成一簇一簇的花序，如同打开许多把小花伞，仰向

幽幽夜空。造化之美，使人心生感动，若是本来胸中还有点闷郁，此时便都纾解了。

白昼里，夜来香就像羞涩的小姑娘，将花苞连同香味一起收束在枝头和叶腋下；到了晚上，枝叶慢慢舒展开来，那些花苞，亭亭地立起，开出一片繁花，并施放浓郁芳香。如果再细心一点观察，你就会发现，这些五瓣小花并非纯白，而是接近黄绿色，伸出金黄的花蕊，身姿招摇，就是一群暮色中的舞者。

江南有些地方，把洗澡花喊作"夜来香"，是因为洗澡花同样日闭暮开，在傍晚时散发浓香。还有，就是它们的花形也有点相似，都是长喇叭状的五裂……然而两者色彩却相去甚远，洗澡花紫红，夜来香花白中带绿稍黄，花瓣倒心脏形，稍小，但厚实。夜来香倒是真的跟白丁香花有点撞脸，花茎都是火柴杆长。但丁香花是开在树上，夜来香只能匍匐在地或攀缠上一些栅栏和矮树，枝条细长节间怀满腋芽和花芽，随着生长，迁出侧枝并抽生花序，从初夏到中秋都在开花，要是掐断它的枝条，有白浆流出。因为身形柔顺，多被用来布置庭院，或是点缀景观，安置在水边和亭畔，尤适于渲染夜景。

我是从听过一支歌之后才开始认识夜来香的。

一九七五年的中秋节，和几个临时凑到一起的插友吃过晚饭之后，闲聊了一会儿，一轮满月升上头顶正中，勾起了满腹心思，于是有人情不自禁放开了歌喉。从"延河流水光闪闪"到"红莓花儿开"，忽然上海知青小沈低声哼唱了一支听起来有点怪怪的歌，最后却没能唱完，是忘了词。当她说出这歌名叫《夜来香》时，我心里扑棱跳了一下……这不是记在"汉奸女人"李香兰名下的那支歌吗？好像还有《支那之夜》，正是当年日本人用来麻醉和销蚀我们沦陷区国民意志的那种靡靡之音。

五六年后，我已在乡镇中学教书了。同事严蓉仙老师是上海人，因为追随自己的学生而来到那个小镇。她学音乐出身，能歌善舞，热情善良，给过初来乍到的我不少帮助。有一次，不知怎么就同她谈到了李香兰，谈到了《夜来香》……她告诉我，李香兰那不叫"靡靡之音"，而是意大利歌剧的一种发声，叫"美声唱法"，四十年代风行上海……她家里一直收藏着李香兰的留声机老唱片，此外还有龚秋霞的《秋水伊人》和吴莺音的《明月千里寄相思》，到"文革"时才销毁了。说着，她就用教学的脚风琴伴奏，自弹自唱为我演绎了一曲完整的《夜来香》：

"那南风吹来清凉／那夜莺啼声细唱／月下的花儿都入梦／只有那夜来香／吐露着芬芳／我爱这夜色茫茫／也爱这夜莺歌唱／更爱那花一般的梦……拥抱着夜来香／闻着夜来香／夜来香我为你歌唱／夜来香我为你思量……我为你歌唱／我为你思量……夜来香／夜来香／夜来香……"

仅仅过了两年，我便听到了邓丽君翻唱《夜来香》的磁带曲，港台腔国语版，不是太好懂，好在歌词是看过并记熟的。许多年后，我才第一次见到清晰的1983年金钟奖里的《夜来香》视频，饼脸的邓丽君披着洁白的羽毛肩饰，用她甜得发哆的嗓音唱着"那南风吹来清凉，那夜莺啼声细唱"……浮声旧梦，午夜销魂，那个柔跟美呵，真的把人都溶化了。接着，有人向我推荐了早年的李香兰原唱视频。李香兰穿着紫红旗袍，手持一束夜来香——大概是真花吧，对着麦克风轻轻摇曳着袅娜腰身，舞台上夜色迷蒙，可见夜来香柔条披拂。"拥抱着夜来香／闻着夜来香／夜来香我为你歌唱／夜来香我为你思量……"巧笑倩兮，美目盼兮，李香兰和邓丽君，若非前后差了二三十年，倒真是一对霓虹姊妹花，一对夜色阑珊里神奇的夜来香。

我是在昆明才认清了夜来香的，不过此前就知道了歌者李香兰的身世。她本为东瀛人，却生长在中国，加上难得的天生丽质，因而被"满洲电影协会"相中。二十四岁那年来沪主演一部影片，无意中在作曲家黎锦光的桌上见到了《夜来香》歌谱。一试唱，不得了，芳唇一启，就风靡了整个上海滩。这个美丽的女人，一生演唱了无数经典情歌，最蹿红的三首是《何日君再来》《苏州夜曲》和《夜来香》。《何日君再来》本是三十年代的影片《三星伴月》插曲，原唱者周璇，但李香兰的演唱却别具风情。就如同她的几帧老照片，旧时旗袍，婉转动人，一张艳而媚的脸轻轻摇晃着，眉眼间有一丝难以捉摸的暧昧——她就是一株在夜色里飘荡着芬芳的夜来香。她的嗓音也是甜腻的，但不发飘，咬字很准，恰到好处有一种哀而不伤的深沉。

"我爱这夜色茫茫／也爱这夜莺歌唱／更爱那花一般

的梦……"这样歌声入耳，你会想起什么，想起第一次和喜欢的姑娘相拥的彼时柔情和眼下的苍凉心境……今宵别梦，仿佛人生所有的鲜亮和阴影都一齐摇曳而来。

有趣的是，一次拿着遥控器乱调台，居然撞上费玉清在唱《夜来香》，这个我们可以称作安徽老乡的西装男人，以他一贯四十五度角抬首向天的招牌方式倾情演绎，居然也一片馥郁芬芳盛开，让你若置身茫茫夜色中……

青藤缠树的那些紫葛花

都市里人很少见过葛花，或是见了也不识。

据说，当年东晋道学、医学、养生界大佬葛洪，带着弟子采风兼带炼丹云游到长江边。哪知弟子修行不深，毒火攻心，一病不起，幸得采来一种毛乎乎青藤煎水服下，方才治好。自此，青藤便姓了葛，叫葛藤。夏季里，藤梢绿叶间开出的紫红花，就是葛花。

盛夏，葛藤铆足了劲，新萌的嫩茎呼啦啦乱窜，连招呼都不要打，见谁缠谁，攀上高树枝头，在最茂盛处开出一嘟噜一嘟噜紫艳艳的蝶形花。那些花，呈船帆形状，又像一只只展翅欲飞的蝴蝶串聚一起，由一根根花梗托举着，高出一片绿叶之上。树长多高，青藤就左缠右绕攀多高，花也开多高。一大片绿叶带着紫花，从这棵树梢跃上那棵树梢，如同结阵的同盟军，三五天工夫就覆盖了一片竹树杂生的林子。

"山中只见藤缠树，世上哪见树缠藤。青藤若是不缠树，枉过一春又一春。"过去，葛藤只在山区像刘三姐飙歌那样互相缠绕搅扭……时下不管是山区还是圩区，是林子里还是村子边缘，都长满葛藤，有的是自生自长的野葛，有的则是种植葛。葛的主藤，势如蟠龙，古朴坚韧，分派出无数的岔茎，每条岔茎皆枝叶茂盛，花序如紫蝶成行，活泼又美丽。葛的叶片，椭圆而肥厚，如果没有被虫子咬过，常会被小孩摘来放"叶子大炮"：左手的食指和大拇指圈起，按入叶片，形成小坑，蹑手蹑脚走到某人身后，挥起右掌用力拍下，"啪"一声叶底炸通，巨响吓人一跳。

葛花与紫藤花很像，只不过葛花红紫，花串朝上挺举，紫藤花蓝紫色，花串下垂，二者是亲戚，都属豆科植物。豆科是个很神奇的家族，除了大豆、豌豆、花生、三叶草、紫苜蓿和紫云英那些七七八八的能长出根瘤菌的草本之外，还有葛与紫藤这样的木质藤本，凡是开神采飞扬蝶形花并最终结出豆荚的，全都划入……龙牙花、紫荆等小乔木或灌木是，但若说刺桐、刺槐、合欢及紫檀等高大乔木也都是，就很有点挑战我们原有的那点儿豆科植物知识了。

葛藤花开，野芳阒寂。东边埂数里路长无人烟，不知何时爬入葛藤，后来居上反客为主，三两年就将原先那些杂树灌木和刺蓬子捂盖得密不透风。六月里我路过时，初夏的阳光跳跃在油亮而肥厚的绿叶上，一簇簇绛紫或瑰红的花序娇娆卓立，宛如飘然的仙子……白头翁跳跃啼鸣着出入其间，许多蜜蜂和蜻蜓还有黑衣的豆娘飞来飞去，让你感到生命的空间真的好博大。

葛藤是中国最早利用的纤维植物，春秋时期，上自天子下至庶人皆穿葛衣，葛衣和麻衣，曾被列入首要贡赋。勾践卧薪尝胆时干的最多的事，就是带着随从种葛，给吴王织葛衣。再往后，丝织品和棉织品问世，用葛藤棰出的经纬才从机杼上退出。

葛藤近地处有段营养根，根中贮粉，叫葛粉，是美食。"北有人参，南有葛根"，若论滋补和养颜美容，还是把葛根烀熟了直接嚼食为好。数年前闸口村刚划归弋江镇，冬日里，我陪市电视台两位记者来弋江镇采访。街上有好多卖葛的，有装在篮筐里，有摆放着刀砧指哪切哪，看着这些黑树根，两位记者不识为何物。我要帮他们找点感觉，掏十元钱买了几小截，抓手里站大街上大嚼特嚼，全然不顾风度。这样的葛嚼在口中，筋筋拽拽的，但在那些筋络间却沾附了极多的淀粉，带着一股天然的药香，甜津津十分黏糯适口。

去年春节，初二下午没事，便同由内蒙古回来的小弟扛了锹锄在村边竹林里挖起葛来。冬天的竹林，一片萧瑟，早已没有了春夏时清新茂雅之气，满地落叶断枝，踩上面索索作响。葛藤上原来那些稠密的巴掌大宽卵形叶都已落尽，只剩下许多像蟒蛇一样绞纽的粗茎从树头上披挂下来。挖葛纯粹就是力气活，顺藤摸瓜，找到地面上的根茎，照着往下刨，把膨大的营养茎刨出来。要是运气好，能碰上飘根，飘根不是垂直朝下长，而是入土不深避开树当竹根飘着长。只要找准葛苑，挖上几锄，再根据它的走向，刨开泥土，就能顺势把它掰下来……我们半天工夫就挖了好大一堆。刚刨上来的新葛嫩黄，粉足，而有一把年纪的老葛就像犁弓一样，外皮灰褐，大腹便便，一蔸就有好几十斤重。

葛根也是常用中药，在老中医的处方上，写作"甘葛"或"粉甘葛"，显得很有情感。一九七六年早春，我在下放的那个地方惹下一场大病，内耳眩晕，发作起来天旋地转，又称梅尼尔氏病，在沪宁等地辗转治疗了半年，最后医生嘱咐要长期服食葛根。那时圩区还没有葛，父亲就从山里搞来几大捆葛根切成小块晒干，给我泡水喝。一直喝了多年。

曼陀罗的道场

夜里下了场雷暴雨，天亮前歇了，空气中满含清凉的水分。因为有事，要去孤峰河对岸。这一带都是沙质土，路面潮润不沾脚，软软的，走在上面很舒适。埂坡上，有大片大片长得葳蕤蓬勃的疯茄子，叶腋和枝杈上开满白中带紫的喇叭形花。

四周都是植物和雨水的清香，有几只白羊和黑猪在啃刨青草，但它们对疯茄子都存有几分忌惮，不会去触碰。

在我的记忆里，圩埂坡面上最易生长的三种植物，除了叶掌巨大的蓖麻和开黄花的决明子，就是疯茄子了。疯茄子虽不及蓖麻那样飞扬跋扈，但也茎粗胳膊壮，高及大腿，上部分杈较多，叶片宽卵形，边缘有不规则的波状浅裂和疏齿，具长柄，身架模样有点像菜地里的茄子和西红柿，开出的却是五裂带尖角的白花。花谢后，结小桃一样的果，先端有硬刺，乡民们呼以“醉心桃”。日后干硬瘦身，又似狼牙棒头，没有人知道它的学名叫曼陀罗——对于他们来说，这是一个无法接受和意会的怪怪的名称。

此刻，这些植物的花朵沾着夜来的雨水，还不能完全展开。但朝阳所及之处，白花都亮得耀眼，花冠底部带绿色，异常空灵纯洁，一副纤尘不染的样子。无怪佛经里经常提到，佛说法每至精妙庄严处，便天雨曼陀罗花。在西方那个极乐世界里，空中飘仙乐，地上铺黄金，美丽的曼陀罗花不分昼夜从头顶落下，缤纷满眼……这或许就是"天花乱坠"一词的出处，看来，此花与佛门缘分确实不浅。而道家的秘籍则记载，作为"天使的号角"，北斗星有叫曼陀罗使者的，手中所持，正是这种端严华美又空灵剔透的开在天上的花，见此花者，恶自去除。

曼陀罗辛温，能平喘祛风止痛，其花、叶和种子皆有致幻和麻醉作用，会使人傻笑，手舞足蹈，否则就不会赚得"醉心桃"这样一个诨名了。三国时曹操的老乡华佗据其研制出"麻沸散"，用于剖腹和开颅手术，是最早最惊世骇俗的国产麻醉药。此外，频频展示于《水浒传》中的蒙汗药，也是拜曼陀罗所赐。阮家兄弟一干人选址炎天酷暑的黄泥冈，在酒水里大做手脚，便"倒也""倒也"喊着，麻翻了青面兽杨志和挑生辰纲的十一军士和虞候、都管，劫得大贪官梁中书孝敬老丈人蔡太师的巨额赃物。

八月开花，九月采实，用曼陀罗造出麻醉剂或蒙汗药或许并不十分靠谱，因为找不出确凿资料，这些只出现于宋代以后医书和小说中的情节和场景，看上去更像某种充满狡黠的玄机。我们现在已知，曼陀罗毒性成分主要为山莨菪碱、阿托品及东莨菪碱等，误食后会声哑、谵语、瞳孔散大。一九七六年早春，我在下放的农村患了梅尼尔氏病，剧烈眩晕之外，听力大损。当时治疗原则，除了依赖维生素类药营养听神经外，就是长期口服一种与阿托品性能相近的叫"654-2"（又称东莨菪碱）的小粒白药，以扩张内耳微血管，增加听神经周边的供血量。那药服下后，口里唾液立马就干了，脉快，面红，吞咽困难……虽也有嗜睡，却绝无着了蒙汗药道儿那般利落的享受。

乡医诊断曼陀罗中毒有一绝招：抓来一猫，将患者尿液滴入猫眼，如瞳孔立大，即为中毒，赶紧以生绿豆一把捣烂和水灌服。而我们赤脚医生急救步骤是催吐、洗胃加静脉输液，以加速毒物排泄。但饶是如此，也有无能为力的时候。若论毒性，曼陀罗还排不到前头，真正厉害的当是马钱子，比乌头还厉害，毒死南唐后主李煜的"牵机药"，据说就是用它做成的。中这毒而死的人，因为肌肉收缩，扯动嘴角，会呈现出诡秘的笑容。或许，金庸《天龙八部》里星宿老怪丁春秋惯用的毒药"三笑逍遥散"，也是这一路的吧。

说来又是岔开一枝，在西方，春药的历史比之咱中华的古老亦是不遑多让。《圣经·创世纪》中，亚利和拉结拼命争夺的风茄，就是曼陀罗，被认作是催情助性的药物，古埃及和荷马笔下的英雄对此也是钟爱有加。但我老家的乡民只会以其来制作米酒，在他们用线绳穿起吊挂的曲母里，少不了水蓼和醉心桃的稗米一样黑籽，分量绝对要把握准，弄不好，就成了"一碗倒"，面红耳热地傻笑着趴在桌子上走不动路了。

那年秋末，紫溪塘通孤峰河的水闸旁小村里倒了一个男人，我们赶去时，人已抽搐，昏迷，脖子发硬，面似微笑，抢救了一会儿，遂告不治。听说死者出事前在邻村人家吃了一大碗甜酒酿，公安来人将尸体拉走，解剖后在胃里发现许多碾碎了的曼陀罗种子才破了案。原是一桩古老而又常新的情杀案：一个寡妇有了新欢，于是就毫无创意地毒杀了先前的相好。生死轮回如忘川难渡，一念之差，换不来超越世俗的快乐体验……寡妇被带走了，新欢为何人，是否参与作案？那个看似柔弱且有几分秀色的中年妇人至死也没供出。

在神谕和邪恶、医药和毒药的交叉点上，曼陀罗花犹如一片飘浮空中的纸鹤，呈现精神诡异的造型。它既是佛经中构造盛景的宏大道场，又是情欲之门的门环……扑朔迷离之外，也会因一些具体的人事，而着落命运无常和不得把握的苍凉况味。

碧花菱角满塘秋

菱角和荸荠最能代表江南风致，早先交通不便，好多北人一辈子没见过这二物，打破头也无法想象它们是怎样的生长环境。

荸荠无花而菱有花，我特意留心了一下，赏菱花的诗文南宋时突然增多，乃因中原文人大量南渡后眼中有物所致。

其实，不独是菱花，有一种成品水红菱，颜色深红，气韵生动，一篮子刚从塘里采摘来的水红菱，就是一篮子花。红艳姣俏的水红菱，人见人爱，同新嫁娘子一样水灵动人。水红菱壳极好剥，抓住两个腰角一掰，莹白的元宝形菱肉就出来了，一层薄薄内衣上犹自洇出一抹飘逸的轻红，在嘴里稍一嚼，真是连渣子也全无，唯有满口甜浆合着袅袅清芬，在心头缓缓释放。

早先的夏秋时，每一口水塘都铺满菱叶，碧油油地发亮，许多鼓着眼睛的小青蛙和不知名的水鸟就在这些软悠悠的绿毯子上面跳来走去。菱的叶柄生有枣核一样的浮囊，内贮空气，故能浮生水面。菱始花于立秋，白露果熟。《本草纲目》中记为："五六月开小白花，背日而生，昼合宵炕，随月转移。"菱是边结实边开花，从菱盘底下一层层往上来，至中秋边开花最盛。

向晚时分，水面无风，菱塘开满星星点点细小的白花，开得多了，远远望去，绿叶之上，浮一层雪花一样的白。若是在南宋月华如银的夜晚，那些中原来的文化人，便操着各类侉腔，相约赶至塘边来赏菱花，看看菱花是否真的会随月转移？清辉洒在尚未铺满菱叶的水面上，月光如水水如天……晚唐避乱逃到江南的韦庄，有"十亩菱花晚镜清"之句，即言此景。清朝人吴锡麟《菱花》词写得更妙："渐带夜深风露，淡浸全湖白。寻梦去，误了幽蝶……"说那些菱花似幽梦蝶影，浸白了湖面。

"小公鸡，跳花台；菱角花，朵朵开。"白昼里，当然也能看到菱花。菱花藏在菱盘的叶梗间，有时四片米粒大纸薄的白瓣已落，只剩一个小杯状的绿色萼筒，还被举在火柴梗长的花柄上。它们此时已授过粉，自应花柄弯曲着沉入水下结实了。

当年，外婆家有三口菱塘，很多时候，采菱的事就落在我身上。菱角对生，抓起菱盘，老菱脐眼发黑，手一托就下来了。采下一菱，不要看就知对应一边还有一个或两个。菱两端伸出的角叫肩角，两腹下角叫腰角。孩童斗菱，就是互以抱肋的腰角勾挂，然后扳拉，角折为输。"鸡婆菱"最甜嫩，粉红色，鼓鼓的。也有无角的菱，称为元宝菱。桀骜不驯的野菱结出的米，虽只有指尖大一坨，倒是特别粉甜糯香，比栗子还好吃。

菱四五天翻采一遍，过了时辰，就会自动脱落沉入水底。菱角采收季节，傍晚，家家都飘出焖菱角的香味。腾腾的热气中，揭去盖在菱锅上的大荷叶，一家人——有时也有串门的邻人，便开始了菱角代饭的晚餐。一片"咔嚓""咔嚓"的响声……吃饱了，站起来拍打拍打衣襟上粉末，女人则忙着打扫满地的菱壳。小孩子通常是白天采菱时坐在腰子盆里就已吃饱了脆甜的嫩菱，只是嫩菱吃多了尿水也多。采多了一时吃不完，就晒干舂成菱粉，也有人家挖一口水窖，将整筐整筐的菱倒入养了，什么时候想吃，就用长柄的瓢舀出一些。而到冬腊年底，生产队车塘捉鱼，便有许多黑乎乎的老菱水落石出，于是，孩子们有的捉野鱼，有的在岸边掏乌龟洞，也有的专拖了一只大筐箩拾捡落水菱。

这些甜津津的吃在口里有一股淡淡沤臭之气的落水菱必须拾尽，否则年复一年退化，长出的就是角刺粗而肉少俗称"狗牙齿"的野菱。落水菱当然捡拾不尽，来年夏初，水塘里会蹿出好多瘦细细的菱芽，抓住轻轻一提，就能拖上来下面乌黑发亮的母菱。菱壳黑亮已蚀得很薄，菱肉仍然莹白，而且由于贮存的淀粉变成了糖分，吃在口里别有一番醇甜味。新年里煮了乌菱招待孩子，取菱与"灵"同音，吃了念书聪明。

一些姑娘小媳妇下塘采菱，为挡烈日暴晒，就身穿长衣长裤，头扎彩巾。她们坐在盆里的小猴子板凳上，身子前倾，左手抓住菱角菜，右手飞快地摘下成熟的菱角，摘满一把，抛向身后。两个时辰下来，身后堆满菱角，盆被压得不再后翘了。把盆划到岸边，拿起插瓢将盆里菱角尽数舀到一只箩筐里，掉转盆头再去采摘。

不知人间艰辛的南朝梁武帝萧衍，曾创《采菱曲》："江南稚女珠腕绳，金翠摇首红颜兴，桂棹容与歌采菱。歌采菱，心未怡，翳罗袖，望所思。"而大概自己采过菱的范成大，写起来就是不一样："采菱辛苦似天刑，刺手朱殷鬼质青。休问杨荷涉江曲，只堪聊诵楚词听！"

水乡叫莲的女孩多，叫菱的女孩也多，红菱、秋菱，《红楼梦》里还有个叫香菱的不幸女孩。香菱原是甄士隐之女，乳名英莲，幼时遭人拐卖，后被薛蟠霸占为妾，死于难产。贾宝玉有《紫菱洲歌》："池塘一夜秋风冷，吹散芰荷红玉影。蓼花菱叶不胜悲，重露繁霜压纤梗。""芰"，即为菱，《离骚》有"制芰荷以为衣"

句。多情的诗人李白，有"菱歌清唱不胜春"的吟咏。倒是陆游一生落拓，晚年放荡水泽，自咏"八十老翁顽似铁，风雨三更采菱归"。

一九九〇年夏，我由学校改行到文化口子来，适逢省里举行民歌大赛，熬夜拿出一首《采红菱》。经谱曲演唱，三个月后，分别获创作和演出大奖。现在想来，"十指尖尖采（呀）采红菱……"虽不免有点矫情，但采菱女儿坐一只窄窄的腰盆，穿行在葱碧的菱棵之间，毕竟那是一种挥之不去的清纯意趣，在我遥若隔世的岁月里轻轻摇曳。

《诗经》幽远　黄花情长

　　我在屋宅东端种了一小片萱草，因为光照不太好，到立秋后始有花苞长成，即掐下。

　　萱草，大众呼作黄花菜，食材名为金针菜。叶细长浓绿，基生成丛，多年的宿根会膨大呈窄长纺锤形。初夏时，花莛先后从叶腋间抽出，顶着高高低低几个小蚕蛹状花苞，不数日上端裂开，成了漏斗形花朵。花被六片，盛开后略向外反卷，内有六根雄蕊，花丝较长，针状，正所谓黄花因色而称，金针因蕊而得。

中秋边，朋友母亲八秩寿诞，我应约奉献一联："天护慈萱春不老，门悬采帨色常新。"其实，这只是一副存于记忆里的老联。

萱草代指母亲，是有来历的。"北堂幽暗，可以种萱"，北堂为古代居室东房的后部，是主妇盥洗的地方，后人就用"萱堂"代称母亲的居室，进而喻指慈母。而萱草又名谖草，谖就是忘的意思。《诗经》时代的游子，远行前总是要在北堂种上几株萱草……母亲，我要走了，母亲，看到萱草花开出来，你就忘掉挂念带来的烦忧吧！

此风一直沿入唐代，即将远行的孟郊，母亲为儿缝衣，儿为母亲种上萱草："萱草生堂阶，游子行天涯。慈亲倚堂门，不见萱草花。"也不知这样种了多少回多少代，每一次远行，总是放不下母亲，只有让一束萱草来代替自己陪伴母亲。明月照影，青山入梦，中国传统意义上真正向母亲致意的花，就是萱草花……它摇曳在烟波流落的诗句里，表达着深沉含蓄的爱。

山区林地常见有野生的，夏日小南风吹拂，黄花开得正热烈，大片大片的铺满山头。圩区人家多在屋前屋后或是菜地旯旮里种上一畦两畦，城里来人乍一见以为是百合，还说这里的村民都挺浪漫哩。其实，这些花儿大多等不来盛开的时光，还是嫩黄色将放的花苞时，就如采茶般被摘下，以沸水焯去碱毒，放簸箕里晾干，或是穿起来挂屋檐下留待冬日炖鸡烧肉。新采黄花菜，开水烫过与肉丝同炒，黄绿斑驳，脆腴津甜，回味尤美，是待客的招牌菜。也有不少被漏采的花次第开了出来，在阳光下散发着朝圣一般的灿黄……但高天行雁时，就被秋风揉碎，缓缓地飘落在根茎下。

注视那些似兰的长叶，我的思绪总是要向远古伸去。"焉得谖草，言树之背？愿言思伯，使我心痗。"每每吟诵起这样的《诗经》语句，就仿佛看到那个穿着葛衣的女子又在遥想远征的丈夫，关山阻隔，思念让她无心劳作，到哪找到忘忧的萱草呢？她只有对着寥落的天空喃喃自语……这份凄美情态，一直绵延在数千年的秋风与烟水之间。

无论是母子之情还是夫妻之爱，都是望眼中的无奈，清寂中的坚韧。先秦的四字诗就是这样，天然成吟，朴实无华，忧伤辽远而又安然面对。这真是应了一句话：不读《诗经》，不知万物有灵……不读《诗经》，不解萱草凝情呵！原来，我们爱吃的黄花菜，竟然有如此让人珍惜的诗情意绪。

我初中时有一老师名树萱，许多年后当我在李白诗里读到"托阴当树李，忘忧当树萱"之句，便深深地佩服老师树萱消忧的名字好有来头，能将远古时代的风范传承至今。我年过五十后曾有一段时日情绪非常低落，睡不好觉，人特别易疲劳。二〇〇八年初夏顺便在什刹海旁边的北医大附院查了一下，说是轻度抑郁症，让口服半年左洛弗药。一位中医朋友诊视后，笑称我是被男人更年期砸中，不必太当真，遂开了解郁方，由白芍、郁金、萱草根等药组成，连服半月，就感觉心怀大开。后来我在一本记述古医宗案鉴的书里看到，说萱草具有明目安神效果。

晋代是个特别崇尚养生扯淡的时期，嵇康就在他的《养生论》中记下："豆令人重，榆令人瞑，合欢蠲忿，萱草忘忧，愚智所共知也。"就是说：不管蠢笨和聪明的人，都晓得豆吃多了增加体重，榆叶榆钱吃多了会昏睡，合欢和萱草是能解忧的。古人以萱草嫩苗为蔬，食之如醉，浑然忘忧；吴中书生似乎更多食花，呼为"疗愁花"。但民间俗语亦有乱弹，说起某事拖延不得，喜欢说"黄花菜也凉了"，我不知道为何要在这个节点拉上黄花菜说事……何况黄花菜本来就是凉吃好。

有趣的是，那一回朋友送我一香水百合块茎，在花盆里种了两三个月，开出花却纤巧细曲，原来是萱草，也有说是卷丹。我将错就错好生养护着。眼下，许多景区包括私家小院引入大花萱草作景观，花色品种繁多，金黄、深红，更有带斑点的或粉白红黄相间的复色，每枝花茎上均着花十数朵，盛开时一片锦绣灿烂。只是，这些花坛中的萱草花切不可食用，萱草并不等于黄花菜。

黄花菜，仅是萱草属植物的一种，从古至今，只会把花开在常见母亲身影的檐前屋后或是菜地中，并被深深珍藏在时光的眸子里。

童年岁月里的打碗花

穿着浅蓝色喇叭裙的打碗花，最喜欢开放在绿草碧水的塘边河岸，或是追着小渠流水一路飘散淡淡的清香。

打碗花隶属于旋花科，这一科的植物，大家几乎都有喇叭状花朵，最常见的就是牵牛花和旋花，门前屋后和无人旷野，哪里都有它们左缠右绕的身影。在东瀛那边，它们被唤作"朝颜"，其实，朝开短暂艳韵难挽的，还有别的许多花，可就是这些喇叭状花成了虚幻无常的代名词……令你想不到的是，我们常食的红薯也是这个家族的。

有些花草，你看过一眼就记住了，而有些却足以把你头绕晕，张冠李戴的事时有发生。因为它们近亲太多了，这些亲朋好友们，血缘相近，常常长得十分撞脸。于是人们就挑出一些有效特征作为俗称，代指长相近似的某些或某群植物，比如"喇叭花"。

古人诗中难以觅见喇叭花，倒是常能看到"鼓子花"，"鼓子花"就是旋花。传说三郎玄宗擅击羯鼓，贵妃伴以曼舞，后安史乱起，逃至马嵬，三军不行，玄宗被迫弄死国忠兄妹。贵妃殒命之处开出花来，色带绯红，状似羯鼓，疑为美人精魄所附，故明朝文人高濂有"花枝解析旧时声"之叹。"鼓子花开春烂漫，荒原无限思量"，乃是辛弃疾写《临江仙》的词句。

夏天，一场雷雨停了，地面上出现许多小水洼，四处跳跃着斑驳的光影。微风拂过，七彩的阳光洒在花草树木枝叶的水珠上，整个乡村都轻盈地闪烁、舞动了起来。水汽氤氲之下，旋花抓紧时机把细茎缠绕到野蔷薇和金樱子的藤蔓上，扶摇直上，一朵朵粉白轻红的花儿仿佛飘在那些刺蓬子之上，让人分不清花儿到底开在哪根茎上。打碗花和旋花的只生长在垄亩的表亲田旋花一样，不擅长攀缘，多伏生地面，但是就像在地里常能看到田旋花缠上麦秆一样，打碗花迫不得已时也会攀到芭茅墩子上。这种宁静幽蓝的花，有两个大的苞片，紧紧地包着花瓣，张开并不太大的裙裾沿上有层淡粉晕开，看上去犹似略带娇羞。

打碗花的茎太细了，没有多少力气支撑自己，如果没有凭借，它们就自己玩，相互你缠我绕来支撑。它们最爱湿地，喜欢贴着水塘的埂坡匍匐前行，晨昏或阴天里开花最多，都是羯鼓状，临水照影，解析凄清。所有喇叭形的花，开放的时间都很短，仅仅一天就会枯萎，缩作一团。若是有兴趣掐下一朵刚开始褶皱的喇叭形花，一只手捏住收束的花冠部位，别让漏气，然后对着底部吹气，花朵就会像气球一样膨胀起来。

　　秋意渐浓的时候，地里会冒出许多开明黄和紫蓝色小花的菊科植物与打碗花相伴，还有密密丛丛的水芹也开出复伞形花序。旋花别名"篱打碗花"，是因为和打碗花长得最相似，花瓣都是五裂，叶子底部的筋纹也是五条……但旋花是旋转着展开自己小小的喇叭裙，花筒上有平行旋扭在一起五条深色的肋，好像收拢的伞褶一般，开花的时候，花蕾先从上边松口，然后旋转着释放被折叠的花瓣。其实，旋花和打碗花还是能分开的，它们虽然都长着带长裂的戟形叶，但旋花的喇叭裙有粉红、淡粉或红白相间的多种颜色，而打碗花只有浅蓝一种。

　　小孩子常常被大人警告不要采摘打碗花，采了，回家吃饭就会打碎碗。饭碗饭碗，民以食为天，盛饭的碗地位自然非同一般。那个年代，一般人家很少有几只多余的碗，家中来了人，通常要到邻家借碗。所以，小孩子失手打碎碗，肯定被当成一件大事，要惩罚的。碗打了，饭就别吃了，站一旁思过去吧。早有那些趁火打劫的鸡狗跑过来把地上的饭抢吃光了，打了碗的孩子倚门呆立……蓝莹莹的花瓣洒满一地，慢慢地从泪光里浮起来，慢慢地又四分五裂，犹如一块块碎碗的瓷片。

　　要是碗仅仅打裂一个豁口，就把碗碴子捡起来，洗干净，等着锔碗的人来给它打上补丁。锔碗很有意思，先把碎碗拼合一起，严丝合缝地对好，拿麻绳绑紧，再用小钻子钻，然后打入铜钉。小心翼翼地把铜钉敲牢实了，盛一碗水，不漏不洒，就算锔好。

那时，家里买回新碗，碗底都要凿字的。将碗倒扣在长凳上，左手扶小凿，右手持小锤轻轻敲击，一个一个浅浅的小麻点紧密相连，慢慢就拼成了一个字，有时也仅仅是一个三角或圆圈的记号。谁家做红白喜事，执事的男人就挑着箩筐挨家挨户搜齐碗。几百个有豁裂或无豁裂的蓝边碗、红花碗，聚齐一张张四方木桌上，在大人小孩的手中热闹了一回，酒席吃完，油腻腻地放进大木盆里。那些乐呵呵的婶子嫂嫂们，蹲在水跳头，一边洗碗一边大声说笑，引得众多小鱼也来水面撒欢打花。洗了很长时间，日落后，执事的男人凭着碗底的字一摞摞码到箩筐里，再挑着送返各家各户。

水跳的一旁，正好有几朵打碗花开着，柔弱的花蕾把裙子形的花瓣卷在一起，像一把把打开后又收起的雨伞。它们的影子倒映在水中……还有晚霞的影、飞鸟的影、在水边拱食的黑猪的影，那就是一个亦幻亦真的童话世界。

水草丰美的岸边，打碗花是我们童年岁月里不可磨灭的记忆。

扁豆花如蝶　蹁跹过秋风

扁豆形如柳眉，更似新月，故在我们闸口乡下被叫作月亮菜，听起来，很有点新月照清溪的诗意。

扁豆好养，无论瘦土肥土阳处阴处，只要做个脸盆大的墩子，下点底肥，撂上两粒豆种，三五日小苗萌出，在风里摇着稚拙的宽卵形嫩叶，颤着纤细的藤缠绕于周围，攀到了篱墙上。初夏时一场又一场的雨水，会让它们蓄足力量，依形就势，盘旋蔓延，不多日就千丝万缕，将整个篱墙变成一片浓绿。有时它们甚至会缠到晾衣绳上，要是不留神给攀上高高的树梢头并开出一路撒欢的繁花，你只能等候收获黑皱的老扁豆了。

扁豆有白、紫之分。白扁豆就是那种很扁很宽的大耳朵豆，白皮白肉，豆粒突绽，富足而优雅。高出繁密绿叶之上的一簇簇白花，如一只只振翅欲飞的白蝶，藤子攀到哪里就飞聚到哪里。紫扁豆身形苗条而饱满，油光紫亮，一嘟噜一嘟噜的紫蝶花，头挨着头肩抵着肩，嚷嚷着吵闹着谁也不让谁，底下都已结出身量不等的大小豆荚，上面继续还在开，一直开进秋天里……紫扁豆老了，豆粒黑亮诱人，且有道白痕如喜鹊的羽毛，故紫扁豆又名鹊豆。

我比较喜爱扁豆烧五花肉，先把五花肉加农家酱烧出油，再投进经开水焯过的扁豆，放进盐和蒜瓣，盖锅焖到最后收汁就是了。这样焖出来的扁豆，亮汪汪的吸饱油香，特别是那些绽离了豆荚的饱满豆粒，用筷子一颗颗挑入嘴里，能让你咂出悠远岁月沉淀下来的那种甜糯和绵软。多得一时吃不完的扁豆，用开水烫过，在太阳下面晒干，以后可随时拿出来吃。两年前，我去皖西参加一个会议，在花亭湖水库一个开满扁豆花的小岛上观光时，中午餐桌上便有堆尖的一大盆扁豆干烧肉。黑黑的卷曲的干扁

豆，佐以鲜亮的红辣片，看上去有一种农家田园风情的宁静与古朴……

作为一种暖老温贫的菜蔬，扁豆开花并不是着意让人观赏的，但这并不妨碍塑出活泼而优雅的花形为自己的豆蔻年华做最生动的标记。尤其是每瓣花的下半部都有两个小点，多么像一双飘逸而秀媚的眼，在眨呀眨……天气凉透，篱边野菊金黄，远处的乌桕和枫叶已红透，而寻常草木则多呈颓萎寥落之相。此时，一串串扁豆花依旧鲜亮地高跃梢头，对着青天，张开一双双想飞的翅和眼，不惊不惧……花如蝶，蹁跹过秋风，偶有坠落，也是那样迷人！

夜里忽来一场雨，把篱架下的虫声浇灭了好多。早饭后，一位老婆婆坐在门前小凳上，抓一把扁豆在手，一掐一拉，撕去弓弦和弓背处两根筋络，折成几截丢入笸箩里。一只麻栗色猫卧在脚下，还有几只鸡在篱笆下钻来钻去，挠着落叶寻食。那些带着小苑的蝶翅一样的花儿，在昨夜的雨里扑簌簌掉了一地……一个穿绿罩衫的小女孩从屋里跑出，手里拿着针线，从地上捡起花苑，一个一个穿起来，一串串的，小风铃一样，最后把它挂在脖子上。老婆婆看在眼里，慈祥地笑了，一脸的宁静祥和。

扁豆总是和篱笆结缘深深，特别是在某一个秋日里，一片落入眼中的篱墙，仅仅因为开满了扁豆花，便让我们心头顿时感受到了家园的宁谧与温馨。扁豆眷念家园，更青睐故人，"白花青蔓高于屋，夜夜寒虫金石声"……想到儿时的扁豆篱架下的晨露与绿荫凉风，想到夜色中的蛐蛐和纺织娘幽远的叫声，于是便有了怀念，便有了乡愁。如果说清人查学礼的"碧水迢迢漾浅沙，几丛修竹野人家。最怜秋满疏篱外，带雨斜开扁豆花"，一如扁豆花开放的寂寞，是带着一种生命浅浅的哀愁，那么郑板桥的题画诗中那句"满架秋风扁豆花"，则于农耕的乡土气息中对平静岁月的流逝表露出淡淡的眷恋。

红蓼知秋　渡口已老

　　最近一段时日未出远门，一直在乡下与市区两头折返跑。时令已过霜降，对路边野草闲花不免多了一分关注。

　　上午，从孤峰河桥上经过时，居然发现桥下开着很多蓼花，铺满了原来渡口的一大片河滩。弥眼的紫红花穗在秋风中摇曳着，分外有一种寂寥的感觉……想起前人"秋波红蓼水，夕照青芜岸"以及"橹声归去浪痕浅，摇动一滩红蓼花"的诗句，不觉心头一动，反正手里也没提没拿的，便抬脚朝埂下走去。

　　荒草没膝，有一条或许是打鱼人和放鸭人踩出的小径，直通红蓼阵中。两只牛背鹭立在浅水蓼花中，见我走近，长腿朝后一撑，扇开双翅飞了起来，却只在不高的空中转半个圈，又折回歇落在数十米开外的地方，定定地对我看着，不惊，也不怪。白羽映着红花，很是有点况味……江南水岸，此种场景，应是常见。多年前的一个深秋，同朋友开车沿漳河大堤去峨桥，也是在一渡口河滩见到大片鲜艳夺目的红蓼花，正是黄昏，彩霞映红了半个天空，不远处有高出水面芦苇墩，秋风吹动逆光起伏的芦

花，如雪如絮，与殷红蓼花相糅互杂，美丽无可言喻！

蓼子不下百种，最草根大众化的是叶上有褐点的蓼，俗称麻蓼，泼皮强悍，是地里锄不尽的害草，学名大约叫辣蓼或旱蓼，因为气味辛辣熏眼睛，乡人夏夜燃辣蓼草为耕牛熏蚊。辣蓼似乎从无兴趣开花，见得多的是水边的红蓼花。我的祖母在世时，训诫晚辈勤劳耕作常挂嘴边一句话是"楝树开花你不做，蓼子开花把脚跺"。楝树初夏开出紫蓝细碎的花，正是点瓜种豆、插秧耘田的好当口，要是此时偷懒，你误地一时，地误你一年……到秋天蓼花红遍，便只有跺脚喊皇天的份儿了。

蓼蓝不知是让谁给拧反了，应该喊作"蓝蓼"才对，也是一种蓼，古人或单称一个"蓝"，椭圆青叶开出粉白花穗，让人无法想象与蓝有何关联。但这些蓼草的身影却出现在远古的《诗经》中，那时的农人倒是很有文艺气质，唱着"终朝采蓝，不盈一襜。五日为期，六日不詹"的歌谣，怀着一颗忧伤潮湿的心，去田间收采蓼蓝，打出浆汁，好染身上穿的麻衣……

还有一种也是我们非常眼熟的阔叶巨蓼，学名荭蓼，也称"荭草"，一人多高，专长在篱边和路旁旱地里，筋骨粗壮，节部膨大，顶端下垂，形似拐杖，显得枝茎张扬。沉甸甸的花穗，就像一条粉白轻红的大蚕般垂弯在顶梢头，同你眼睛平齐，正好能觑清挤挤挨挨聚在一起的五瓣浅色小红花，其间细短的花蕊，平时肉眼几乎难以察辨。小红花落尽，结出稗子那般大的黑圆籽粒，乡民们做米酒和黄酒，所用小圆球曲母便是掺入了这东西。其实，巨蓼也喜欢水——通常是开殷红花的那种，如果齐膨大节部剪一段青中透红的穗枝，插在注水的瓶子里，数日后就能萌出白根，顶上的花也开得沉稳非凡，放在电脑桌旁或窗台上，很是清润养眼。

水蓼，顾名思义就是生长在水边或是浅水中的蓼。细分起来，这个名下应包括香蓼、两栖蓼和蚕茧蓼，无论哪一种蓼，只要连片成了阵势就好看。它们都喜欢把河滩湿地当作大本营，秋风起，穗头红，无数细小花苞聚在一起，红中带白，似花，又似染色的小米粒。远看一片繁艳，像是铺着红毯，如果是傍晚逆着一天晚霞望去，就像着了火一样，难怪古人把蓼花形容为水上的火焰，有"蓼花蘸水火不灭"之谓。查阅《植物名释札记》可知，蓼的最初古字，就是从"火"旁，后来才换成草字头。按李时珍的说法，"蓼类皆高扬"，有"高飞貌"，或许正是辛辣脾性使然。

那年临近立冬，一个喜欢摄影的文友从新闻里得知鄱阳湖湿地蓼花暴开，立马驱车赶去。回来后给我们看摄片：湖床上开满蓼花，一片红紫绵延天际，壮观惊人。其实，旱地蓼花——包括种子做曲母的阔叶巨蓼在夏末就陆续开放了，只有水边的蓼花才会聚齐在深秋开，红艳繁簇，像一场大聚会。

只是，这眼前的繁茂，又是最易转换成一片寂寥空茫……总是在路上奔波的古代文士，于此体会尤深。

记否江南红蓼岸，渡头送别下白鸥？彼时交通不便，行路艰难，离人挥别而深情难寄，离愁别绪会拉得格外韧长。草木不解人伤情，河边的树都是早先的树，送与被送，挥不去的，尤是渡口滩头的簇簇蓼花，为啥偏偏放出这等热烈鲜活的红浓？所以唐人许浑要说："岭北归人莫回首，蓼花枫叶万重滩！"若是"一曲晴川隔蓼花"尚好，倘有阴云愁雨哩，且看前蜀词人薛昭蕴的《浣溪沙》："红蓼渡头秋正雨，印沙鸥迹自成行。整鬟飘袖野风香。不语含嚬深浦里，几回愁煞棹船郎，燕归帆尽水茫茫。"离怀别绪，羁旅乡愁，回望清秋冷雨中河滨水岸的白鸥红蓼，真的是千言万语的样子！

上面这些都走的高端路子，不免少了趣意。看过一则明人笔记，说是一个姓薛的官人由江南往岭北赴任，诸友送至江边，多是文坛精英，唯其中一武官看上去相貌粗鄙。文人德行，此情此景，断不可不赋诗一首，于是诸君皆一一吟诗弄句。轮到赳赳武夫，磨叽了半天，嗓子里才挤出声音："你也做诗送老薛，我也做诗送老薛——"众皆掩口窃笑，终于等到看出洋相啦，谁知，这个浑人朝前跨上一大步，接下来两句来了个惊天大逆袭："江南江北蓼花红，都是离人眼中血！"你若在场，怕也是即刻哑然。

一别经年，橹声已远。如今，许多渡口都架起了长桥……没有了送别，也就没有了弥漫在红蓼滩头那一片愁思与闲情。

开在星光下的姜花

清凉早秋，闸口渡林子外河滩湿地上，纯白的姜花开得正盛，就像一群凌波飞舞的仙子，纤尘不染，精灵如蝶。

姜花，姜科姜花属多年生草本植物，十多片狭长的叶直接抱在茎上，呈披针形左右两行排列，穗状花序，五六朵洁白的花，从下往上陆续开放。花是从绿色的花萼筒内慢慢伸出的，颤颤地连着细长的柄，乍一看，每朵三瓣，一瓣较小，两瓣稍大貌似蝴蝶的双翼，乃是瓣状雄蕊特别演化而成……可见，它们绝非图省事的花。而中心挺立的花蕊，则是由一个雄蕊和一个雌蕊结合形成，伸出于这些真花假瓣之中的条状花柱，顶端有淡淡的黄色花药，神似蝴蝶的触须，使得整朵花酷似临风欲飞的模样，故又称为"蝴蝶姜"。姜花开放，散发着一种酸酸甜甜的水果味，有点类似橘子花的香味。

有人以为，姜花就是食用生姜开的花，其实不然。两者虽然同为姜科大家族成员，都是随便一疙瘩就能长出一大丛，但到了"属"这一辈，分道扬镳了。生姜我在乡下

搭棚种过，长最好也就齐大腿深，没见过开花，养分都送到姜块上去了。姜花超过半人高，根茎也是横生，颜色淡黄，作中药材名叫姜黄，活血化瘀。

听人说，往东的紫溪塘那边湾梢里，有好大一片这样的白花。于是，傍晚时我便找了去。紫溪塘是个有五六里路长的大塘，沿着一条小路走到对面一处塘湾，几棵槐树下有一养蜂人家，春天我来此买过蜂蜜。水边修有石阶，可以走下去，不时见有人洗衣服。再往南边塘梢那里有个半人高土堆，掘了几个新土的洞穴，不知谁住在里面？临水处有一大片姜花，还有茨菰和野茭白也杂生其间，许多红蜻蜓在飞来飞去。姜花轻轻地摇曳，淡淡地香着，那是人迹罕至处的绝尘幽香……如果你不曾在野外见过它们，那你就真的是一个与自然物事十分疏离的寡情人。

约莫十年前，夏日街头巷尾出现了卖姜花的人，把姜花斜插在桶里卖，五六元一把，价格很便宜。那时，报社还在中和路老址，我每天傍晚下班从中山桥上走过，总是有一个中年男人骑着小四轮车卖姜花，他将四五枝花用红塑纸扎成一把，养在车上一个水桶里，见我朝他看着，就说："先生，买花吧……"隔三差五的我就照顾一下他生意，却从未问过这些花是自己种的或采的哩，还是从花市批发来的，从内心来说，我不希望这些花是采自我熟悉的那些水域——尽管那些开在水边的花，唯其有人欣赏它的美丽和清香，才显示存在的意义。

喜欢姜花淡淡的清香，雪白的颜色，明丽而又宁静，喜欢它们逐水而居的身世，更喜欢它们层层叠叠的开放。一朵一朵的姜花，一寸开谢，一寸柔肠……寸寸吐露，皆是清秋的情怀。

那一次，同事荆毅君陪我去弋矶山医院看望一个垂危的绝症病人，是送行前的最后一见。她是我的一个远房表妹，比我小八岁，当年求学时曾在我家住过两年，那两年我正好在外上学，放假回来还是能见上面，也给她做过读书指导和购过几回书。后来，她独闯都市，终于有了婚姻及一份可观家业。没想到，病魔却是如此狰狞地锁定了她……走出弥漫着消毒药水味的病房，空中飘起了细雨，蒙蒙水汽，晕开了霓虹灯的彩影。暗夜的微风中，我闻到了姜花香，医院大门外竟然有人在卖姜花，毫不犹豫买了一大捧。我知道病中忌讳白颜色的花，便把这些花带回了家……纯白的姜花，让我想到那句泰戈尔的诗："生如夏花之绚烂，死如秋叶之静美"……一如我们的人生，一如我们的归去。一切，如此自然，简单而又伤情。

在无人的水域，星光下，姜花还在开，也在谢。

故人曾解后庭花

时近中秋，在水渠边那些楼屋院子里看到了鸡冠花，而且都是很不错的品种。有的是栽在花盆里，有的则直接种在栅栏下和篱下，甚至是路边。

那些仿佛贴着盆土开出的矮脚鸡冠花最显眼，硕大而厚实，瑰红、纯白、浅紫、金黄，诸色灼灼，想不高调还真不行。其实，这个季节，在江南许多寻常巷陌里，檐边墙头，还有碎砖码起的简陋花坛中，所见最多的，大概便是形态各异的这些红光照眼的鸡冠花。鸡冠花，也算是最民间的花了。

鸡冠花顶着穗状花序，肉乎乎的，扁平而厚软，像鸡冠，又像倒呈的扫帚。同一花穗上，紫、黄各半的叫"鸳鸯鸡冠"，花穗特别红肥的，称"寿星鸡冠"。其实，那个像鸡冠的拟态花穗并不是它们的花，而是变了形的花轴上端。真正的花，已经变态，开在鸡冠下面扁平部位，细细密密地挤一起，特别小，可以忽略不计……但是，结籽却要靠它们。

那年去徽州祁门县一个山村，见到道两旁一人多高的火炬鸡冠，却是另一番风情，在秋阳的照射下，那就是一支支燃烧的火炬，让人过目不忘。

上世纪九十年代中期，也是这季节的某个下午，在朋友家置放着包括鸡冠花在内的许多花卉盆景的小院里，我同已故的芜湖文化名人王业霖先生闲聊。聊到一些因花附名的教坊曲，像《虞美人》《汉宫秋》《剪秋萝》等，就提到杜牧的"隔江犹唱后庭花"……这《后庭花》当然也是唐教坊曲，全称《玉树后庭花》，原系南朝陈后主为其美妃张丽华所制曲名，后人视为亡国之音，因此李商隐对隋炀帝有"地下若逢陈后主，岂宜重问后庭花"之讥责。王先生笑着问我："知道后庭花就是鸡冠花吗？"我当然从未听说过这种根底，表示愿闻其详。

数日后，王先生便将几条"典出"抄下函寄我。一是苏辙在《寓居六咏》中有"后庭花草盛，怜汝系兴亡"，句后自注"或言矮鸡冠即玉树后庭花"。其次，同为宋人的王灼在其花谱专著《碧鸡漫志》中记述："吴蜀鸡冠花有一种小者，高不过五六寸……世人曰后庭花。"还有明末陈仁锡在一部类书中说得更具体："寿星鸡冠即矮脚鸡冠……即后庭花也。"

原来鸡冠花竟也如此附庸过风雅，只是不知"玉树"当解为何义？照我想，玉树多用来形容男性才貌俊美，如

"玉树临风"。此外，按《辞海》注，玉树又是槐树的别称……后来看到了陈叔宝那支艳曲原词："琼宇芳林对高阁，新妆艳质本倾城。映户凝娇乍不进，出帷含态笑相迎。娇姬脸似花含露，玉树流光照后庭。"才算明白，这里的"玉树"就是蟾宫桂树，用以代指月亮，同鸡冠花毫不相干。要不然，我还以为玉树后庭花是专指白色鸡冠花哩。

就像金鱼都是由野生鲫鱼转投而来，矮脚鸡冠花肯定都是高脚鸡冠花的异化，因为矮矬，省去一大段茎叶，入盆才好看。其花除了扇状、帚状，还有塔状和球状，皆因所出派系门户不同而致。其实，鸡冠花同我们常吃的苋菜是堂姊妹，同为苋科血统。你看她们的茎叶都是一样殷红——青苋菜和白鸡冠花是例外，过去糕点作坊染色用的苋菜红，又叫食品红，就是苋菜提炼的，想必鸡冠花茎叶熬出汤，一定也是打翻一锅红颜料。

野鸡冠花即青葙子，是一点也不起眼的田边地头淡红野花，但在阳光下在蝴蝶的陪伴下，也挺好看挺明净疏朗的。初秋剪下成熟干枯的塔形花穗，搓出细小黑亮的种子，剔尽杂壳和乱爬的小虫，入药可利尿、消肝火、明目。上世纪七十年代中期，我在下放当赤脚医生前，先在公社卫生院学了一年多中医。记得那年一场春雨过后，卫生院一侧空地上冒出了许多苋菜苗。让人觉得非常奇怪，没见有人撒种呀……苋菜长大了，绿绿的叶片，淡红的叶脉和茎，仔细辨认，居然全都是青葙子。后来才知道，是我们那位姓陈的老药工给中药材晒霉时遗落的。

鸡冠花还有一堂姊妹，叫雁来红，乃因叶片变色正当大雁南飞之时，名称好美，将时令和色彩全都收进了。雁来红只弄叶不玩花，初时就是鸡冠花和苋菜，越长越高，到深秋，高过人头，脚叶深紫，唯顶叶一丛猩红如染，妍艳夺目，堪比春花……只因身子太高了，头重脚轻，稍经风雨即倒伏，故需不断往根部壅土。也有脚叶鲜青而顶叶灿黄的，即雁来黄。日本作家渡边淳一的《雁来红》，又译作《红花》，写婚外恋的，通过男女主人公不顾一切地在性爱中释放与解脱自己的故事的描写，宣扬了性欲对完善人的基本构建的意义，同时批判了现代文化对人的原始性活力的压抑。在许多介绍这本书的文章里，却错把雁来红当作鸡冠花的别名。

老花工还教我见识过锦西风，叶似苋菜而大，顶叶披纷，有红紫黄绿各色杂陈，故又呼作十样锦。得了如许的色彩和诗意，秋天也就不觉得寂寞了。

八月未央　落桂如雨

到了桂花季，整个江南都浸在桂香里。桂是秋的代名词，桂月就是秋月，而折桂，又是和金榜题名相关。

为了写作那本《二十八城记》，我几乎走遍江南古镇。那些老宅院里通常都有桂花树，老宅宜配老树，这样的桂花树，《红楼梦》里有，《浮生六记》也有。只是这些树郁聚了江南太多的烟雨，往往都不是太高大，超过碗口粗，枝干上就已敷满苍苔。岁月飘摇，那么多的物事都随风逝去，能有一株桂树留下，挺不容易了。

桂花很小，小到只有半粒稗壳大，四片厚瓣围着几丝细蕊，初开时嫩黄，以后逐变为金黄。数十朵这样的小花，成丛成簇聚生于叶腋间，与世无争，静静地开，悄悄地落……秋光老尽，花落尘埃，这一季开过，下一季犹自再来。

农历八月，时近中秋，我来到西湖之南的满觉陇。长长的峡谷里，浓烈的花香沁人心脾，能把人醉晕。道两旁有农家茶座，只要花上几十元，就能坐下来边品茶边赏桂，还可来一碗香甜可口的桂花栗子羹。但见宅屋边、山坡上，成千上万棵桂树缀满细细密密的繁花，有金黄的、淡黄的、橙红的，还有白色的，一簇簇，一层层，无风花也落，人行其间，细碎的花瓣，簌簌索索，淅淅沥沥，飘落在身上，飘落在地上……"满陇尽是桂花雨，一路芬芳入杭城"，难怪西湖十景里有一个"满陇桂雨"这么好听的名字，真是名副其实呵。

将近一百年前，胡适与他的表妹曹诚英（佩声）就在"满陇桂雨"旁边南高峰的烟霞洞中度过了数月烟霞生涯。特别是桂花开放时，他们每一个日子都飘香。这有胡适的日记为证，九月十一日他写道："桂花开了，秋风吹来，到处都是香气。窗外栏杆下有一株小桂树，花开得很繁盛。今天早上，门外摆摊的老头子折了两大枝成球的桂花来，我们插在瓶中，芬香扑人。"十二日："晚上与佩声下棋。"十三日："下午我同佩声出门看桂花，过翁家山，山中桂树盛开，香气迎人……"兰叶春葳蕤，桂华秋皎洁。胡大师一生中绯闻女友不算少，却都没有结果，也不可能有什么结果，唯这一回，他发乎情，却没有止乎礼。当曹诚英在情感上需要一个仰视的角度时，他给了她最贴近的气息和体温。其间，有着诸多流行小说的元素，顺畅而曲折的叙事，生成波澜，浸润着桂香，便有了阅读上的精彩。

其实，不只在满觉陇，整个西湖边都萦绕着醉人的芳香。无论在孤山，在岳庙，在刘庄，在花港观鱼处，抑或湖中大小岛屿上，开满密密繁花的桂树，都是停留在今世婉约里的最好景致。多少文人墨客留下足迹，留下诗词，赞誉这芳香流逸的美江南。广西桂林也是以桂花闻名的旅游胜地，那里有桂花山、桂花街、桂花公园、桂花宾馆，连吃饭时都能选在开满桂花的露天院落里，听着桂花簌簌落在头顶的罩伞上，那感觉真是好……但是，桂林日渐搁浅的漓江终究难比深碧的西湖。在西子湖边选一临水的座椅，身后地面铺一层金黄，于桂丛中染一襟幽香，倘若光阴就这样老去，我愿交付此生！

日赏桂，夜赏月，这该是西湖边最浪漫的游历了。白居易《忆江南》"山寺月中寻桂子"，冷露无声，如此流连，只是不知白公当年可曾拾得一枚月中落下的桂子？三年前，我同家人曾在西湖边的刘庄住过一晚，那也是毛泽东二十七次住过的地方，三面临湖，一面倚山，苍苔满径，绿竹游廊，虫声盈耳……月白风清之下，苏堤遥遥在望，湖面上粼粼波光漾动阵阵桂香。想这世间，只怕再也没有什么地方比得上江南这般月色了。

那次，我坐船经过申杭大运河边一个小镇，空气中弥漫着甜润的醇香。视野里常常出现挂满通红柿子的树，枝上没有一片叶子，显得格外艳丽。有人指着舷窗外的水码头告诉我，小镇上有一棵乾隆年代的桂花树，在一户寻常人家的院内，是一棵金桂，又称"八月桂"……这棵桂，奇就奇在它能预报农事丰歉，要是开满繁花，来年准是个丰收年，倘若花事寂寥或是根本不开花，预报的不是大水就是大旱。

正巧，闸口老家也有这样一棵老桂，打我记事时它就立在邻村的水塘旁了，据说那地方原来有一个庵堂。树太老了，漫长的生长替换，许多枝丫都已光秃。一九七六年的金秋，这棵老桂稀疏的枝头竟然一夜间爆满细碎黄花，仿佛沉睡的灵性骤然迸发，老树新花，预示着什么喜庆的事要到来……"四人帮"被一锅端掉，欢畅的锣鼓声响彻了神州大地，我们从四面八方汇聚到县城中山公园大操场上，举行隆重的庆祝活动。公园里的那些桂树，也似都被超凡的灵性所触摸和感悟，缀满密实精美的花儿，空气里浸润着甜甜的袭人芳香。

晴空朗日，芳香绵绵。秋之福泽，何其厚哉！

无关水岸　大楼下的木芙蓉

　　到了日照已经很短的秋深，开花的植物寥寥可数，木芙蓉却逆势而上。

　　报业集团大楼北面便是戏曲公园，由一道长长的铁栅栏隔开。公园那边一树树红花开得正欢，贴着栅栏形成长长一道花墙。在我临近退休的那些日子里，每天中午，到对面的森林汉府吃过饭后，便走回马路这边，踩着枯萎的荒草来到花墙下散步。荒草中有零落拖曳的大朵黄花，顺藤能轻易找到壮硕的带青黄条纹的长圆南瓜，估计是大门口值班的保安们种的。

　　开时同开，谢时同谢，一朵花有什么用，众多花一齐上来，才叫阵势，才叫势如红潮！

　　那些开红花的树，都是小乔木，被茂密和葳蕤催逼着，多而无绪的枝条很容易就越过栅栏，将花开出境外来了。花一看就知是锦葵科的，大而妩媚，生于枝梢，重重叠叠的瓣，围着中间一柱黄蕊，细长的梗似不胜重托。其叶也大，掌状，有裂，两面带毛，叶脉清晰，包着萼片的花蕾藏在密叶间，大的蕾，如握不住的粉拳，露出浅浅一

裂轻红。栅栏那边水塘畔常有人在"啊……啊……"吊嗓子，引动风走林梢，便有整朵红花扑喇喇掉下来，有时掉到头上，让人好一阵发愣。

傍晚快下班时分，为别人一篇稿子事，我去九楼的日报唐副总编办公室。她正伫临北窗前，是那种放松似的朝外观景……我不知道下界栅栏外一树树红花进入她法眼没有？因为也是跟花草有点情缘，烹文煮字时，她若想省事就拿我当"百度"，当天上午，还在电话中问了关于栾树和栾树花的一些问题。于是，那天的话题，便由触眼所及处公园里栾树梢头浮耸黄花而转到那些红花上，当得知那就是木芙蓉花时，我看到她嘴夸张地"O"了一下……那是"久闻其名"却一直未能"对上号"的表示。秋江寂寞，不怨东风，我笑了笑，也就很有必要给人家做了一番补习，从花事到人事，到一些相关诗词……并特别提醒注意一下花色变化：早晨淡白粉红，傍晚会变为深红。

"小池南畔木芙蓉，雨后霜前着意红。犹胜无言旧桃李，一生开落任东风。"这是南宋时我们安徽老乡吕本中的一首咏花诗。芙蓉，原是水面莲花的别称，杜荀鹤《春宫怨》里"年年越溪女，相忆采芙蓉"，所指当为"出水芙蓉"。到了柳宗元《芙蓉亭》"新亭俯朱槛，嘉木开芙蓉"，这名字就已让给了开在树上的木芙蓉。菊花傲霜吧，但木芙蓉更在其后，占尽深秋风情，所以曹雪芹才让那个很有几根傲骨的晴雯做了主管木芙蓉的花神。

许多年前，我有个住在南陵城关市桥河边的中学同学，他家临河小院里长着一棵跟屋脊平齐的芙蓉树。同学的父亲是我的语文老师，说到此花，他只称芙蓉，把一个"木"字省略掉。他告诉我，芙蓉又叫木莲，虽是开在树上的莲花，却也性喜近水，花光水影，相映成趣，因此有"照水芙蓉"之美誉。那时的市桥河水好清冽，清得能照见两岸瓦檐下啄食的麻雀。每到深秋，满树锦绣繁花倒映在摇曳的波光里，分外妍艳迷人。如今那地方，经几轮拆迁改造，旧时水岸，早已无迹可寻了……

后蜀孟昶，是丧城失妻的川版李后主，因深爱他的花蕊夫人而命人广种芙蓉，每到深秋，成都满城锦绣，花红遍地，故称"蓉城"，那是芙蓉花最倾城倾国的光景。据说，孟昶还以芙蓉花染缯制帐，称为"芙蓉帐"，若事实果如此，"芙蓉帐暖度春宵"，白居易就把时空搞颠倒了，倒逼"三郎"和贵妃娘娘睡进五代人制作的帐中……但是，"芙蓉帐"若只是一种花颜粉帐则又当别论了。另一个以芙蓉为标识的地方是湖南，自唐代始，湘水两岸就芙蓉似锦，绚丽迷眼，"秋风万里芙蓉国"广为人传颂。湖南省级大型杂志就叫《芙蓉》，双月刊，上世纪八九十年代曾数次发表我的好友旭东的作品，其中篇小说《这是一片贫瘠的土地》还获过"风流杯"大奖赛二等奖……我那时也向该刊投过数稿，折戟沉沙的结果，是对小说的形制深深衔恨。

唐时成都薛才女，剥芙蓉树皮浸浣花溪中，捣烂制纸，再染上芙蓉花汁，玩出姿容妍绝的"薛涛笺"来。"浣花溪上如花客，绿阁深藏人不识。留得溪头瑟瑟波，泼成纸上猩猩色。"这是唐朝诗人韦庄写的一首《乞彩笺歌》。人生意气，草木无言，每一朵花，只有在属于自己的时间里绽放，才能呈现最动人的娇美。

时序已过了立冬，我仍然每个中午都要去栅栏那边看看。阳光煦煦，花儿盈盈……花草，总是能寄托一些抒之不尽的情怀。

回首　满地的马兰花变成星星

马兰头是一种生命力旺盛的宿根草，作为野菜，因为最富于"江南味道"，在"味蕾的乡愁"里也就成了春天的代名词。

早春的闸口，一场雨水后，几乎一夜之间，遍地都是马兰头生机勃勃的身影……要想咀嚼一下春天的味道，就去采马兰头吧。马兰头边缘有齿的叶子上挂着晶莹雨珠，青翠欲滴，而它们幽紫的茎就在柔柔的春风里轻轻摇曳着。马兰头采回家，择洗干净，入沸水焯过，切碎，加上调味品，拌入五香茶干丁，浇上香喷喷的小磨麻油，倘是上盘之前再撒上拍碎的花生米，碧绿色中点点洁白，岂止是赏心悦目……还没动筷，原野的味道就已飘入口中。过了这个季节，马兰头似乎就销声匿迹了。当它们再次出现在人们视野里，已是秋天了。

去年十一月的黄花季节，我陪市电视台几个记者到我曾教过十年书的古镇西河拍专题片。老街的空城岁月，很是荒寒和萧瑟简远，完全不是我当年在这里教书时的模样了。许多老屋人去楼空，那些渍着深深苔痕的断墙根下，开着一蓬一蓬的野菊，间或也有种植菊高擎大朵繁复的花表明自己的身份，旁边就是一畦畦翠明的蔬菜。坎沿下，常有丛丛簇簇的蓝色小花落入眼帘，它们只比脚背高一点，碎小莹透的舌状花，一圈总有二三十瓣，围住中间一个豆粒大的黄色花盘，看上去简单、清晰而明丽，与世无争，有着一种淡淡的落寞……

在一处老房倒塌的废墟边上，竟然有一大片这种淡蓝的小花，长得倒是出乎意料的高，挤挤挨挨凑在一起，犹如秋日絮语娓娓道来，凑近能闻到轻浅的香。两名年轻女记者非常好奇，"这好可爱哟——"在没弄清是什么花的情况下，就将摄像机镜头对准这些"可爱"的小花拍了起来。当我告诉说这就是马兰头花时，"哇"一声喊，口里念着"马兰花，马兰花，风吹雨打都不怕"，端着相机的、举着手机的，一起围了过来。

马兰头花与紫菀属的花有点撞脸，同为菊科多年生草本植物。菊科是高等植物中的第一大科，从金盘向日葵到纽扣大的野菊，开黄花的居多，如果说有什么共同特征，那就是它们鼓鼓的管状花心外，围着一圈或黄或蓝或白的舌形花瓣。秋天里出外走走，你碰到最多的就是菊科的花儿，它们几乎是热热闹闹地陪伴你一路……菊花脑、黄鹌菜、百日草、绒毛草，还有雏菊，植株高高矮矮，有的热烈昂扬，有的温柔乖巧……如果不去纠结分类，而是简单地认同花草，观赏或者欣赏，则令人愉悦得多。

北方也有马兰花，却是两般马兰不相通。北地马兰济济成丛，叶狭长似燕麦，暮春开幽蓝的花，又呼作马莲，实乃鸢尾科鸢尾属的一种野花。曾有北人南来，见了南方小儿采入篮中的马兰，惊诧乍呼，大不以为然，这是本位主义思想作怪。故陆游作诗调侃："离离幽草自成丛，过眼儿童采撷空。不知马兰入晨俎，何似燕麦摇春风。"其实，《诗经》中名句"呦呦鹿鸣，食野之苹"，这个"苹"，就是包含马兰头在内的艾蒿们。

我们身边的花草，一直与大自然同在。这样的小花其实有很多，抬眼四看，石阶边，路基下，埂坡上，到处都有。它们被秋日午后阳光照彻，一扫迟暮气息，那么接地气，那么生动真实、绵密而又平静，就像故土的风物人情。当一个人的心里盛满了植物，他也会成为一颗星星吗？记得我们小时有一种无厘头玩法：掐来各种颜色的小盘花，再折一枝细竹，把梢尖上卷着的嫩叶尽数抽掉，捏着花梗插入竹叶抽出后的鞘隙里。竹枝上便开满黄的蓝的白的五颜六色的花，看上去奇形怪状不知何物，十分有趣……人手一枝举着，一路招摇地往学校走去。

那夜，我在老镇留了下来。月亮很大，夜风生寒，瓦砾草丛间，偶有微弱虫声传出。看望了一位老友，他送我回住宿处时，特意到渡口处转了一下。一大片野菊黄花被月光照亮，时光之河，幽深辽阔，数点孤星远在天边，话题落到了我当年写下的一首《渡口送别》上，朋友的口里断续就诵了出来："过客一样的黄花季节／在生命高高枝头闪亮／将照耀谁的小屋／仿佛前世／前世的前世／伊人临水／唯我翘首作别前路／这最美丽的河流呵／静静地漂流过／那年渡头送行的翠堤春晓……迢遥长路／帘幕重重／时近时远的容颜／可有缘分与风聚散……"

夜晚睡得特别好。次日一早起来，站在窗前，犹觉凉意浸人，能看到河面上散发着一阵白烟水汽。院墙根下野菊花还在开，路边和坎沿下的马兰头花也在开，它们就要走完今生今世所有的路。河水清净，所有的植物上覆盖着白白的霜，菜畦上那些大蒜和青菜叶子上尤为明显。

野菊花的秋天

　　野菊花只能算是体制外的一种菊，花朵实在太小，典型的草根阶层，但因为喜欢抱团，成块连片，十分抢眼，所以并不弱势。

　　秋天总是令人震撼的季节，日出时神采飞扬，日落时黄叶在余晖中飘拂，若蝶翩然。快要到一年中最后一月了，一些树木以落叶来应对季节变换，山林稍显萧瑟，不再绿色满目……埂坡路旁，塘畔地头，篱前坎下，野

菊花簇簇<u>丛丛</u>迎着阳光开放，宣泄敞亮的情怀。野菊花喜欢深秋，原野里因为有了这些金黄的小花，才潇洒不羁地明艳亮丽起来。"战地黄花分外香"，浸染过硝烟的"黄花"，就是野菊花吧。

粗粗看，野菊花并没有什么特点，花形同雏菊以及马兰花非常相似，一圈细密的黄瓣，围着中间一个超小向日葵那样的盘子，合一起还比不上一枚普通纽扣大。但野菊花骨子里充满野性，想怎么长就怎么长，从不禁锢自己，也不懂缠绵，有花尽情开，有香尽情放。飒飒秋风吹来的时候，那么多的花和花骨朵，从茎顶，从肋间腋下，一下子冒出来，密密匝匝，重重叠叠，如繁星，如瀑布，丰盈朝夕，一片夺目的灿黄！

野菊花微微清苦的药香，对于我来说是再熟悉不过了。我做赤脚医生时，每到秋天，趁着野菊花蓓蕾刚刚打开而未及全部绽放时，就提着篮子把它们从带着晨露的梢头捋下来，最后倒入竹匾中，置于阴凉通风处晾干。采一次野菊花，周身药香会萦绕多日不去。野菊花清热消炎，既可煎水内服，又可捣烂外敷，对于疔疮疡、红肿热痛尤有疗效。还有地丁草、蒲公英、半边莲，我们也在夏秋时自己动手采回，与野菊花一起合力，增强清热解毒之功。

那个时候，遍野开满野菊花，我的经历里染透着野菊花的金黄和芳香。

十一月最后一天的傍晚，我徒步行走在由南陵县城返回闸口的路上。已经走了一个多小时，快到家了，小河静穆，红红的夕阳很美丽。在埂坡一侧，有一小片被菟丝子折磨得萎靡不振的杂树林，菟丝子善于将从别人身上掠夺来的养分转化为自己的精华，一个月前，水灵润亮的黄藤上还开满一簇簇红白相间的细碎筒状小花，美若珊瑚。此时，它们连同被缠绕的树一起皆形神离散，失去往日生机。转过一片枯荒的草丛，一大丛野菊花突然跃入眼帘，那些半人高的纷乱交叉垂落的枝条上，密密拥拥缀满花朵，映着苍茫炫目的晚霞，既有着"金蛇狂舞"的喧腾，更有着"十面埋伏"的壮烈……场面十分震撼。

其实，我家菜地周边就有不少野菊花，有的向阳，有的背阴，还有一处被栅栏围着，人进不去，似乎背阴处长得更繁密茂盛。虽然它们与外面的野菊花一样开出明艳的黄色小花，但个头身条稍矮，直立，茎秆不够韧长，花簇比较齐整集中在梢头，明显缺少了一股酣畅不羁的野性。若是蹲下来整理一下它们的身姿，或是拔除高出梢顶的杂草，你手上、腿脚上、衣上，连同发间都会染有挥不去的药香——这就是喊作"菊花脑"的一种野菊花，我妹妹移植来的。只有南方才能见着它们身影，百度上解释，

"为菊科草本野菊花的近缘植物"。整个夏天里，它们深裂的锯齿状绿叶色泽明亮，嫩头又多又密，掐来打汤或是清炒，是十足清香微苦的典型代表。那种既有点涩又有点麻的味道，触上舌尖马上就让脑筋一爽，是真正老家的味道。因此，许多人将其栽种于屋前屋后，春夏作菜蔬，秋天里观花。

　　大前年落叶纷飞时节，北京东四环的一个午后，我带着三岁多的孙子在小区里丰沛阳光下溜达，在一处底楼人家的前院里，看见了一长溜灿亮的小黄花，花梢十分齐整，花底羽状裂叶仍墨玉般浓绿着，凛然于北国的深秋……一个年长的谢顶男人坐在小院门前的藤椅上饶有兴趣地看着我的小孙子说："认识吗，野菊花，秋天里最后的花。"我隐约听出了一丝熟悉的乡韵，便笑了笑说："是菊花脑吧。""对对对……是菊花脑。专给野菊花当托儿的。"他和我一样，都把那个"脑"发音为"劳"。"先生也是南京人？"他问。"南京的老乡芜湖。种菊花脑的，不是南京人嘛，就是芜湖人……"于是，一齐相视而笑。

　　我至今不明白，为什么"菊花脑"只在长江中下游的芜湖至南京之间流通？就同另一地域性特强的野菜芦蒿一样，外地人受不了那股青蒿气的冲味，但是《红楼梦》

里那个俏晴雯却是十分偏爱这一口。我们是否可以凭此认定，这个心性孤傲的妹子就是生长于长江边的南方人，于倾城之外，缠绵于清冷？

是呵，一个人如果远离了故乡，许多往事也就被尘封在记忆里，或是无昭无示散如云烟。只有野菊花，在秋风里开满原野的金黄小花，会承载起你重温故土的感动……还有夏季里萦绕在舌尖上那种微苦清凉的味道，能帮你找到回乡的路。

ⓒ 谈正衡 2019

图书在版编目（CIP）数据

花鸟物语 / 谈正衡著. — 沈阳：万卷出版公司，
2019.5

ISBN 978-7-5470-5142-9

Ⅰ.①花… Ⅱ.①谈… Ⅲ.①散文集—中国—当代
国 Ⅳ.①I267

中国版本图书馆CIP数据核字（2019）第060545号

出 品 人：刘一秀
出版发行：北方联合出版传媒（集团）股份有限公司
　　　　　万卷出版公司
　　　　　（地址：沈阳市和平区十一纬路25号　邮编：110003）
印 刷 者：辽宁新华印务有限公司
经 销 者：全国新华书店
幅面尺寸：130mm×185mm
字　　数：180千字
印　　张：13.5
出版时间：2019年5月第1版
印刷时间：2019年5月第1次印刷
责任编辑：杨春光
装帧设计：张　莹
责任校对：张兰华
ISBN 978-7-5470-5142-9
定　　价：58.00元
联系电话：024-23284090
传　　真：024-23284448